农历

【修订本】

郭文斌 著

长江出版传媒　长江文艺出版社

图书在版编目（CIP）数据

农历 / 郭文斌著. -- 修订本. -- 武汉：长江文艺
出版社，2021.6（2024.6 重印）
（寻找安详系列）
ISBN 978-7-5702-2025-0

Ⅰ. ①农… Ⅱ. ①郭… Ⅲ. ①长篇小说－中国－当代
Ⅳ. ①I247.5

中国版本图书馆 CIP 数据核字（2021）第 043798 号

农历
NONGLI

责任编辑：程华清　　　　　　　　　责任校对：毛季慧
装帧设计：异一设计　　　　　　　　责任印制：邱　莉　杨　帆

出版：长江出版传媒｜长江文艺出版社
地址：武汉市雄楚大街 268 号　　　　邮编：430070
发行：长江文艺出版社
http://www.cjlap.com
印刷：武汉市籍缘印刷厂

开本：880 毫米×1250 毫米　　　1/32　印张：14　　　插页：1 页
版次：2021 年 6 月第 1 版　　　　2024 年 6 月第 5 次印刷
字数：296 千字

定价：38.00 元

目录

想写一本吉祥之书

编辑老师约我就《农历》写个创作谈，不敢推辞，但对于拙著本身，心想还是留待读者评判，在此仅就农历的贵重，谈些浅见。

"农历"是中华民族的底气

我把《农历》的写作视为一次行孝。因为在我看来，"农历"是中华民族的根基、底气、基因、暖床。昔日，列强可以摧毁中华大地上所有的建筑，但无法摧毁农历；时间可以让岩石风化，但无法风化农历。"农历精神"无疑是中华民族的生命力所在，凝聚力所在，也是魅力所在。

和先祖相比，现代人的"营养"很不平衡，"体质"很寒，动不动就"感冒"，就"生病"，究其原因，就是接不上"天气"和"地气"了，久而久之，"元气"大伤。而一个人要想恢复元气，就得首先接上天气、地气。"农历"正是向人间运送天气和地气的，是告诉人们如何才能接上天气和地气的。

我不反对外来文化，但现在的问题是，中华文明本有的一些文化精华被湮没，被轻视，主体营养在沉睡。正如我不反对西方节日，但我也不赞成忽视自己的节日。国家近年来倡导"过好我们的节日"，倡导"经典诵读"，真是英明至极。想想看，一个人把自家的地荒着，却去种别人家的地，这个人是不是有问题？

民间传统比经典传统更牢靠

依本人陋见，中华传统文化主要由两部分组成，一部分是经典传统，一部分是民间传统。经典传统固然重要，但民间传统更重要。因为经典只有化在民间，成为气候，成为地力，才能成为营养，也才能保有生命力，否则就只是一些华美的句段，也不牢靠。民间是大地，是土壤，经典是大地上的植物。只要大地在，就会有根在，只要有根在，就会春来草自青。

经典传统是可以断裂的，但是民间传统不会断裂。焚书坑儒时代，经典传统断裂了，但是民间传统没有断裂；"文革"十年，经典传统断裂了，但是民间传统没有断裂。民间传统就像水，再锋利的刀，也是无法斩断河流的。如果说"农历"是一个民族的命脉，那么"农历精神"就是一个人的血脉。一个民族，如果有强大的民间传统，就会永远屹立于世界民族之林，一个人，如果有强大的"农历精神"，就会随处结祥云。

从这个意义上说，"农历"才是真正的中国符号。

"农历精神"比"农历"更重要

诚然，我们可能无法回到"农历时代"，但是我们完全可以找回

"农历精神"。只要每一个人心中还有"农历",还有"农历精神",那么这个人就拥有了健康之根、快乐之本、幸福之源。国家和民族也同样。因为"农历"本质上是生命力的"统觉",是"与天地合其德,与日月合其明,与四时合其序,与鬼神合其吉凶"。这个"合",在我看来它就是"顺",而"顺",就是"利",所谓"顺利"。但现在的情况是,我们已经不知道如何去"顺",于是天灾人祸成了每天新闻的主角,依我浅见,天灾是因为大地失去了"农历",人祸是因为人心失去了"农历精神"。

近年来,在走进"农历"的过程中,我渐渐低下了自己一度十分骄傲的头,弯下了自己一度十分自负的腰,"农历"如一面镜子,让我看到了自己的狭隘、自私,包括自恋。在《农历》之《中元》一节中,我把《目连救母》一出戏全部搬了进来,因为它让我看到了古人的心量,也看到了古代文化人的心量。在我看来,它事实上是东方"救文化"的寓言,目连所救的,不单单是自己的母亲,更是大地母亲、自然母亲、斯文母亲、仁爱母亲。而《目连救母》作为一出戏,世世传唱,代代完善,却没有作者署名,这样的"作家",该是多么让人崇敬。因此,对我来说,《农历》的写作还是一次深深的忏悔。

"祝福"比"批判"更有效

"农历"是另一个大自然,在这个大自然里,有天然的世界,天然的岁月,天然的大地,天然的哲学,天然的美学,天然的文学,天然的教育,天然的传承,天然的祝福。这个"天然",也许就是"天意"。而

"天意"，在我看来，就是"如意"，"吉祥如意"就是从此而来。

而作为一本书的《农历》，它首先是一个祝福，对岁月的，对大地的，对恩人的，对读者的。同时，我还在想，小说是要为现实负责，但更应为心灵服务，就像"点灯时分"，把灯点亮才是关键，至于用哪个厂家出产的火柴，并不是十分需要考究的。

"农历"的品质是无私，是奉献，是感恩，是敬畏，是养成，是化育。一个真正在"农历"中自然长大的孩子，他的品行已经成就。反过来，做父母的要想让孩子养成孝、敬、惜、感恩、敬畏、爱的品质，就要懂得"农历"，学会"农历"，应用"农历"。"农历"是一个大课堂，它是一种不教之教。就像一个人，当他一旦踏上有轨列车，就再也不需要惦记走错路，列车自会把它送到目的地，因为它是"有轨列车"。"农历"就是这个"轨"，它既是一条人格之轨，也是一条祝福之轨，更是一条幸福之轨。它的左轨是吉祥，右轨是如意。

看完《农历》，读者就会知道，其中的十五个节日，每个都有一个主题，它是古人为我们开发的十五种生命必不可少的营养素，也是古人为后人精心设计的十五种"化育"课，古人早就知道，"化育"比"灌输"更有用，"养成"比"治疗"更关键。

因此，关于《农历》，我说过这样一段话——

奢望着能够写这么一本书：它既是天下父母推荐给孩子读的书，也是天下孩子推荐给父母读的书；它既能给大地增益安详，又能给读者带来吉祥；进入眼帘它是花朵，进入心灵它是根。我不敢说《农历》就是这样一本书，但是我按照这个目标努力了。

元　宵

六月在外边玩回来时，娘正端了爹的红泥小火炉往厨房里走。六月问，娘你把火炉端到厨房里干啥？娘说，打个寒气。六月跟到厨房，五月在洗蒸笼。看见六月从门里进来，五月说，咋不在别人家点完灯盏再回来？六月说，你管不着。五月停下手中的活，回头看着六月说，你说啥？六月说，我又不是你女婿，管得宽。五月就做了一个扑的姿势，六月一闪躲到娘的身后。娘说，别闹，快帮你姐洗笼。五月说，才不让他帮呢。六月说，谁爱帮啊，除非八抬大轿来抬。娘扑哧一声笑了，好大的架子啊，说着从灶膛夹了几块木炭到火炉，端到面案下。六月才看见深红色的杏木面案上卧着一大团荞面，胖娃娃一样，要多暄有多暄。就有一个懊悔从心里升起：天天盼着正月十五到来，不想真来了时，却让自己玩忘了。

给娘帮个忙行不行？六月说，当然行。那就去上房里给我们拿木凳。六月应声而去，不到一个哈欠的工夫，把三条木凳都扛来了。娘把木凳放在面案前，和五月围炉坐了。六月说，我也要捏。娘说，欢迎啊。五月说，先把爪子洗净再说。六月就飞出去到上房里拿了一个脸盆来，从水缸舀了水洗手，然后擦都没顾上擦就凑到面案前。

只见那个大胖娃娃已经变成了几排小面仔，队伍一样整装待发。一个小面仔正跟着娘的双手在面案上刷刷刷地欢腾，一下，又一下，一个小茶碗一般的灯坯就脱胎了。这让六月暗暗叫绝，让人觉得娘的手已不再是手，而是一个神奇的灯模。五月学着娘的样子捏，已经有些捏家的味道了，但和娘相比还有很大的差距，不是面跟在手上，而是手跟在面上；声音也是瓷瓷的，就像一个还没有熟好的杏子，有点涩，而娘的已经熟透了。六月想，这个"透"，也许就是娘和姐的区别。

看着娘和五月捏了几个之后，六月也拿了一小团面学着捏，当一团面在他的手中渐渐变成一个灯坯时，六月体会到了一种创造的美好。六月突然想，为啥单单要在今天才捏灯盏呢？如果天天捏该多好啊！正要问娘时，娘却让他算算一共需要捏多少。六月就停下手中的活，把眼珠子当算盘珠子，骨碌碌地一转，又一转，说，三十。娘说，那就三十六。六月问娘，为啥三十六？娘说，到时你就知道了。六月说，你就现在说嘛，把人牙都等长了。娘说，你猜呢？六月说，莫不是给五月女婿的？五月一下子羞红了脸，说，娘你管管你家儿子。娘开心地笑着说，那你得先给你姐找一个啊。娘！五月有点生气了。六月说，你不是已经给地地答应了嘛——哎哟——六月的腿梁上挨了一脚。六月龇了一下牙，做出甘愿承受的样子说，得罪了本大人，到时不下马，看你咋办？娘笑着说，那还真不好办，所以五月你要早早地巴结着点六月。娘！五月的两个脸蛋红得要破。

娘装作没听见，接着说，德成姐出嫁时，德成不知哪一根筋抽了，还真骑在马上不下来，大小总管轮流下话，他就是不下马，可把新女婿整了个够。六月听着，脸上就浮上一层水彩，那是一个娘家兄弟的威风。偷偷地瞥五月，五月虽然面子上生着气，但目光已经全是巴结了。谁想五月突然换了轻松的口气说，假如我不嫁人呢？六月心里一惊，那倒真没地方治她了。就在这时，另一个喜悦却浮上心头，不嫁人当然好啊，这不是本大人一直盼望的吗？

不一会儿，面案上就蹲满了憨憨的主灯坯。主灯每个人的都一样，六月感兴趣的是副灯，因为副灯是生肖，生肖多有趣。在六月早就开始了的倒计数声中，第三十六个主灯在五月的手里完成了。

接着捏副灯。五月属兔，娘就捏一个兔；六月属蛇，五月就捏一个蛇；爹属虎，娘就捏一个虎；娘属鸡，五月就捏一个鸡；过世的爷爷属牛，娘就捏一个牛；奶奶属羊，五月就捏一个羊。五月给六月捏完蛇，六月让娘给他再捏一个。娘说，不行的，一个人只能两盏灯。六月问，为啥只能两盏灯？娘说，你奶奶说每个人一辈子一直有两盏灯跟着，一盏人人都一样，一盏不一样，所以要捏两盏灯。六月愣了一下，说，我咋看不见？娘说，所以才点明心灯。六月问，啥叫明心灯？娘说，咱们捏的就是明心灯。六月说，明心灯一点就能看见那两盏灯了？娘说，对，只要你心诚。六月就抬头看窗外，催促太阳动作快一点，早点回家歇着去。

捏奶奶的灯时，娘问六月，知道人是咋来的吗？六月说，当然是娘生的。娘说，是娘生的没错，我是说最早的呢？六月说，最早的也是娘生的啊。娘说，既然是最早，哪里来的娘呢？六月就停下手中的活，不解地看着娘。五月说，我知道了，娘是说生最早的那个娘的娘是咋来的。娘欣赏地看了一眼五月，说，对，你奶奶说最早的那个人既不是娘生的，也不是爹养的，而是老天爷捏的，就像我们这样捏灯盏一样，然后噗地吹了一口气，那个小人儿就像雪花一样飘到人间来。常言说，人活一口气，就是这么来的。你看人一刻也不能不喘气儿，对不对？六月说，如果不喘气呢？五月就咯咯咯地笑，这还要问，不喘气不就死了。六月突然意识到这是一个大问题，有点担心起来，假如某一天这气跑掉呢，就像娘正蒸馒头，蒸得气腾腾的，他忍不住把锅盖一揭；就像他正睡觉，睡得热腾腾的，五月突然把被子一揭。

一想到睡觉，六月更加紧张起来，这人睡着之后怎么能保证那气不跑掉呢？娘笑着说，这你不用担心，假如你是一个好人，一个对世道有用的人，老天爷就不会收去那口气，假如你是一个坏人，一个对世道无用的人，老天爷就让阎罗王派黑白无常来收气了。六月说，是不是"向阳门第春常在，积善之家庆有余"？娘说，这个娘不懂，你去问你爹。六月没有去问爹，他的脑海里出现了两个人，一个黑，一个白，提着一个气篮子，走村串户地收气。那些做了好事的人家把大门敞开着，他们只是探头看看就过去了；做了坏事的人家尽管大门紧关着，他们却嗖地一下穿墙而过，只见他们按住坏人的脑袋，把气帽一拧，只听倏的一声，那人就瘪了。

六月问娘,捏灯盏为啥单单用荞面?娘说,荞面是灯命。六月问,为啥荞面是灯命?娘说,你看那荞麦,秆子是灯红色,花也是灯红色,还有那穗子,就像一个个红灯笼。听娘这么一说,六月觉得还真是那么回事。粮食里,最荞麦好看了。每年荞麦花开的季节,漫山遍野都是灯红色,蜜蜂嗡嗡嗡地悬在上面,热闹得让人觉得荞麦家在过喜事儿。娘说,知道这荞麦是咋来的吗?五月和六月说不知道。娘说,这荞是一个姑娘的名字,她是观音菩萨的一个女弟子,非常漂亮,也非常聪明,却是个瞎子。一个大阴天的晚上,她从观音菩萨那里上完课回去时,观音菩萨让掌灯师拿来一个灯笼让她打上。荞说瞎子打灯笼有啥用。观音菩萨说你是瞎子,但别人看见灯笼可以让开你啊。荞觉得师父说得有道理,就打了。不想路上还是跟一个和尚撞上了,她摸着撞痛的额头,有点生气地说,难道你没有看到我手里的灯笼吗?那个和尚说,你灯笼里的灯早灭了。就在那一刻,荞的眼前出现了一片光明,她开悟了。知道那个撞她的人是谁吗?五月和六月说不知道。娘说,就是观音菩萨。观音菩萨给荞说,任何外面的光明都是不长久的,靠不住的,一个人得有自己的光明。荞才知道师父的良苦用心,为了报答师父,就发愿投生为荞麦,来到世上,做众生的明心灯。六月说,那荞啥时才能回去呢?娘说,等天下所有人都找到自己的光明她就回去了。六月说,如果她回去我们拿啥做明心灯呢?娘说,所以她就不回去。六月觉得荞有点傻。

　　捏好灯坯，娘开始用剪刀剪灯衣。一转一圈儿，一转一圈儿，几圈下来，灯就穿了一身花裙子。五月从卯子家借了一把剪刀来。六月要剪，五月不给，二人就争。娘说，六月你去后院让你爹把麦秆取来给我们做灯捻吧，你去年做的灯捻你爹还夸奖呢。六月还是要剪，娘就把剪刀给六月，说，那你可要剪好，不然月神不验收。剪刀却在六月手里不听话。六月看着五月的那把小，要和五月换，五月不肯。六月说，娘刚才说过，做坏事的人黑白无常要来收气的。五月说，我又没有做坏事。六月说，不给我换剪刀就是坏事。五月说，强要别人手里的剪刀才是坏事呢，不听娘的话才是坏事呢，爹不是说过，百善孝为先，万恶淫为首嘛。六月的心里就打过一个闪，心想，自己刚才没听娘的话，也许真是坏事。看娘，娘不在屋里。六月以为娘生他的气了，就扔下手里的剪刀，到院子里找娘。

　　娘正扛了梯子往后院走。六月撵上前去问，娘你扛梯子去干啥？娘没有接他的话，问他咋不剪灯衣了，这么快就厌烦了？六月说，我还是给咱们做灯捻吧。娘回过头来看了他一眼，有点不相信地说，为啥又要做灯捻？六月笑笑，没有回答。娘把梯子靠着崖面放了，让六月上去从蜂窑里取麦秆。六月二话没说，十分敏捷地攀上梯子，从蜂窑里取出麦秆。下来，问娘，为啥要把麦秆放这么高？娘说，敬神的东西，放在低处就弄脏了。六月说，麦秆咋能敬神呢？娘说，麦秆本身不能敬神，但做了灯捻就能敬神了。六月就觉得这麦秆一下子变得神圣起来。

　　到了厨房里，娘把麦秆剪成火柴棍那么长，取出新棉花，让六月往上面缠。六月做得果然比剪灯衣得心应手,不一会儿,一排可爱的灯捻就并排躺在碟子里。

缠着缠着,六月的问题又来了。为啥要在麦秆上缠了棉花才能当灯捻?娘说,因为棉花吸油。六月说,为啥棉花就吸油,麦秆自己不能吸吗?娘说,你为啥就这么多的问题呢?六月又问,为啥只有吸了油才能着呢?娘就咳的一声笑了,说,这老天爷就造了这么一个理,你去问他。六月想想也对,一问老天爷不就啥都知道了吗?可是到哪里去找老天爷呢?天上吗?可是哪里有登天的梯子呢?自家的那个梯子显然太低了,连梨树上稍微高一些的梨都够不着。

莫非这老天爷每天没事干,专门坐在那儿皱着眉头造理儿?那天堂里的理肯定多得放都放不下了,都溢出来了,溢得遍地都是。比如阎罗王专收那些坏人的气,比如每个人身上都有两盏灯。想到这里,六月的另一个问题又来了,既然每个人身上都有两盏灯,那老天爷噗地一吹不就灭了?问娘。娘说,那两盏灯是吹不灭的。六月说,世界上还有吹不灭的灯?

晚饭前,娘让五月和六月给卯子家送六个灯盏。六月问,为啥要给卯子家送灯盏?娘说,因为卯子家今年有孝。六月问,啥叫有孝?娘说,有孝就是家里过世了老人还没有过三年。六月问,没有过三年为啥就不能做灯盏?娘说,老古时留下来的规程,有孝的人家不但三年内不能做灯盏,还不能嫁女儿,不能娶媳妇,不能贴红对联,不能唱戏,如果是大孝子还不能吃肉,不能杀生,如果是更大的孝子还要每天做一件好事,一直做三年。六月说,是不是我爹写的那句话,"慎终须尽三年孝,追远常怀一片心"? 娘说,这个娘不懂,你去问你爹。

六月就去后院问爹,爹一边打扫牛圈一边说,"慎终追远"是曾子的话,意思是一个人要想不做坏事,就要从心里不起做坏事的念头,用你奶奶的话说就是众生畏果,菩萨畏因。这个对联的意思是告诫后人常念先人养育之恩,行孝期间,发大愿心,做大善事,好感动老天爷给过世的先人加分儿,让他投生到好处。六月不懂爹的话,但心里有一个自己的"懂"发生。六月问,那有孝的人家为啥不能做灯盏? 爹说,你说呢? 六月说,是不是一点灯盏死人就又活来了? 爹笑着看了一眼六月,说,太阳落山又没落,老天爷说话又没说……莫道此生沉黑暗,性中自有大光明。六月又不懂了。六月在心里说,爹啥都好,就这喜欢背古诗的毛病不好。六月想让爹解释一下这些古诗的意思,不想一个更加严峻的问题出现在脑海,想立即给爹说,但又有些怕爹,就风一样跑回厨房,十分郑重地给娘说,你和我爹一定要等到我娶上媳妇再死。正在擀面的娘惊讶地看了一眼六月,问,为啥? 六月说,不然要我等三年,还不把人干急死。

不想死的不是他六月,却是娘。只见娘像中了魔法似的,松开手里的擀杖,两手捂了肚皮,蹲在地上,用后背呼扇呼扇地喘气。五月和六月吓得上前拍着娘的背一个劲地喊娘,才把娘喊过来。等六月听清娘喉咙里的音节,才知她是在笑呢。娘笑得半天才顺过气来,我这个瓜（傻）儿,把娘差点笑死了。六月问娘,你笑啥呢？娘没有回答他,而是接着他刚才的话说,这要看你平时听话不听话,如果不听话,娘就不答应,就让你个蕄仔仔干着急。不想六月陡然严肃了神情,用更加郑重的口气说,这事没商量,你不但要等到我娶上媳妇再死,还要等到我儿子娶上媳妇再死,不然要我儿子等三年,还不把我儿子干急死。娘又笑得端不上气来了。这次六月没有在娘后背上拍,而是背了手扬长而去。走到当院,才意识到自己这样扬长而去是没有目的的,才记起娘刚才是让他和五月给卯子家送灯盏去呢,却又不好意思回去,好像刚刚和娘红过脸似的,就站在那里等五月端了灯盏出来。

五月和六月出门,地生正从门巷里走过来,手里同样端着一个盘子,里面也是几个灯盏。六月问,干啥去？地生说,给卯子家送灯盏。六月说,你们也给卯子家送灯盏啊？地生说,我们咋不能送,难道只能你们送？六月看了看地生盘子里的灯盏,又看了看自己盘子里的,觉得还是娘和姐捏的好看。

你们也是给卯子家送灯盏吗？六月回头一看,是德成。德成手里是一个碟子,碟子里是两个灯盏。六月在心里说,德成家真小气。德成跑上前来,看了看六月盘子里的灯盏,说你家的灯盏真好看,是你媳妇捏的吧？六月说,是,咋了？德成说,我咋觉得不是你媳妇捏的。六月说,那你说是谁捏的？德成说,我咋觉得是你媳妇生的。五月骂德成死狗。六月说,是我媳妇生的又咋了？五月急得喊六月闭嘴。六月说，你有本事也让你媳妇生一个出来。德成说，我媳妇生的已经在我身边走着呢。啪！德成的后脖颈里就挨了地生一巴掌。德成伸手摸着后脖颈，歪着头，龇牙咧嘴地看着地生说，我吃了你们家的还是喝了你们家的？地生说，比吃了我们家的喝了我们家的还严重，知道我为啥揍你吗？德成用又一个龇牙咧嘴作了回答。地生说，别看人家六月人小，辈分却是你的叔呢，你咋能说人家是你媳妇生的呢，你小子不怕雷殛头？德成意识到自己说错了话，一边摸着后脖颈，一边讪讪地看了六月一眼，算是认了错。六月做出一副大人不记小人过的样子，端了身架，真像个叔了。

到卯子家一看，六月就觉得死人并不是一件坏事。卯子家的面案被各式各样的灯盏放满了。卯子娘眼睛红红的，说你们都这么有心。说着接过他们手里的盘子和碟子，往面案上拾灯盏，往回递盘子时，眼泪就出来了。五月六月看着，心里升起一股莫名的感动，一下子觉得他们的此行有了无比重大的意义，再看房门上爹写的对联"慎终须尽三年孝，追远常怀一片心"时，又有一个新的"懂"从心里生起。

往外走时，六月再次回头看了一眼卯子家的面案，觉得放满了灯盏的面案就是爹讲的大同世界。

卯子娘亲自把他们送到大门门口，说，谢谢几位小掌柜。六月带头说，不谢不谢，回去吧，回去吧。纯粹是掌柜的口气。

吃完荞麦长面，月亮已经到院墙头上了。爹让五月和六月抓紧收拾，开始献月神。二人就迅速洗了手脸，六月往院子里抱供桌，五月拿盘子往出端灯盏。献月的灯盏必须是最周正的，爹和娘刚才已经挑好了。供桌必须用清水洗三遍，五月已经洗过四遍；盘子也要拿清水洗三遍，六月洗了五遍；供桌必须放在当院，六月拿尺子量了六遍。在娘蒸灯盏时，他们已经把这些活干好了，这些规程，他们去年就已经掌握了。

六月把供桌放在院心，左挪挪右挪挪，最后认定是那个"当"了，就开始往上面拾灯盏。拾好灯盏，五月已经从厨房里端了半碗清油来。二人就拿小勺子往灯眼里添。说是灯眼，其实是一个窝儿，半个鹌鹑蛋那么大的一个窝儿，正好能盛一勺油。看着红润红润的胡麻清油开心地流到灯眼里，六月觉得他的心也是一个灯盏。

准备就绪，月亮恰好到当院。六月没有想到点灯会这么不容易，按照爹以前的做法，他先点着一个公捻，然后再点每个灯。不想一个公捻都快着完了，那些灯捻却无动于衷。六月突然想，这些灯捻为啥非要人点呢，为啥不自己着起来呢？问五月，五月说，就你问题多，快点灯，不然错过月亮了。但六月努力了半天，还是连一个灯都没点着。

去后院问爹。爹让他把灯捻顶头的棉花撕出几绺来，就能点着了。六月回到供桌前，按爹说的做了，果然一下子就点着了。心里不禁生出对爹的佩服来。原来这个世界上有这么多秘密爹知道，他却不知道。他仿佛看到有无数的秘密隐约在四面八方向他做鬼脸。

但很快，这些纷乱的想法就被一束束火苗代替。六月手里的公捻走过，一个个灯盏就睡醒似的，次第睁开眼睛。当供桌变成一片灯海时，六月说磕头吧，五月说磕头吧，二人就磕。天上的嫦娥就笑了，六月听见嫦娥在说，你看那个院子里有两个会磕头的灯盏。月神说，我早看见了，他们一个叫吉祥，一个叫如意，说着，从她身边的篮子里抓了一把桂花撒下来，只见那桂花在空中呼地一下变成五彩花雨，飘飘洒洒，落在他们头上、身上、屁股上，直给屋子、院子、村子苫了一个花被面儿。接着，吴刚又把他手中的酒坛倾了一下，又有无数喷香的酒柱从天而降，直把他和姐的小身子浇透了，也把整个世界浇透了。

天有点冷，地有些凉，但姐弟二人没怎么觉得，静静地跪在桌前会供。没有风，一个个灯盏婴儿似的偎在娘一样的月光里。恍惚间，六月发现有一种神秘的交往在灯和月之间进行。接着他又发现每个灯里都是怀着一个月亮的。六月想立即把这两大发现告诉五月，但五月专注的神情拒绝了他。六月就把刚才的问题忘了，六月发现了另一个问题——眼前的五月极像一盏灯，或者就是一盏灯，在一个他难以明确的地方也有那么一碗油，有那么一个灯捻，有那么一个灯花儿。那么我呢？六月看自己，却发现自己是看不见的。他被自己的发现吓了一跳，我怎么就看不见自己呢？要问五月，又被五月的专注拒绝了。五月的目光在灯花上。六月的心里荡漾了一下，他突然发现，这时的五月比任何时候都漂亮，都好看。一天，他从梦中醒来，看着面前熟睡的姐姐，觉得美极了，比醒着时美一百倍，他盯着她看了好长好长时间，直到把她看醒。不想今天的五月比那天的还美，这是怎么回事呢？

五月说话了，六月你觉着了没有？六月问，觉着啥？五月说，你有没有觉到每个灯上都有月神的牙印？六月心里一震，既意外又佩服，他没有想到五月会说出这么有水平的话来。但六月没有表达他的佩服。我觉得你的身上才有月神的牙印呢。五月侧脸看了一眼六月，笑着说，那你身上更多。六月的心里就生出一个满是牙印的自己。

所有的灯在月光下着出灯胎来时，二人起身按事先爹的授记往各个房间里端。每个人一盏，每个牲口一盏，包括猫、狗、鸡，每个房间一盏，包括牛圈、羊圈、鸡圈、蜂房、磨坊、水房、粮食房；当院灯笼里要有天官的一盏，厨房里要有灶神的一盏，上房供桌上要有过世的爷爷奶奶的一盏，大门供台上要有游魂野鬼的一盏，后院梨树下要有树神的一盏，草垛旁要有草神的一盏。

往梨树下放灯盏时，六月看见树身里走出一个人来，从他手里接过灯，然后又回到树里去，影子一样。六月抬头看了一下，那人却再没有出来，倒是有一轮明月挂在树梢，就像一个大大的梨。六月盯着那梨看了一会儿，心里升起一种特别的温暖，觉得那梨不再是梨，而是他们家的一个亲戚，什么亲戚呢？丈人啊，那嫦娥就是我媳妇了，咳，六月被自己的这个想法给惹笑了。

往牛圈、羊圈和鸡圈放灯时，六月看见，它们个个都像早等着他似的，用水汪汪的目光迎接他。牛圈、羊圈和鸡圈被爹刚刚用新黄土铺了地,换了新干草,散发着黄土和干草混合的香味。当六月到牛圈把灯盏放在爹在半墙上挖出的灯龛上时,他好像能够听到大黄说了句什么话,他用手在大黄的鼻梁上抚了一下,大黄伸出舌头舔了一下他的手。六月说,明心灯一点,你就不迷了,这辈子好好劳动,下辈子争取做人吧。六月奇怪地发现,大黄的眼睛湿了。六月又在它的脖子上抚了抚,这次大黄没有像平时那样投桃报李地回过头来亲他,而是定定地站着,像是伤心,又像是举念。往外走时,六月的心一软,觉得把大黄独自丢在这里有些孤单,有些可怜。但又惦着他的灯,不得不离开。六月就到屋里端了油碗回到牛圈,给大黄把油添满。这样做了时,又觉得不公平,就又到羊圈、鸡圈给它们添油。但看着它们"人多势众",显得没有大黄那么孤单,心里就平复一些,就以飞快的速度给它们说了一遍"莫道此生沉黑暗,性中自有大光明,这辈子好好劳动,下辈子争取做人吧",然后跑步回屋。

六月看见,五月已经把第二轮油添满。按照爹的说法,第一轮油是添给神的,第二轮是自己的。爹还说,今晚的灯要自己守着自己的,不能说话,不能走动,不能对着灯哈气,不能想乱七八糟的事情。六月问,能想发财吗? 爹说,不能。六月问,能想当官吗? 爹说,不能。六月说,那总该想个啥? 爹说,只是守着灯花,看那灯胎是怎样一点点结起来的,最后看谁的灯胎最大。

一家人就进入那个"守"。守着守着,六月就听到灯的声音,像是心跳,又像是脚步。这一发现让他大吃一惊,他同样想问爹是咋回事,但爹的脸上是一个巨大的静;看娘,娘的脸上还是一个巨大的静;看姐,姐的目光纯粹蝴蝶一样坐在灯花上。六月突然觉得有些恐慌,又想刚才爹说只是守着灯花看,看那灯胎是怎样一点点结起来的,就又回到灯花上。看着看着,就看进去了,感觉里,那灯花不是别的,正是自己的心,心里有一个灯胎,正在一点点一点点变大,从一个芝麻那样的黑孩儿,变成一个豆大的黑孩儿,在灯花里伸胳膊展腿儿。六月第一次体会到了那种"看进去"的美和好,也第一次体会到了那种"守住"的美和妙。

突然,六月意识到灯碗里的油快要着完了。看爹,爹老僧入定一般;看娘,娘也老尼入定一般;看五月,五月正看他。五月用目光把他的目光带到她面前的灯眼里。没油了,怎么办?六月用目光让五月给爹说,五月用目光让六月给爹说。就在他们的目光争执之间,灯花迅速地下移,就像一个渴极了的人扑向泉水。六月终于忍无可忍了,他兀自离开板凳,迅速到炕台上拿油碗。不想还是被爹逮住了。爹一把抓住他的手腕说,再多的油都是要着完的。六月斩钉截铁地说,见死不救非君子!爹说天下没有不散的宴席,没有不灭的灯。六月更加斩钉截铁地说,见死不救非君子!爹说天下没有不死的东西。六月说天就不死,月亮就不死。爹说我说的是天下。

眼看灯要灭了,六月急得哭起来。六月想这月神也不管灯一下,刚才灯也给你献了,头也给你磕了,你怎么就见死不救呢?六月急得跺起脚来了。娘说话了,让他们再添一次吧。爹说,就这些油了吧?还有一个二十三呢。娘说,二十三再说吧。爹看了看娘,极

15

不情愿地松开了手。六月咳的一声笑出声来,没有顾上擦去鼻涕眼泪,抢救伤员似的盛了一勺先倒在自己的灯眼里,又盛了一勺倒在五月的灯眼里。只见那奄奄一息的灯花深深地吸了一口气,然后身子一舒,一伸,开始往灯捻上爬。六月感激地看了一眼娘,要给她的灯里添油,被娘制止了。六月有点不想给爹添,但看那灯正在死亡线上挣扎,就拿出一副大人不记小人过的样子过去添,还是被爹制止了。娘说,我们想早点凉冰了打牙祭呢,快守着你们的灯吧。六月就无限怜惜地看了看爹和娘的灯,收了油碗。

两个灯活了过来,两个灯正在咽气。六月突然发现,五月的身子一拱一拱,原来她在哭。随着五月一个激灵,爹和娘的灯挣扎了一下,咽下了最后一口气。

嫦娥的彩带就从天上掉下来了,那是五月和六月的眼泪。娘说,两个瓜蛋,忘了守灯时是不能不开心的? 二人就唰地一下止了哭声,泪汪汪地看了娘一眼,继续守灯。

不多时,六月的灯胎里就出现了一个人,六月奇怪,怎么这么面熟呢?

干　节

　　难陀出家后一直不开心,佛知道他想媳妇,就使出神通带他去看海。佛让难陀抓着他的袖管嗖地一下就到了大海边。难陀睁开眼睛,眼前是一望无际的大海,海滩上躺着一个光着身子的女人,漂亮得没办法形容。佛看见难陀的眼睛都直成干梢了。佛让难陀近前去看她是咋回事。难陀上前,女人还是没有动静。

　　她睡着了?六月问。

　　听我说,难陀也以为她是睡着了,不想就在这时,难陀看到她的鼻孔里钻出一个虫子来。难陀才知道她死了。接着,难陀看到那虫又从女人嘴里进去,待会又从耳朵出来了。佛问难陀知道那个虫是谁吗。难陀说不知道。

　　知道那个虫是谁吗?

　　六月摇头。

　　五月说,你打够十根干梢,姐告诉你。

　　六月就带着这个问题去打干梢。

　　六月能够一眼从树上认出干梢来,只要棍子撞到它,它们就会自动掉下来,让人觉得那干梢是乐意接受他的棍子的,或者说早就

17

等着他的棍子了。干脆这么说吧，与其说那干梢是他扔上去的棍子打下来的，还不如说是被那棍子领下来的。这让他觉得手里的棍子不再是一个棍子，而是一个娘，一个把那些在外面可劲儿疯玩忘了回家的孩子带回家睡觉的娘，又好像改弟，每天盼着他去叫她，好跟了他出来玩。

每有一个干梢落地，六月就感动一次。这些掉在地上的干梢，就是树的尸体吧？可是同一棵树上，为啥偏偏就它死了呢？难道它是后娘养的不成？不对，大概这树早就知道他和五月今天要来打干梢，就早早让它死了。可是，那个海滩上的女人为啥要死呢？那么漂亮的女人，漂亮得没法形容的女人，为啥要死呢？

干梢干得就像火。六月突然觉得拿在手里的干梢是甜的，六月能够看到干梢里的甜，那是一种红色的干和甜。当他把一根根干梢交给五月，五月不费吹灰之力把它折成几截，塞进背篓里时，他觉得那干梢就像他每天搂着睡觉的花花，乖得让人心疼。

打够了十根干梢，六月迫不及待地问，从美女鼻孔里钻出来的那个虫是谁？五月说，就是她自己。六月说，骗人，她自己明明躺在海滩上。五月说，那个躺在海滩上的是她的尸体，那个虫子是她的魂变的。六月问，她的魂为啥要变为虫子？五月说，因为她太喜欢自己的美貌了，死了还要变成虫和她的美貌在一起。

自己喜欢自己的美貌？自己又不和自己瞅媳妇，为啥要喜欢自己的美貌？

是啊，不然佛为啥要带难陀去看她呢。

难陀听了咋说？

难陀觉得那个虫很愚蠢。

佛咋说？

佛说难陀你就是那个虫啊。

佛为啥说难陀就是那个虫？你刚才不是说那个虫是女人的魂变的吗？

因为难陀老想着漂亮媳妇，离不开漂亮媳妇，因此佛说他就像那个虫。

佛为啥不让人家难陀想漂亮媳妇呢？

不知道。

接下来呢？

接下来等一会儿再告诉你，好好打干梢吧。

佛接着把难陀带到天上，一下子有五百个同样漂亮得无法形容的玉女围上来，知道她们是谁吗？

当然是仙女啊。六月一边回答，一边在想，如果自己能够被佛带着在天上飞一次就好了。六月使劲想象那种嗖地一下上天的感觉。

她们是一个人的媳妇。

啊，一个人五百个媳妇？

是啊，这还是少的呢，爹说，天人至少五百个媳妇。

那得多大的一个锅做饭啊！

想知道她们是谁的媳妇吗？

等你再打够十个干梢，姐告诉你。六月学着五月的腔调说。

你太聪明了，都能比上善财童子了。

六月说，我不打了，回去问爹。说着转身往回走。

五月说，完不成任务，爹也不会告诉你的。

六月回头看了五月一眼，就地做了一个转身的动作，向左走走，换了一棵树，仰了脖子在树上找干梢。这一仰，就把六月给乐炸了。

六月看到了一个喜鹊窝。只要能把这个喜鹊窝端下来，足够美美地燎一个干了。六月就用足力把棍子朝那个喜鹊窝扔去，不想棍子老是到不了喜鹊窝那里。看来这鬼喜鹊早就知道本大人要来的。

六月脱了鞋，往手心里吐了唾沫上树。

不想脚后跟却被五月抓住。六月回头问五月抓他干吗？五月说，那是人家喜鹊的家。六月问，喜鹊的家咋了？五月说，知道喜鹊搭一个窝多难吗？六月问，有多难？五月说，娘说它们为了搭一个窝，可能需要整整一年时间，它们要一根一根地衔干梢和刺根，费好大好大的劲才能搭一个窝。再说，天这么冷，我们把它的窝端了，那些小喜鹊会冻死的。

你咋知道它们会冻死？

肯定的啊，要不你现在脱了衣裳试试？

人家穿着毛马甲呢，不像你，脱都不敢脱。

五月的脸红了一下，接着说，娘说从前有一个馋痨拿枪打死一只小鸽子吃肉，第二天推开房门一看，发现门槛上蹲着一只老母鸽，已经死了。那人照样把这只母鸽开剥了，发现它的肠子是断成几截的，从此这个馋痨再也不打鸽子了。

老母鸽的肠子为啥断成几截？

因为它的儿女被人打死了。

它的儿女被人打死，它的肠子为啥就断成几截呢？

娘说这叫肝肠寸断，从此那人不但不打鸽子，连肉也不吃了。

六月笑了一下，说，我们这又不是杀喜鹊。想挣脱五月，继续往上爬。不想五月抓得更紧了。

忘了爹的话了？

哪一句？

将心比心啊，凡事都要将心比心啊，要是有人现在来拆我们的家，你心里该是啥滋味？

六月想，当然恨啊，跟他拼命啊。就倏地一下从树上溜下来。

继续打干梢。树很高，六月需要费老大劲才能把一个干梢打下来。风又大，棍子扔出去就像进入烂泥里一样，六月能够看到棍子在泥里穿行的难度。而且扔出棍子时还要把这烂泥一样的风可能给棍子飞往目标造成的误差算出来，更为准确地说，是一次次地试出来。

本大人已经猜出来那五百个玉女是谁的媳妇了。

谁的？

玉皇大帝的啊。

玉皇大帝的媳妇是王母娘娘啊。

王母娘娘是大老婆，这五百个是他的小老婆。

只见五月像她手里的干梢一样，噌的一声折在背篓边上了。

怎么？对于玉皇大帝，五百个小老婆算个啥，还少了呢，本大人如果是玉皇大帝，就要她一万个——哎哟妈——

咋了？五月把牵肠挂肚的笑声像干梢一样折断，收进背篓里，看到六月捂着肩膀龇牙咧嘴，知道他这次侦察失误，把棍子扔在活梢上，活梢把棍子反弹回来，砸在肩膀上了。遂放了心，一边说，这就叫现世报，不过两秒钟，看你再撅着一张嘴胡说八道。

经五月这么一说，六月就觉得这一棍真是玉皇大帝惩罚他的，就在心里忏悔，心想如果真是这样，再疼一些也没关系，他也愿意忍受。

就过去拿了棍子，做了一个扔的动作，发现胳膊还管用，心里就生出一百个庆幸来。

还不感谢神恩，是他让棍子偏了两寸，不然，如果落在你的个宝葫芦上，说不定真要上天给那五百个玉女当女婿了呢。

六月的嘴角就猫胡子一样翘起来，在心里给玉皇大帝磕了一千个头。

又扔了几下，却没有一根干梢落下来，六月就一屁股坐在地上，拖了哭腔说，我们干脆折一些树枝拖回去算了。五月说，那不行，燎干呢,燎干呢,折下的树枝,咋能燎干。六月问,为啥不能?五月说,能够打下来的是早已死了的梢子,打不下来的就说明人家还活着,你能把一个活人拉到火葬场去烧吗?

人是人,树是树。

又忘了,爹不是常说众生平等嘛。

那是说动物,有命的,会动的。

树也是命,也会动,不然咋会长大啊。

会动你让它走几步我看看。

你这纯粹是胡搅蛮缠。

你才胡搅蛮缠呢。

爹说一立冬就不能砍树了,也不能折树。

为啥?

因为冬天树已经睡觉了。

那要啥时候砍?

如果要放倒一棵大树,只能在秋天,如果要调树苗栽新树,可以在春天,而且放树时还要祭树神,经过树神同意才能放。

经五月这么一说,六月觉得眼前的树不再是一棵树,而是一个站着睡觉的人,他仿佛能够听到从它的鼻腔里发出的鼾声。嘿嘿,你还比人日能,能站着睡觉呢。

再往树上扔棍子,就有些小心翼翼了,尽可能地瞄准干梢,尽可能地轻,像是怕一不小心就打搅了树的美梦似的。

背篓满了，六月也累得趴下了。看着背篓里的干梢，六月觉得那不是一背篓干梢，而是树一冬天做的梦。

五月倚着六月坐下来，一手抱着膝盖，一手抓着背篓绳儿，猜出来那五百个玉女是谁的媳妇了吗？

六月想，如果不是玉皇大帝的，至少也是关圣大帝的，可是爹说关圣是一个正人君子，每晚在门外边给嫂子站岗一点邪念都没有的人，一个志在春秋功在汉心同日月义同天的人，他肯定不要五百个媳妇。要不，是杨二郎的？

就知道你猜不出来，看在你今天的表现上，告诉你吧，她们就是难陀的媳妇。

啊，难陀不是在人间吗，咋天上还有媳妇？

爹说难陀用功修行的目的就是为了能够上天做五百个玉女的夫君，他动了这个念头，玉帝就早给他准备好了五百个玉女。

原来那五百个玉女都在等他啊，可是等难陀修成，她们还不都成老太婆了？

爹说天上一天，人间一年，难陀在人间就是活一百岁，天上才是一百天，一百天会使人变老吗？

难陀要那么多媳妇干啥？五百个，比我们背篓里的干梢还多。

不知道，大概天上不产庄稼只产玉女吧。

难陀见了他的媳妇咋办？留在天上了吗？

难陀当然想留，但是他的福不够，想留也留不住，就像是一个脱底的桶子，存不住水，这次是佛靠神通把他带到天上的。

这不让难陀很难过吗？爹不是常说佛是世上最善良的人吗，为啥要让难陀难过？

爹说有时狠心就是善良，只要你是为了对方好。佛是想骗难陀，你不是喜欢漂亮媳妇吗，那好好修行吧，只有好好修行才能上天做五百个玉女的夫君。

那我也要好好修行。

好啊，现在为师就给你剃度，五月说着转身，左手抓了六月的脑瓜，右手把她头上的卡子拔下来，在六月的头上"一刀"又"一刀"：

第一刀愿除一切恶，

第二刀愿修一切善，

第三刀愿受一切苦，

第四刀誓度一切众。

不妨被六月夺了卡子，抓了辫子，同样"一刀"又"一刀"：

金刀剃下娘生发，

除却尘劳不净身，

圆顶方袍僧相现，

法王座下伟丈夫。

只不过他的个头比五月矮一截，这"一刀"又"一刀"只能在五月的后脖颈上进行。

难陀最后修到天上去了吗？

没有。

为啥？

从天上回来后，难陀虽然不再为了媳妇老是偷着往回跑，但却因为想急于修成去见天上的媳妇，用功过度，出现了魔障，佛只好再次使出神通带他到地狱参观。佛带难陀参观了十八层地狱，最后把他带到一个大油锅旁边，只见几个小鬼正把一个炸成干果的人往外捞。捞出来之后，头鬼大喝，押下一个上来。一个小鬼说，下一个还未到来。你猜下一个是谁？

秦桧？

不是。

陈世美？

不是。

纣王？

不是。

那是谁？

五月正要说，一阵狂风刮过来，把她的嘴封上了。

二人共同护着背篓，找了一个避风的地坎坐下来。

六月看五月，五月的脸上只剩下两个眼睛。六月想，刚才出门时姐还像个鲜桃子一样，现在看上去却像一个土豆，看来这美真是一个靠不住的东西。

六月想伸手给五月擦一下脸上的土,不想五月的袖子过来了。接着六月就觉得自己的脸没了,接着就闻到了一股土味,里面夹着汗腥味儿。五月的袖头在六月的脸上走了几圈儿离开,又在她自己的脸上左一下,右一下。六月看到,五月脸上凸起的地方露出肉色,凹进去的地方还是土,就凑上前去,给五月吹。把五月的眼睛吹闭了。

六月一下子愣住了。六月发现,五月闭着眼睛的样子就像是一个喜鹊窝。

五月睁开眼睛,拿过褡裢,掏出一块干粮,掰成两半,给六月一半。六月接过干粮,一咬,嘴里就像是放进去一疙瘩黄土。六月说,不吃了不吃了,忍忍回去再吃吧。五月说,你先用唾沫把嘴漱漱,再吃就没土腥味了。六月转动舌头,却发现嘴里早已没有唾沫可以调动了。为啥姐的嘴里有他的嘴里没有呢?一看身边的棍子,才发现他为了扔棍子把唾沫全唾在手心里了。六月十分干脆地把干粮装进褡裢,说,正好留下肚子吃干吊。五月说,那我也不吃了,说着也把干粮装进褡裢里。六月说,你就吃吧,反正坐着没事干。五月就又掏出干粮,咬了一口。

六月觉得这样躲在地坎下避风的感觉真是美极了,一边看着五月吃干粮,一边听着风在坎子顶上呜呜地叫。这么大的山,四周却一个人都没有,只有他们姐弟俩,在这里避风,真是太享受了。幸亏改弟没来,来了说不定就没有这种两个人在地坎避风的感觉了。

身后的地坎像个鸟窝一样，有一种家的味道。

知道下一个是谁吗？

其实现在六月并不急着知道下一个是谁，他想再细细体会一下这种两个人躲在鸟窝里避风的感觉。但是五月问了，就不好不应声。谁？

难陀也这么问。

佛说是谁？

佛说别急，会有小鬼从阎王爷那里拿来名单。

不多时，只听一个小鬼拖着长腔高呼，下一个犯人到！

头鬼问，姓甚名谁？

你猜小鬼报的谁？

谁？

小鬼说就是你。

我？六月的脊梁骨不由麻了一下。

对。

我现在不是好端端地在这儿坐着吗？

五月就笑。

六月看见，五月眼睫毛上的土随着笑声像一对蛾子一闪一闪。

瓜蛋，佛说的那个"你"是指难陀。

六月的心里就咔嚓一声，只觉得头顶的蓝天裂开了一道口子，天外的明光哗地一下打进来。是啊，自己又没有犯法，怎么就好端端把那个"你"听成自己呢？真是太丢人了。难陀不是跟着佛修行吗,咋又要被下油锅呢?

难陀也想不通,再咋说,修行也比不修行好啊,咋还要让他下油锅呢。其实,这是后来他问佛的话,当时他被吓晕过去了。

佛后来是咋回答他的?

佛说,难陀啊,知道为啥阎王爷早早就判你个地狱报,而且油锅侍候吗?

难陀说,弟子愚痴,请师父开示。

佛说,让小鬼告诉你吧。

小鬼大声说,孙陀罗难陀修行举念不正,别人修行是为了修成正果为人民服务,他修行的目的是为了上天让五百玉女为他服务,因此油锅侍候。

佛接着给难陀说,天上其实比人间还危险,因为天上没有烦恼,人们往往会忘了自己,尽情作乐,乐一作尽,就会掉下来,大多数都要掉到地狱去,因此真正的修行人要修出六道轮回。爹说天道虽然比人道快乐多,寿命长,但终归还在六道中,天福享尽,就要掉下来。

五月还想给六月讲讲啥叫六道轮回,啥叫三途苦,可是六月急着问,接下来呢,难陀真被扔进油锅了吗?

五月正要回答,风里传来娘的唤声。二人这才发现风已经小了,忙背了背篓回家。

快到村口时,回头再看刚才给自己贡献过干梢的树,六月的心里一阵感动。你老人家就好好睡吧。多亏了五月告诉他喜鹊和树的知识。

最终的佩服却是给爹的，爹怎么啥都知道呢？你说爹知道他死了要上天还是入地吗？

大概知道吧，他说好好修行的人都能预知时至呢。

啥叫预知时至？

就是自己早早地就知道啥时候要往生。

啥叫往生？

往生嘛，就是修行人的死。

死？又为啥叫往生？

爹说修行人的死是一种生。

死是一种生？

对。

他们知道死后上天还是入地吗？

大概知道吧，不过也难说，爹说人在没有投胎之前啥都知道，一入胎就糊涂了。

咋糊涂的？

被胎风吹糊涂的。

胎风？就像今天的风吗？

大概是吧。

那风咋没有把咱们吹糊涂？

大概是因为吹咱们的风没有胎风大吧。

看来这风不是个好东西。

爹说真正的风在人的心里，只要人的心里没有风，胎风也吹不动。

为啥？

不知道。

爹还说男女亲热的时候，有无数的魂儿瞅机会投胎呢。

亲热？啥叫亲热？

亲热嘛，亲热嘛，大概就是男女在一起又亲又热吧。

有多热？

听着，爹还说男女亲热的时候，男人会放出几百万个小男羔去抢女人的一个小女羔，最后只有一个小男羔赢了，他就住在那个小女羔家。同时，无数的野魂儿为了进入这对新羔家展开世界大战，最后有一个缘分最大的会赢，这样三军会师，就会变成一个胎儿。如果有两个小男羔打个平手，就是双胞胎；如果有三个小男羔打个平手，就是三胞胎。

太复杂了，本大人听不懂。

本大姐也不懂，这是上次爹给德本讲时，姐在窗外偷偷听来的。

莫非那野魂儿有千里眼不成，人家男女亲热，他们咋知道？

爹说这些专等男女亲热的野魂儿，都是才死还没有过七七四十九天的，他们不但有千里眼，而且有万里眼呢，就是说，世界上所有的事情，他们都能看见呢，只要哪儿有男女亲热，他们都会看见。

那别的事情呢？他们能看见吗？

当然能。

坏人干坏事他们也能看得见？

当然能。

那他们为啥不把世界上的坏人全部消灭掉？

坏人专门有别的神管，爹说这些野魂儿离开身体多天，又渴又饿又冻又孤单，心思都放在快快找个人家住进去上面。

这么说，男女亲热都是给这些野鬼盖房子？

大概是吧。

看来男女亲热很危险。

就是，太危险了。

五月六月回到家，看见爹在房台上封戏箱，心里就凉了一下。他们知道，这一封，意味着大年彻底结束了。接下来，爹和娘就要忙着选种、散粪、准备耧耙，单等二月二龙抬头之后下种。六月陡然觉得，那些封在箱子内的戏人儿，不单单是戏人儿，而是一段无法挽留的时间，一种就要淡了的年味儿，心里不由一阵忧伤。

爹抬了一下头，说，得胜归来？

六月和五月快步上前，报功似的把干梢背篓放在戏箱旁边。爹又赏识地看了他们一眼，心疼地说，快去洗脸吧，都成土地神了。六月心里滋润了一下，给爹说，能让我再看一眼灯影吗？

爹吃惊地看着六月，说，都看了一正月了，还要看啊。

五月说，爹都封好了，算了吧，七月十五不就又要开箱吗？

六月想想也是。

决定不看了？爹问六月。

六月说，那就算了吧。说着和五月去厨房倒水洗脸。

端着水出来，看到干梢背篓停在戏箱边，六月陡然觉得，那些戏箱里的人儿，其实也是干梢。这么说来，这些背篓里的干梢莫非也是一个个戏人一个个灯影儿？那么，当它们被点着、燃烧、成为火焰的时候，莫非也是一种开箱？一种爹常说的解放？

原来火是木头的解放啊。

六月放下脸盆，奔到爹身边，给爹说，我知道为啥要燎干了。

噢，为啥？

为了演解放。

演解放？啥叫演解放？

就是像演戏一样演，演解放。

啊？六月看见爹的眼里放出万丈光芒，妙啊，真妙啊。

看来本大人出智慧了，也就说明本大人明心见性了？爹常说只有明心见性才能出智慧。

就背了双手，在院子里踱来踱去：

何期自性，本自清净；

何期自性，本不生灭；

何期自性，本自具足；

何期自性，本无动摇；

何期自性，能生万法。

哈哈,本大人出智慧了,哈哈。

回去捞了一把水在脸上,那么水呢? 水是啥的解放?

背了手,再次在院子里踱来踱去:

　　　　何期自性,本自清净;

　　　　何期自性,本不生灭;

　　　　何期自性,本自具足;

　　　　何期自性,本无动摇;

　　　　何期自性,能生万法。

智慧却迟迟不肯到来。看来这"自性"也并不那么大方,乌龟一样,探一下头,又缩回去了。想请教爹,但又不好意思,也不甘心。刚参到火,为啥就参不出个水呢?

就继续参。爹常说参参参,看来参不是一件简单的事情呢。本大人连那么高的树上的干梢都能参下来,还把个你给参不出来? 水,水,水,本大人唤三声之后,你再不出来,就让你下油锅。

但水就是不出来。

回去继续洗脸。当手伸进水里,水就出来了。原来这水啊,是脸的解放。看五月,五月已洗完,在梳头了。啊呀,六月同志,怎么这么笨啊,这水,是净的解放啊,漂亮的解放啊,美的解放啊。

今天娘做的是清油拌干吊。六月这才发现，房檐上的那串干吊没有了。这正月二十三真是有意思，燎干要用干梢，吃饭要用干吊。如果干梢是树的尸体，那么干吊是萝卜的尸体吗？一想到尸体，六月就想到从那个漂亮女人鼻孔里钻出的虫，就觉得眼前的饭里全是虫子，就不像从前那样着急催爹供。

树死了还能烧，萝卜死了还能吃，人死了呢？

六月问爹。

爹说，你的个小脑瓜里咋净生出这些稀奇古怪的问题？

六月说，我就想起了这个问题，你不是说只有起疑情才能出智慧吗？您老人家告诉我啊？

六月觉得他这次把万能的爹给考住了。

爹说，人死了也能吃呢。

能吃？我咋没有见？

你咋没有见，每个人死了都被黄土吃掉了，不是说人吃黄土一辈子，黄土吃人一口吗？

六月的眼皮就搭到天上去了。他一下子明白了山是怎么回事了，原来它是黄土的肚子，只因为吃的人太多，才那么鼓。他接着看见，山的血盆大口像黑白无常一样到处转着，寻找着快要死了的人。

六月第一次感到人的无常，也第一次感到活着的危险。

萝卜在房檐上吊了半年，现在被娘一煮，拌了清油，吃在嘴里柔筋筋的。莜面花卷也好吃，一层一层的，里面夹着苦豆子，特别地香。六月知道，这正月二十三一过，年就彻底过完了，年一过完，就到过日子的时候了。

要是永远过年就好了。

吃完晚饭，天还早，爹说，我喝一罐茶吧。娘说，炉子灭了。

五月说，就用我们打的干梢啊。说着去拿了几根来。爹说，那我就贪污一次吧。说着，团了半张废纸，点着，放进炉膛，然后接过五月手里的干梢，放在上面，只听干梢叭叭叭地一阵响，火就上来了。

六月把手在火上绕了几圈，嘿嘿，我们提前燎干了。为啥要用干梢燎干？

你说呢？

因为干梢五行俱全。

怎么个俱全法？

树长在土里，所以它含土，树要靠水长，因此又含水，干了能够烧火，所以含火，风一吹火就旺，所以含风，地水火风全有。

五月暗暗吃惊，六月把爹平时说的话给记住了。

那现在它死了，就是它身体里的地水火风死了吗？

爹和五月同时被六月的话惊了一下。

可是树能够一根一根地死，人呢？

人也能够一根一根地死，比如人的头发，比如人的指甲。五月说。

六月突然明白，打干梢不是罪过，因为它已经死了，就像剪指甲不是罪过，因为它不疼痛，但是拿刀子戳人就是罪过，因为人会痛。同样，拿刀子剃头，那么多头发掉下来，人不痛，但是刀刃稍微把头皮划破一点点，就痛得受不了。这老天爷真是有意思，既造下痛的东西，又造下不痛的东西，为啥呢？还有，这干梢，为啥就能变成火呢？

六月一下子觉得这燎干里原来是埋伏着许多秘密的。

天暗下来时，五月和六月往大场里背干梢。场里一个人都没有，场不知被谁扫得很干净，空空落落的，坦坦荡荡的，光光亮亮的。五月六月就在记忆中去年燎干的地方放下背篓，往外掏干梢。正掏着，改弟来了，斜着小身子背着一个大背篓。近前，五月六月看见，改弟背篓里不是干梢，而是麦草。

啊，你们还真去打干梢了啊，这么大的风，改弟大声说。五月六月没有理她，十字一交十字一交地摆着干梢。改弟凑过来，把背篓放在一边，一脸的惭愧。五月说话了，掏下吧，还得一背篓。改弟说，知道。说着掏了背篓里的麦草，再去背。六月说，应该让她背三背篓才对。五月说，两背篓也行了，多了白白烧掉也是浪费。六月觉得也对，这时，更加觉得今天顶着风去打干梢是正确的，如果他和五月今天因为怕风不去打干梢，现在就没有心里这种美滋滋的感觉。

说着，白云来了，接着地生来了，接下来是德成，德成后面是雨雨。白云背的刺根，地生背的胡麻秆，德成则抱着两个老扫帚……

不多时，干堆就高过六月了。

人们渐渐往场里涌来，拖儿带女的。

方长金生把社火队用过的纸马、纸船架在干堆顶上之后，开始往干堆上扔"用物"，先是一把葱蒜皮，再是一片干肉，还有一撮头发。接着，把一瓶白酒泼在干梢上。

然后点着手中的黄表，跪在地上，大喝一声，跪！

众人齐跪了。

又大喝一声，请大先生读祭火之文！

爹就清了清嗓子，开读祭火文。说是读，其实是唱。

听了几句，六月就发现爹唱的是《心经》，就拽了五月衣角一下。五月却没有呼应，反而抓住他的手掐了他手心一下。六月就明白五月是不让他声张。六月想，莫非爹不知道祭火文，用唱《心经》来应付大家？反正大家又不懂。这时，五月把嘴贴到六月耳朵上说，说不定祭火文就是《心经》，爹说《心经》是一切经的心脏，那也该是火的心脏。

六月觉得有道理，就跟了唱：

......是诸法空相，不生不灭，不垢不净，不增不减。是故空中无色，无受想行识，无眼耳鼻舌身意，无色声香味触法，无眼界，乃至无意识界，无无明，亦无无明尽，乃至无老死，亦无老死尽。无苦集灭道，无智亦无得。以无所得故，菩提萨埵，依般若波罗蜜多故，心无挂碍，无挂碍故，无有恐怖，远离颠倒梦想，究竟涅槃。三世诸佛，依般若波罗蜜多故，得阿耨多罗三藐三菩提。故知般若波罗蜜多，是大神咒，是大明咒，是无上咒，是无等等咒，能除一切苦，真实不虚。故说般若波罗蜜多咒，即说咒曰，揭谛揭谛，波罗揭谛，波罗僧揭谛，菩提萨婆诃。

接着金生说，请童男子幸运点火！

永生就抱着儿子幸运到干堆前，举着他胖墩墩的小手，接过金生手里的黄表，蹲下身去点燃了干堆下面的黄表。只见那黄表噗地一下引燃了麦草。麦草哗地一下，火头就蹿到天上去了。

这时，六月看见对面村里的火也飙起来了，接着山背后也亮了，让人觉得这天地间整个就是一个大火田。

火烧着头发、葱皮和蒜皮，发出一股刺鼻的味道。

为啥要往火里扔头发？六月问爹。

因为那是三千烦恼丝。

头发怎么是三千烦恼丝？

等你长大就知道了。

为啥要往火里扔葱皮蒜皮？

这是除秽。

为啥烧葱皮和蒜皮就是除秽？

因为它们代表污秽。

为啥它们就代表污秽？

因为它们里通外国。

为啥它们里通外国？

等你长大就知道了。

何期自性，本自清净；

何期自性，本不生灭；

何期自性，本自具足；

何期自性，本无动摇；

何期自性，能生万法。

六月再次念诵智慧咒，可智慧的龟头就是不肯出来。六月开始对爹说的这个开智慧咒产生了怀疑。但他马上否定了这一想法，并且忏悔。如果不灵，那就是你心不诚。爹的话。

怎么样才算是诚呢？他们都没有顶着大风去打干梢，我和五月却去打了回来，难道还不能证明我们的心诚吗？

如果做一件事是为了达到一个目的，就是有求心，而求则不得，故名"求之不得"。爹的话。

做事如果不是为了达到一个目的，到底是为了什么呢？

大善人以无求心做事，所谓"施恩不求报，与人不追悔"是也；所谓"施惠勿念，受恩莫忘"是也；所谓"善欲人见，不是真善，恶恐人知，便是大恶"是也。爹的话。

六月有些想不明白了，看来爹说得对，有些事，大概只能等到长大才能明白。

火头降下来一些时，金生说，胆大的开始跳火吧。

说时，就有一个小伙子应声跳了过去。六月看见，那个人是地生。与其说他是从火上跳过去，还不如说是从火里穿过去。六月这才发现，只要人速度快，即使从火里穿过，火也烧不着人的。就也壮了胆子，铆足劲穿了一次。事后回想，那也许就是佛带难陀在天上飞的感觉吧。

六月还想体会一下在天上飞的感觉，但是准备跳火的人已经排了一个长队，他想插队也插不进去了，就从队伍的尾巴里错出来一些，看着那些小伙子一个个从火里穿过。六月看见，每当一个人从火里穿过，那火山就闪开一道口子，每当一个小伙子穿过，那火山就闪开一道口子，就像是一个倒立的海一样。六月突然发现，这火乍一看是水，乍一看是山，乍一看又是风，乍一看又是树。

它们一年四季睡在干梢里，现在得解放了。

说风是风，过来一阵风，那火就跟着摇摇摆摆，让人觉得是一个穿着红裙子的姑娘在跳舞。说不定仙女就是这个样子呢。如果找这么五百个媳妇，那还不把人跳着累死。

他急于想把这个想法告诉五月，但是五月到了女队里，脸被火映得红彤彤的，使劲地拍着手。

六月放弃了跳火的打算，到爹那里，问，为啥要跳火？

你不是说是为了演解放吗？

但我现在觉得跳火是为了练习上天。

爹的眼仁险些掉出来，你咋想到这个答案的？

你先说我猜对了吧？

对了一半。

一半？还有另一半？

先去跳火吧，现在火小了。

六月的目光回到火上，他发现许多大人抱着小孩从火上跳过，再看五月，五月仍然在娘身边拍着手。六月的心里就有了一个冲动，抱着五月跳一次火。

就一丈子跳到五月身边。

可是当他站在五月身边时，就知道自己的这个想法是一个空想。

但他还是在想象里抱着五月跳了一次。

火的山头渐渐矮下去了，六月的心里充满了惋惜和无奈，就像他好不容易堆起的雪人，太阳一出来，就眼睁睁地小下去，小下去，最终化为一院子的水。现在，以他和五月打来的干梢支撑的火山，也渐渐小下去，最终化为一堆灰烬。

火也会死，就像人咽气一样。六月想。也许人死了也就是身体里的火山小下去了。六月觉得这又是一个重大发现，想去问爹。但爹的手里已经执着一个木锨，准备扬灰看种了。

等众人散到四周,金生大声宣布,请大先生扬灰看种。

爹就庄严了神情,铲了一木锨火灰,顺风扬上天空。

每扬一锨,人们的目光就齐刷刷地跟着划一个弧,带着火星的灰烬就在天上散成一片星空。

大家看像啥? 金生问。

莜麦!

再扬,再划,再问。

最后大家一致认为是莜麦。

结论:今年莜麦成。

种莜麦吧。种莜麦吧。种莜麦吧。

有些女人就抱怨男人,没有把莜麦种子留够,还得找人家换。

六月突然记起白天五月还欠他一个问题没有回答,难陀到底进油锅了没?

五月说,佛给阎王爷说情,再给难陀一个改正错误的机会。阎王爷说,那你得打个保证给我。佛就向阎王爷保证。阎王爷知道佛是最诚实的,不说谎话的,就让佛带难陀回人间修行去了。

难陀回到人间,这才下定决心修行,终于在有一年的正月二十三修成正果。

但是,这不坑了那五百个玉女了吗?

这天晚上,有一个青衣仙子来到五月面前,告诉她,今年扬灰看种是错的，大家误把麦子看成了莜麦，让大家改正吧。五月把这个梦告诉爹，爹只是笑笑。他扬了这么多年的灰，都没有出过错，这次怎么会错呢？五月又把这个梦告诉娘。娘说，要不让你爹打一卦吧。爹却坚信自己的判断，也是大家的判断。

这天早上，六月醒来，说他做了一个奇怪的梦。娘问他梦见了啥。六月说，他梦见有一个青衣仙子来到他面前，告诉他今年扬灰看种是错的，让他告诉大家把莜麦改成麦子吧。

娘就越发觉得蹊跷，告诉爹。爹问娘，你觉得呢？娘说，两个娃娃做了同一个梦，你得考虑一下，你不是常说随缘随缘嘛，连着同样两个梦到来，我觉得是个缘。

爹就穿上衣裳出门，走村串巷，把这个梦告诉大家。

龙　节

　　龙像还没有睡醒,有些不愿意睁开眼睛,但是地上的人们已经唱开了:

　　　　二月二,龙抬头,

　　　　大仓满,小仓流。

　　　　……

　　它就不得不抬头了。

　　这龙一抬头,就看见爹在炕头拣五谷,爹的手里是一个簸箕,簸箕里是五谷杂粮,爹唰地一下把五谷杂粮拨到左边,挑出一个破的,又唰地一下把五谷杂粮拨到右边,挑出一个秕的,那五谷杂粮的队伍就跟了爹在簸箕里撒欢。

　　咋还在被窝里啊,你就不怕错过龙抬头? 娘从门里进来。

　　六月就应声从炕上翻起来,几下子穿上衣裳,跳下炕,奔到院里。

　　五月正展了脖子向天上张望。天还没有完全放亮,雾蒙蒙的。

六月透过雾，同样展了脖子望了一阵，到底没有望到龙在哪里抬头，倒是小肚子那里开始闹水了，就奔到茅厕撒了尿，然后回到院里，跟着五月向天上张望。

手脸都没净，龙会给你显形吗？五月说。

六月有些不高兴，但觉得有道理，就奔进屋里，往洗脸盆里倒了水，快速洗完手脸。

出门时，被娘叫住了。

娘跪在炕上，正在开箱子。

二月初一龙睁眼，二月初二龙抬头，二月初三龙出汗，我咋看不见？

娘一边掀起箱盖，把他和五月的夹衣拿出来，一边说，那是没有换上夹衣，叫你姐进来换夹衣。

为啥没有换上夹衣就看不见龙显形？

因为夹衣是龙衣。

夹衣为啥是龙衣？

龙节上身，当然是龙衣。

六月就长长地叫了一声姐。

声音还没有落地，五月就进来了。

六月躲在爹的身后换了夹衣，然后让娘把他棉袄袖子上的小手帕拆下来，缝在夹袄袖上。

娘说，等后天吧。

为啥？

二月二是不能动针线的。

为啥?

二月二动针线会扎伤龙王的眼睛。

龙我们看都看不见,咋会扎伤它的眼睛?

正因为看不见,才怕扎伤呢。五月说。

六月转向五月,说,你还日能,为啥看不见才怕扎伤呢?

我看不见,但我又能看见,只不过是用心里的那个眼睛看。

那你说,龙是个啥样儿?

就像是……就像是……就像是风一样,不对,就像是……雨一样,不对,既是风又是雨吧。

那就是风和雨嘛,还叫个啥龙。

其实说是闻到的更对,我像是能够闻到龙的味道。

龙的味道,龙的味道是怎样的?

就像是二月二的味道。

哈哈,废话一句。

娘接着说,现在的人不太讲究了,过去每到二月初一,你爷爷一早就在家里喊,你们给我听着,从今天起,三天内可千万不能动刀啊,剪啊,针啊,锥啊的,你奶奶甚至把这些东西索性全部藏起来,直到过完二月三,才告诉我们在啥地方。

假如有人不知道这些规矩,用了针呢?

那就把龙眼睛扎伤了啊。

龙在天上,人手里的针咋能扎伤它呢?

47

龙在海里。五月说。

龙既在天上，又在海里，还在地上，娘说，过来，五月，换夹衣啊。

五月就爬上炕，同样躲在爹的身后换夹衣。

六月的心里就出现了一个庞然大物，大得直要把他的心撑成天地玄黄宇宙洪荒了。既在天上，又在海里，还在地上，这个龙，让他的脑瓜有些转不过来了。

这三天人们也不能到水井里打水。

那喝啥啊，二月头上喝的水要在正月尾巴上挑，把水缸攒得满满的。

如果这三天在井里打了水呢？

当然不吉利啊，你想桶子一下去就会落到龙头上，龙会高兴吗？

那这几天我们可要算着用水，三天用一缸水啊，还要饮牛、饮羊、饮狗、饮鸡、饮猫。

还是我们六月有觉悟，这几天的水，你就给咱们掌管吧。

好啊，从现在起，每个人用水，都要本大人恩准，敢有趁机犯法，辄以军法从事。

六月穿上夹袄夹裤，一下子像是把半个身子给脱去了，觉得一不小心会一下子飘起来，那不就成龙了吗？这二月二还真日怪，棉袄穿在身上还真有些热，夹袄上身正合适，但又稍稍有些凉。仔细一觉，又觉得不是凉，而是一种突然脱了棉袄棉裤的轻快。再仔细一觉，其实是一种生分，夹袄在箱子里放了一冬，和身上的肉生分了。

看着娘把他和五月换下来的棉袄棉裤叠起来放在地上的提篮里,六月突然想到了爹让他们背的"二十四节气"中的惊蛰。记得爹说,青蛙、蛇、蚯蚓等许多动物,一到冬天便进入冬眠,叫入蛰。转年二月,天气回暖,这些虫物陆续结束冬眠,开始出来活动,就像是被震耳的春雷从睡梦中惊醒了一般,因此叫惊蛰。

这穿了夹袄夹裤的他,现在不就是在惊蛰吗?六月看五月,也像是一个惊蛰。六月还发现,穿了夹袄的五月比平时小了半圈儿,但又像春后的杏子一样熟了半圈儿。

再看过年时贴在后炕墙上的竖批"卧听春雷",突然明白了是什么意思。如果把地上的虫物看成是三军,那么这春雷就是号令了。

六月的心里就滚过一声春雷,直从他的骨头缝里穿过。

六月把目光从"卧听春雷"上移开,突然发现了一个问题。你和我爹为啥不换夹衣呢?六月发现爹和娘的身上还是棉袄棉裤。

爹和娘老了,迟换几天。

那不行,龙节换龙衣,要换就都今天换。

好,就今天换,爹说,你们两个先去引龙线,我和你娘这就换。

五月和六月就到厨房,五月端了簸箕,六月拿了锅铲掏灶灰。

然后二人到后院井房边,六月端了簸箕,五月抓了灶灰,齐声念了句"请青龙出水"。五月便猫着腰在地上引青龙,一直引到厨房的水缸边,围着水缸转三圈。一边转,一边念:

二月二，龙抬头，

兴彩云，布甘霖。

然后二人又到后院黄土墙根下，五月端了簸箕，六月抓了灶灰，齐声念了句"请金龙出仓"，六月便抓了灶灰，猫着腰在地上引金龙，一直引到粮食房的粮仓边，围着粮仓转三圈。一边转，一边念：

二月二，龙抬头，

大仓满，小仓流。

引完，六月看着五月笑笑，五月看着六月笑笑。

你引青龙时啥感觉？

就像是有个青龙在后面跟着呢。

你引金龙时啥感觉？

就像是有个金龙在后边跟着呢。

害怕吗？

六月点点头，接着又摇了摇头。

接着，五月和六月又到灶膛掏了一簸箕灰，从大门口开始围院。五月说，爹不把这叫围院，叫围社。六月说，我觉得还是围院好。随后又问，你觉得叫龙衣好还是夹衣好？

当然龙衣好啊。

我咋觉得还是夹衣好,龙衣让人觉得全身都是鳞甲。

哈哈,那就夹衣吧,你围还是我围?

六月转着眼珠想了想,说,一人围一圈吧。五月觉得六月的主意既狡猾又周全,笑着说,好,你先围。说着把簸箕展在六月面前。六月抓了灰,猫了腰,念:

　　二月二,龙抬头,天官叫我把东头。

接着迈开碎步,沿着院墙根儿开始撒灰,五月在六月左手端着簸箕随着,就像是龙图上端着种子的那个皇后。哈哈,五月被自己的这个想法惹笑了。如果本人是皇后,那猫着腰撒灰的六月到底是皇帝呢还是宰相呢?

　　二月二,龙抬头,土地让我守西头。

六月一边念着,一边直起腰来,回头看了一眼自己撒的长长的灰线,只觉得把热气腾腾的龙气全圈在院里了。

二人进院,正对上娘拉开上房的双扇门露出面来。

娘一露面,天就哗地一下亮了。借着亮光,六月觉得娘更像是一个惊蛰。

穿着夹袄和夹裤的娘有些不好意思似的从门里走出来,你们引完了?

二人齐声回答，引完了。

那就准备围仓吧。爹的声音。

同样换了夹衣的爹显得有些单薄，就像是一个馒头一下子变成了饼子。五月陡然觉得鼻腔有些酸，不知为啥。记得有一次，爹给老咩剪毛，老咩一点也没有反抗，乖乖地躺在地上，当爹把它的半身毛剪去，让它翻身再剪另半身时，她的眼泪就出来了。她也不知道为啥。

五月努力控制了自己，可不能让龙看到，如果龙抬头时正好看到她眼里汪着的泪水，那可就太不吉利了。

爹带着五月六月在当院跪了，把碗里的五谷杂粮倒成五个小仓，然后把碗展到身后。五月的目光跟过去，娘的手早在那里等着了。娘一手接了空碗，一手把一个灰簸箕给爹。五月的心里就有了一个惊叹。娘老是讲家门和顺要靠夫唱妇随，这就是夫唱妇随吧？

爹接过灰簸箕，抓了一把，一边沿着最中间的一个小仓围灰圈儿，一边问五月六月，还记得"一把灰"歌吗？

二人同说记得，接着唱：

> 一把灰，两把灰，龙王龙母你醒来，
> 一把灰，两把灰，龙王龙母享用来，
> 一把灰，两把灰，龙子龙孙降雨来，
> 一把灰，两把灰，五谷丰登跟着来。

爹让五月六月围。六月抢先学着爹的样子从簸箕里抓了一把灰，沿着一个小仓围，不想围到半路上手里的灰就没了。五月把握得好，圈儿转完，手里的灰刚完。六月就不好意思地笑了一下，又抓了一把，接着刚才的灰茬儿十分均匀地从手缝里往下漏，不想漏完，手里还剩半撮。六月就发现，这围仓也不是一个简单的事情。就把剩下的半撮灰补在那些窄细的灰线上。接着用心围另一个。

五个堆儿，爹围了一个，他和五月各两个。娘呢？六月突然发现娘没有围。我娘咋不围？

爹说，围仓是男人的事啊。

那我姐为啥围？

你姐嘛，待会爹告诉你吧。磕头！

磕头磕头。五月六月一边应承着，一边把额头点在地上。

最后一次额头挨到地面，六月有些舍不得离开。六月从未有过地觉得，这额头挨着地面，是如此的享受。

往上房里走时，爹问，你们看到龙在哪方抬头了吗？

五月说，我看到龙在东方抬头呢。

六月说，我看到龙在西方抬头呢。

爹你看到龙在哪方抬头呢？

先保密。

为啥？

不然这龙节就没意思了。

你见过龙吗？六月追着问。

不想把爹的背瘾又引发了：

    龙者，鳞虫之长，能幽能明，能细能巨，能长能短，春分登天，秋分潜渊。龙者，万兽之首也，其虾眼、鹿角、牛嘴、狗鼻、鲶须、狮鬃、蛇尾、鱼鳞、鹰爪，九合一之九不像之像也。龙有九子，老大囚牛，好音喜乐，常常蹲立琴头；老二睚眦，嗜杀喜斗，常常刻镂于刀环剑柄；老三嘲风，平生好险，殿角走兽是也；老四蒲牢，受击便吼，充作洪钟提梁兽钮，助其鸣声远扬；老五狻猊，形如狮，喜烟好坐，于香炉足吞烟吐雾；老六赑屃，似龟有齿，喜负善荷，碑下龟是也；老七狴犴，因形似虎好讼，而常守狱门官衙正堂两侧；老八负屃，雅好斯文，愿绕碑碣，衬托妙手华章；老九鸱吻，口阔嗓粗好吞，常驻殿脊两端，专司灭火消灾。

哎呀呀，五月和六月都听愣了。

爹过足了背瘾，在脸盆里倒了热水，让六月醒头。

六月说，老爹你还没告诉你儿，我娘为啥没围仓呢。

爹说，过来，醒完头你自己就知道了。

六月就过去，把头伸进盆里，又弹出来。啊呀，这么烫啊。

爹说，就是要烫啊，只有烫才能醒透啊。

为啥要醒透？

只有醒透刀子才吃不进肉里去啊，你总不愿意刀子吃进肉里去吧。

六月就屏了气，咬了牙，冲进去一下，又弹出来，冲进去一下，又弹出来。

如此冲了十几下之后，爹说，行了。让六月在板凳上坐好，接着，左手抓了六月的头，右手把刀子在六月面前显了一下，说，这可是真刀白刃。意思是让六月定着，不要动弹。

当六月极为强烈地感受到刀刃落在头皮上，然后噌的一声贴着头皮刮过时，他的心里就再次生出对爹的佩服来。这是一种不同于以前的佩服。以前的佩服来自爹的智慧，这次的佩服来自爹的功夫。爹能够拿着刀子从他的头皮上噌噌噌地刮过去，一下一下，快如闪电，刀子却不吃肉，头皮却不出血，换了他，才不敢呢。同时对刀子也生出许多感想，你看它立一下，就能让人出血，纯粹平行也没作用，而只有搭斜了，才既能不吃肉，又能把头发剃下来。同样的刀子，只是因为角度不一样，就能生成不同的作用。看来这个角度有时候比刀子本身更重要，更厉害。莫非它就是爹平常说的那个中庸之道？爹说中庸之道就是既能把自己想做的事做成，又不伤及他人。这不正是讲剃头吗？

想问爹，眼前却出现了五月。

五月蹲在他面前，两手托着下巴，看笑场似的盯着他看。

看啥看，难道本大人的脸上有大戏不成？

悄着！六月的头皮紧了一下，觉得爹的话不是从口里出来的，而是从手上出来的。

六月皱了眉头，咬牙切齿地忍着。

五月就再次想起乖乖地躺在地上让爹剪毛的老咩，鼻腔又不由得酸了一下。那一刻，她觉得拿着剪刀无比耐心地给老咩剪毛的爹也是老咩的爹。恍惚间，五月觉得现在这个在爹的手下咬牙切齿的六月不是六月，而是一个可怜的羊羔。这样想来，就觉得生为女子真是好，可以不必忍受这剃头之苦。

五月后来回想，大概是在爹剃第四刀时突然想到《剃度偈》的，就后悔自己没有在爹剃第一刀时跟上念，唉，把这么巧的一折戏让她给耽误了。

但现在演也不算太晚，就学了剃度师父的口气念起来：

> 第一刀愿除一切恶，
> 第二刀愿修一切善，
> 第三刀愿受一切苦，
> 第四刀誓度一切众。

爹笑得不得不停了刀子。六月问，下面呢？

五月接着念：

金刀剃下娘生发，

除却尘劳不净身，

圆顶方袍僧相现，

法王座下伟丈夫。

六月的心里就生起一种豪情，它的名字叫伟丈夫。就在心里盘算着该如何除一切恶修一切善受一切苦度一切众。

爹止住笑，正要按了六月的头接着剃时，六月的问题又来了，老爹你说佛当年为啥放着国王不做而要出家当和尚？

因为当和尚比做国王快乐。

当和尚有多快乐？

爹刚弯下来的腰又直了起来。那只有你当了和尚才会知道。

可是我咋没有从剃头当中感到快乐？

爹就盯了六月看，一脸的严肃。六月不由得紧张起来，以为自己说错了话。谁想爹却扑哧一声笑出声来。那是因为你还不知道啥叫痛苦。

你说啥叫痛苦？

将来你会知道的，现在给你说也是白说。

六月的眼前就出现了一条长长的马路，马路两旁生长着荒草一样的痛苦，不怀好意地向他招手。可是六月马上就轻视了它们，因为爹说君子能忍人所不能忍，行人所不能行，成人所不能成，把些荒草算什么。

炉子上的罐罐茶开了。五月给爹倒到盅子里。爹让六月再醒一下头，他喝一盅茶。六月就醒。还有啥问题赶快问，等刀子上头你就闭嘴。

话音刚落，六月的问题就来了，你说，做和尚快乐还是做君子快乐？

哈哈，看来还是要剃龙头，这龙头一剃，问的问题也不同寻常了。六月听出来，爹的口气是赞赏的。

五月也觉得六月的这个问题问得好。就是，爹你说，是颜回快乐呢还是目连快乐？

爹同样赞赏地看了一眼五月，说，都快乐啊。

谁更快乐？五月问。

颜回没有让金刀剃下娘生发，肯定不如目连快乐。六月这样说时，目光在五月的脑袋上缠绕。

不想爹再没有搭话茬，让六月归位，接着剃。

六月回到板凳上，勾了头，有些紧张地等爹的刀子到来。不想刀子还没有到来，问题却先来了，老爹你说老天爷为啥要给人造头发呢？

悄着！

你说为啥？五月再次蹲到六月的面前，轻声问道。

既然长长了要剃，为啥当初不就造个光头呢？多省事。

你再多话，刀子就要打牙祭了。

随之到来的问题把六月的肚皮都憋痛了,但为了头皮的安全,就强忍着。

爹再次停下来在刀篦上篦刀子时,六月抓紧问,为啥不给我姐剃?

因为她是女子啊。

女子为啥就不剃?

你咋不问为啥公鸡不下蛋。

现在就问,为啥公鸡不下蛋?

公鸡下蛋叫母鸡干啥去。

母鸡可以叫鸣啊。

哈哈,母鸡叫鸣,公鸡下蛋,这世道不就乱了吗?

世道乱了就咋了?

乱了人就要受罪啊。

爹把刀篦挂在门环上,左手拽了,右手执着刀子翻来覆去地篦。六月看着爹手里明光闪闪的刀子,心里有些寒。但又一想,反正是爹拿着,就没有啥可怕的。看来刀子只有掌握在爹手上才是安全的,如果它掌握在坏人手上就是不安全的。看来刀子不是关键,关键的是掌握在谁手里。

我娘不是说二月二不准动刀子吗?为啥你还要给人剃头?

剃头是另外一回事。

正月里为啥不剃,单要等到二月二才剃?

正月里剃头死舅舅。五月抢着说。

为啥正月里剃头死舅舅？

因为因为，所以所以。

六月要反驳，爹已抓了他的头，搭了刀子。六月越发强烈地听到刀刃从头皮上经过时噌噌噌的响声，就像是爹平时割高粱一样。

爹又停下，让五月把脸盆里的水端出去倒掉添些开水。五月端了往外走，六月放开嗓门问问题，你说人为啥要别人给他剃头？

别人不剃难道自己剃？

我问的就是这个意思，为啥人不能自己给自己剃？

这就是爹常给你讲的那个"仁"字。人自己一不会生，二不会死，就连剃个头，都得靠别人，因此要对别人好，要对天地感恩，要对众生感恩。

五月停在门外听完爹的话，正要开步走，六月又问，啥叫感恩？五月想听，但实在不好意思再磨蹭了，想跑起来，但盆里的水晃得不行，就以最快的速度往外走。

爹说，不要往院里倒啊，倒到牛槽里去。五月说，知道了。

爹接着给六月说，感恩就是念着别人对你的好，再往宽里说，你看这阳光人自己不会制造，空气人自己不会制造，粮食人自己不会制造，土人自己不会制造，水人自己不会制造，火人自己不会制造，还有很多，但是我们却天天在用它，你说人不感恩能行吗？包括这剃头的刀子，我们也不会制造，也是别人制造的，你说我们不感恩行吗？

六月似乎明白了一点点。

五月跑步进来，爹已说到"你说我们不感恩行吗"，五月就让爹把刚才的话再重复一遍。爹说，让六月给你重复吧。六月就学着爹的腔调说，感恩就是念着别人对你的好。再往宽里说，你看这阳光人自己不会制造，空气人自己不会制造，粮食人自己不会制造，土人自己不会制造，水人自己不会制造，火人自己不会制造，羊毛人自己不会制造，牛粪人自己不会制造，鸡叫人自己不会制造……

爹笑得无法把一把热水捞到六月头上，就索性停下来，听六月发挥：

……花人自己不会制造，草人自己不会制造，树人自己不会制造，还有……还有爹人自己不会制造，娘人自己不会制造，姐人自己不会制造，哥人自己不会制造。还有……还有……总之还有很多，但是我们却天天在用它，你说人不感恩能行吗？包括这剃头的刀子，我们也不会制造，也是别人制造的，你说我们不感恩行吗？

五月感动得脚心都热了。等爹提了壶给盆里倒水，她才意识到把倒水的事给忘了。爹显然是有意让她专心把六月的发挥听完。

爹兑好水，左手抓了六月的头在盆里，右手捞了水醒。

六月被烫得龇牙咧嘴。

爹说，你看，这剃头里也有大道理，你要剃时不痛，就要在醒时挨些烫。你要将来享幸福，就要现在多受苦。

那我现在就想享幸福。

爹和五月就笑得没办法收拾了。

下一个节目是敲梁劝鼠。爹用一个长竹竿敲打房梁,一边敲,一边说,二月二,打房梁,蝎子蚰蜒不下墙。

为啥二月二打房梁,蝎子蚰蜒不下墙?

因为蝎子蚰蜒睡了一冬天觉,睡过头儿了,突然惊醒,会掉到人身上来,因此敲打一下房梁,让它们先醒透,再出窝,再扫地儿。

六月发现,爹今天多次用到一个字,醒,看来很重要。

你要让它们挪到哪儿去?

挪到外面去啊。

挪到外面干啥去?

过它们的日子去啊。

它们的日子是啥样子?

你跟上看看就知道了。

六月就把目光跟在爹手里的竹竿上,看有没有蝎子和蚰蜒出来。

盯了一会儿,果然就有一个蚰蜒出来,顺着房梁倏地跑到哨眼里去了。六月就飞出门外,去扒院墙台,却被五月抓了后腿。

你拉我干啥?

你要去干啥?

我要去看看蚰蜒咋过日子。

蚰蜒早跑到爪哇国去了,你根本追不上。

六月就又从墙台上溜下来。

二月二，扫炕席，

清清爽爽到年底。

二月二，扫锅底，

省柴省火不费米。

五月六月听到娘在厨房里唱歌，跑过去看，原来娘在扫锅底，锅底上粘了厚厚的一层灰痂。

让我扫一下。六月从娘手里接过笤帚，扫了一下，却发现那灰痂已牢得早不是他能够降伏的了。

娘就又接过笤帚，用笤帚把往下刮。

娘你就用刀子刮吧。

忘了？不是早说过今天不能动铁家具吗？

我爹都用刀子给我剃头了。

剃头除外。

为啥？

因为今天的剃头不是普通的剃头，叫剃龙头，当然除外。

为啥剃龙头就除外？

因为龙头特殊嘛。

明明是人的头，又咋叫龙头呢？

因为是龙节剃的头啊。娘一边回答，一边用劲刮着灰痂，把笤帚把都刮弯了。看看，灰尘一旦结痂是多么牢固。

灰尘为啥会结痂？

因为时间长了。

为啥时间长了就结痂？

因为时间就这么个脾性，因此要防着时间。

防着时间，时间咋防呢？

就要紧紧盯着它，做事不能留尾巴。你们现在亲眼看到了打扫锅底上的灰痂是多么费劲吧，但你们肯定不知道打扫人心上的灰痂更加费劲呢。

人心上咋能结上灰痂呢？

私心就是人心上的灰痂啊。

六月想，私心就是私心嘛，怎么是灰痂呢？

和上古比起来，现在人的私心越来越重了，你奶奶说，终有一天，人的心会变得比锅底还黑，那时候，就到天收人的时候了。

天把人收去放在哪儿呢？

放在……放在……放在粮仓里吧。

放在粮仓里，难道人是老天爷的粮食不成？

娘说得不准确，应该是放在天仓里吧。

是不是冬眠？

大概是吧。

那啥时候才能惊蛰呢？

得等到另一个盘古开天辟地，另一个三皇治世。

啊呀，那要多长时间？

你奶奶说得万万万个万万万万万万年。而且再来，还不一定能得到人身，你奶奶说，得人身如盲龟穿木，知道啥意思吗？

不知道。

就像一个浮在大海里的瞎乌龟正巧碰到了一截木头，那截木头上正巧有个洞，瞎乌龟的头正巧就撞进那洞里，想想看，有多难。

啊呀。五月和六月同时倒吸了一口气。

你奶奶说，那些心变黑的人，今后就永远没有做人的机会了。不知你爹给你讲过没有，当年佛从地上抓起一把土问他的堂兄弟阿难，说，阿难啊，你倒说说看，是我手里的土多呢，还是大地上的土多？阿难说，哥你别取笑我了，当然是地上的土多啊，这一点我还是分得清的。佛说，那你知不知道失去人身的人的数量就像这大地上的土，而得到人身的人的数量就像我手里的土。阿难的眼泪就下来了。

啊呀，那有啥办法不使人心变黑呢？

读圣贤书啊，按圣人教行事啊。

六月一下子明白了爹为啥要背那么多圣人的书，一下子觉得被爹逼着背那些圣人的话有了了不得的意义。

娘又唱开了：

　　身是菩提树，
　　心如明镜台，
　　时时勤拂拭，

　　莫使惹尘埃。

　　娘的唱音刚落,爹的歌声又从上房里传来,就像是和娘比赛似的:

　　　　敲呀敲,敲炕头,
　　　　吉日吉时龙抬头。
　　　　敲呀敲,敲炕头,
　　　　子子孙孙占鳌头。

　　二人就到院里,从扫帚上各抽了一根竹子,回到上房,也像爹一样到处敲敲打打,一边敲一边念:

　　　　二月二,敲锅底,
　　　　烧陈菜来吃陈米;
　　　　二月二,敲炕头,
　　　　吃香喝辣不犯愁;
　　　　二月二,敲屋山,
　　　　金子银子往家搬;
　　　　二月二,敲砖台,
　　　　蝎子不蜇光腚孩;
　　　　二月二,照房梁,

蚰蜒蜈蚣无处藏；

二月二，龙抬头，

孩子大人要剃头。

当一股窜窜的豆香钻到六月鼻眼儿，他就知道娘开始炒豆豆了。娘昨晚就把豌豆泡上了。盐水泡一碗，糖水泡一碗。

六月跑到厨房里，看到娘正赶着一锅的豌豆在锅里跑。

二月二为啥要炒豆豆？

你咋就这么多为啥呢？五月说。

管得宽。

五月在六月的脸蛋上轻轻拍了一巴掌，六月要还击，被娘拉在身右，娘以前没告诉过你为啥今天要炒豆豆？

没有啊。

那娘告诉你——

相传，武则天当了皇帝，玉帝便下令三年内不准向人间降雨。但司掌天河的龙王不忍百姓受灾挨饿，偷偷降了一场大雨，玉帝得知后，将司掌天河的龙王打下天宫，压在一座大山的下面。山下还立了一块碑，上面写道：龙王降雨犯天规，当受人间千秋罪。要想重登灵霄阁，除非金豆开花时。人们为了拯救龙王，到处寻找开花的金豆。但是咋也找不到。有一年的二月二，一个人正在翻晒豌豆种子，突然想到，把豆子炒开花不就是开花的金豆了吗？于是家家户户炒豆子，并在院里设案焚香，供上开花的金豆，专让龙王和玉帝看见。龙王知道这是百姓在救他，就大声向玉帝喊道，金豆开花了，放我出去！玉帝一看人间家家户户院里金豆花开放，只好传谕，诏令龙王回到天庭，继续给人间兴云布雨。从此以后，每到二月二这一天，人们就炒豆子，来感念龙王的大恩大德。

武则天当了皇帝玉帝为啥不准龙王向人间降雨？

因为武则天是个女人。

女人咋了，女人不能当皇帝吗？

老古时就这么个规矩，女人就要安安分分地在家里相夫教子。

六月就看了一眼五月，有些替她遗憾。

但五月却一脸的轻松，一副甘愿安安分分在家里相夫教子的样子。

六月有些明白了娘为啥不围仓了，但还一时无法十分明确。

豆子出锅了。娘让五月六月洗了手数数儿，二十二颗装一碟儿。不用娘说，五月六月也知道，第一碟是天官的，第二碟是龙王的，第三碟是灶神的，第四碟是祖先的。然后一个屋里放一碟，牛也一碟，羊也一碟，猫也一碟，狗也一碟，水房一碟，蜂房一碟，梨树下面也一碟。

给咩咩送豆子时，五月想到了老咩。爹说他原本打算给老咩养老送终的，可是要过年了，她和六月没有新衣裳，爹就把它卖了。五月说，今天，不知是谁给老咩送金豆呢？

六月说，说不定已经被人给宰了。

五月就一下子傻在圈门口。

六月看见五月的睫毛上挂了泪珠，就抬起袖口，让她拿自己的手帕擦，可是等抬起胳膊，才记起手帕还没有从棉衣上换过来。

老天爷为啥就不收了那些刽子手呢？为啥就不让那些刽子手万万万个万万万万年也不要出世呢？

都怪自己，如果不是为了那身新棉袄，爹就不会把老咩卖掉。六月才发现，这刽子手里，也有自己的影子。就打心底里恨起自己来。

这天的午饭有些复杂。娘把大年留的馒头十五留的元宵二十三留的饺子早上新擀的长面新烙的饼子放在大盘子里，说元宵是龙眼睛，面条是龙胡子，饺子是龙耳朵，饼子是龙皮，馒头是龙蛋，让大家每样吃一点，说是沾龙气。五月和六月就挨个往过吃，一边吃一边记数，可千万不要落下哪一个，可千万不能错失了龙气。

吃着吃着，六月就发现了一个问题，这些龙的零件他们都吃到肚子里去了，那龙不就在人的肚子里了？

爹说，吃饭时专心吃饭，不然龙王会伤心的。

龙王为啥会伤心？

因为他把这么多好吃的贡献给你，你却错过了它的味道，他咋会不伤心。爹把一个饺子夹在六月碗里，把另一个饺子夹在五月碗里，把盘子里的最后一个饺子夹给娘，接着说，而且一年就这一次。

明白了！专心！专心！专心！

六月一下子知道了问题的严重性，就像娘早上打扫锅底一样用力扫掉冒出脑海的问题,全力回到味道上。

　　吃完午饭,娘给爹剃头。五月和六月就看戏一样站在一旁看。五月发现,娘拿刀子的姿势和爹不一样。爹是执着刀子,娘是抓着刀子。刀子在爹手上是雄赳赳的,在娘手上是乖顺的。五月还发现,给爹剃头要比六月难度大得多,因为爹的头皮上已经有了褶皱,刀子再也不能像在六月头上那样大步流星,而要挪着碎步,并不时变换角度,才能顺利前进。

　　而且爹的头上还有个难题,那是一个瘊子。娘为了把那个瘊子周围的头发剃尽,变换了不少手法,费了不少工夫,但最终娘还是一根不落地把它们剃掉了,这让五月既佩服又感动。更让五月感动的是娘的左手在爹的头上轻轻地不停挪动的样子,还有她跟在刀刃上的眼神,让五月觉得这坐在凳子上的爹不是爹,而是娘的另一个儿子。

　　给爹剃完,娘让五月赶快把地上的头发扫了,绾在一起,装在一个旧信封里,放在门顶的台板上。五月知道,让她赶快扫是对爹的尊重,放在门顶的台板上是等秦安的货郎子来换花线。

　　接下来是一段悠闲的时光。爹坐在炕头读经,娘在炕上打褙子。

　　五月和六月坐在娘身边,面前是两个豆碗,一碗是甜的,一碗是咸的,他们品尝完甜品尝咸,品尝完咸品尝甜。

品着品着，六月的问题又来了，爹，你说为啥会有甜和咸？

我不明白你是啥意思啊。

我是说，为啥糖是甜的，盐是咸的……不是……我是说，这糖咋就是甜的，盐咋就是咸的。六月说了半天，发现还是没有说出他心里要问的那层意思。

爹说，老天爷造的啊。

老天爷为啥要造这么多味道？甜啊咸啊辣啊苦啊酸啊的。

因为世上的人都是馋猫变的啊。

六月看了一眼在他身边睡觉的花花，原来人是它变的啊。

六月把目光从炕上睡觉的花花挪到窗格里吃献饭的猫，突然想到年前爹从书箱里取窗花样时让他们看过的那张画，就要爹取出来再看一遍。

爹就从地柜顶上取下书箱，打开，十分小心地取出一张旧画来。还记得它叫啥名字吗？

《皇爷耕田图》。六月抢先说。

也对，还有一个名字呢？

《御驾亲耕》。

都对。

但六月还是觉得五月答的《御驾亲耕》比他答的《皇爷耕田图》更有水平。

爹小心地展开，一个头戴王冠身穿龙袍的皇帝就出现在他们面前。皇帝手扶犁把耕田，身后跟着一位大臣，一手提着竹篮，一手在撒种，记得爹说过，这个人就是宰相。牵牛的是一位身穿长袍的七品县官，远处是挑篮送饭的皇后和宫女。

边上有一首诗。

还记得吗？

五月六月齐声念：

二月二，龙抬头，

天子耕地臣赶牛。

正宫娘娘来送饭，

当朝宰相把种丢。

春耕夏耘率天下，

五谷丰登太平秋。

爹说，先皇伏羲重农桑，务耕田，每年二月二这天，皇帝都要御驾亲耕，皇娘送饭。后来黄帝、尧帝、禹帝效法，到周武王时二月二被定名为农头节，朝里要举行盛大的仪式，文武百官都要亲耕一亩三分地，也就有了这首百姓喜欢的民谣，再后来，农头节就变成了龙节。

正说着，改弟来了。手里端着一个碗。

给你们一碗大豌豆。

五月六月同时伸出双手去接，最后还是五月让给六月。六月就端了碗,举到爹面前,让爹抓一把,然后举到娘面前,让娘抓一把,然后举到五月面前,让五月抓一把,剩下的,他撑开自己的夹袄口袋,全倒进去了。不多时,肚皮上就热乎乎的,原来这大豌豆是才出锅的。

六月把空碗给了改弟。

娘说,就那么把空碗给人家改弟啊。

六月就明白了,跑到厨房,从瓦盆里舀了一碗豌豆,端到上房,给改弟。

改弟也没推辞,接过,放在地桌上,说,你们看到龙在哪方抬的头?

六月问,你呢?

改弟说,我看到龙在东方抬的头。

六月有些羡慕地问,咋抬着呢?

就像牛抬头一样,只不过有一万个牛头那么大。

啊,五月吃惊地说,一万个牛头?

抬了多长时间? 六月问。

就像打个盹的时间。

现在又回去了?

对,很快就回去了,你们没看见?

六月才发现自己的问话把馅儿给露了。忙说,看见着呢。

你看见龙咋抬头着呢?

我看见……五月要说,被六月掐了一下手心。

我看见龙就像狮子一样抬头着呢。六月接上话茬说。

啊，你看到的和我看到的不是一个龙？

可能吧。

你看到龙抬了多长时间的头？

我看到龙头抬起来就再没有放下。

啊，现在在哪里，你指给我看。

六月就带改弟到院里看。一边往院里走，脑瓜一边飞速地转着，该指着哪个方向说呢？

谁想飞速转动的脑瓜却转到《弟子规》上，然后嘎地一下停了下来：

> 凡出言，信为先，
>
> 诈与妄，奚可焉。
>
> ……
>
> 过能改，归于无，
>
> 倘掩饰，增一辜。

六月的脑瓜再次飞速运转起来，寻思着该如何改过，不想头顶轰的一声，一个炸雷从天上滚过，接着，豆大的雨点就噼里啪啦落了下来。

五月六月忙转身进屋，拿了簸箕笤帚，冲到当院，抢收围仓。

清　明

昨　天

东走走西走走,东瞅瞅西瞅瞅,总是拿不定主意买谁家的纸。六月有些着急,说,随便买上些算了。五月回头看了六月一眼,说,"祖宗虽远,祭祀不可不诚。"五月的"不可不诚"还没有出口,六月抢先说,"子孙虽愚,经书不可不读。"把旁边一个卖纸的给惹笑了,说,这么好听的句子,谁教你的? 六月说,没人教,自己会的。哈,好一个自己会的,再背两句听听。

　　居身务期质朴,教子要有义方;勿贪意外之财,勿饮过量之酒。

　　与肩挑贸易,勿占便宜;见贫苦亲邻,须加温恤。

　　刻薄成家,理无久享;伦常乖舛,立见消亡。

　　兄弟叔侄,须分多润寡;长幼内外,宜法肃辞严。

　　听妇言,乖骨肉,岂是丈夫;重资财,薄父母,不成人子。

嫁女择佳婿,勿索重聘;娶媳求淑女,勿计厚奁……

厚奁……厚奁……六月接不上来了。五月补台:

见富贵而生谄容者,最可耻;遇贫穷而作骄态者,贱莫甚。

居家戒争讼,讼则终凶;处世戒多言,言多必失。

勿恃势力而凌逼孤寡,勿贪口腹而恣杀生禽。

乖僻自是,悔误必多;颓惰自甘,家道难成。

狎昵恶少,久必受其累;屈志老成,急则可相依。

轻听发言,安知非人之谮诉,当忍耐三思;因事相争,焉知非我之不是,须平心暗想。

施惠勿念,受恩莫忘……

五月背到这里,好多人围了上来,看戏的一样。五月有些紧张了,鼻梁上渗出汗来。六月见状,捏了五月的手,放大了音量:

凡事当留余地,得意不宜再往。

人有喜庆,不可生妒忌心;人有祸患,不可生喜幸心。

善欲人见,不是真善;恶恐人知,便是大恶。

见色而起淫心,报在妻女;匿怨而用暗箭,祸延子孙。

家门和顺,虽饔飧不继,亦有余欢;国课早完,即囊橐无余,自得至乐。

读书志在圣贤，非徒科第；为官心存君国，岂计身家。

守分安命，顺时听天；为人若此，庶乎近焉。

接下来，姐弟二人就不知该干什么了。六月看五月，五月的脸蛋红扑扑的，熟透的柿子一样。五月看六月，六月的脸蛋也红扑扑的，也像熟透的柿子一样。

这是谁家的一对？一个女人问。六月看了看五月，五月示意不要回答。六月却说，她是我姐，叫五月。

你呢？你叫啥名字？

六月。六月铿锵作答。

一定是乔家上庄大先生家的。一个女人说。

当这女人说到"大先生"三个字时，六月的心里忽闪了一下，就像捉迷藏被人找见似的，但这种"找见"却是一种渴望，一种对光荣的渴望。

下次跟集时还来吗？

六月不知如何回答，看着五月。五月说不知道。

再来好吗？还到我们这个摊儿，我把我儿子带上，你背一下给他听，让他见识一下你们的学问，可以吗？

六月说，那要看我爹让不让来。

女人说，你爹一定让来呢。说着，转身刷刷刷地卷了一卷纸给六月，这卷纸送给你。

六月说，不要钱？

女人说，不要钱。

六月就接过了。

五月说，不行，爹说白拿人家的东西就是偷。

六月说，爹还说如果是人家允许的就不是偷。

五月想了想，也对，就默许了。

我赞助一把蜡烛。

谢谢大娘。

不用谢，下次我也把我儿子带上，让他长长见识。

你们这不是逼人舍散嘛，看来我也得赞助一把香。口气不好听，表情却十分的亲热。

谢谢叔叔。

还有两双手在往五月六月的口袋里装糖果，一边装一边说，人家祖先肯定烧过长香的。

二人抱着满满当当的两包东西，乐颠颠地回家。五月和六月没有想到，一出《朱子家训》会换来这么多东西。六月想，回去一定要再背几出，爹让他背《弟子规》，他嫌太长了，看来得下决心背下来。

总不能一直背《朱子家训》吧。六月说。六月把五月想说的一句话给说出来了。六月说，咱们回去就背《弟子规》吧。五月说，《弟子规》太长了。六月说，总没《目连救母》长吧。五月想想也是，《目连救母》那么长的剧本，他们都背下来了。咱们今天应该给他们唱几段，五月说。六月说，就是啊，咋就没记起呢，如果唱几段《目连救母》，说不定他们还有更多的奖赏呢。五月说，下集吧，下集咱们给他们唱几段——你说，下集爹还让我们来吗？六月说，肯定让来，一次挣这么多东西，爹为啥不让来。五月说，你才说错了，得意不可再往，爹肯定又是这句话。六月说，可爹还说，几百年人家无非积善，第一等好事只是读书呢。五月说，是读书，又不是背书。六月说，背书也是读书。五月说，不过没关系，就算爹不让我们下次到集上来，五月五马上就到，五月五爹总要让我们来买香料吧，买花绳儿吧。六月说，谁能等到五月五，把人牙都等长了。五月说，看把你急的。六月说，如果一月有一个节就好了。五月说，那你给咱们创造个节啊。六月说，好吧，你说四月该设个啥节呢？五月说，你说呢？六月说，就设个"听背"节吧。五月不懂，"听背"节，啥叫"听背"节？六月说，听咱们背经啊。哈，哈哈，五月把全部的目光变成佩服，送给六月。这真是个好节日，一集的人都听咱们背经，那该多过瘾。六月说，就像正月唱大戏一样，就像七月十五唱皮影一样，一戏场的人都听咱们背经。可是，那该背多少经才能够啊。五月有些负担了。六月说，没关系啊，我们可以教改弟、改改、地地、白云一起背啊，就像唱大戏，一人一出轮流上。

五月就把目光开成一束花，送给六月。

六月的胳膊抱酸了，要把包背到背上。五月说，不行，祭祖宗的东西，咋能吊到屁眼上呢。说着，接过六月的包，自己抱了。六月说，爹说书中自有黄金屋，看来是真的。五月说，书中还有颜如玉呢。你说，为啥第一等好事只是读书？五月说，因为书中自有黄金屋啊，书中自有颜如玉啊。六月又问，那你说，几百年人家为啥无非积善？

把五月给问住了。五月想了想说，大概是为了"庶乎近焉"吧。六月问，啥叫"庶乎近焉"？五月说，大概就是像神仙一样吧。

上到山顶，二人坐下来歇息。六月望着远方说，你说，姐夫是不是佳婿？五月问，你啥意思？六月说，爹说，三月姐出嫁时，他啥礼都没要，那姐夫一定是佳婿了。五月就笑了。六月说，你出嫁时，是要"重聘"呢，还是要"佳婿"呢？五月就在六月的额头上点了一下，说，那你是要"淑女"呢，还是要"厚奁"呢？六月说，我两个都要。惹得五月笑翻了天。

突然，六月说，我们今天只顾接着"子孙虽愚，经书不可不读"背了，把前面半截给忘了，语气里透着遗憾。五月说，是啊。六月说，下次一定要补给人家。五月说，是啊，爹说省下不该省的劲，也是偷。六月说，爹还说，该做的事不做，也是偷。五月说，对，做该做的，拿该拿的，就是吉祥——爹是咋讲如意来着？六月说，爹说，只有吉祥才能如意。五月说，爹好像还有个说法。六月说，好像是……就像天意，只有合乎天意，才能如意。五月说，对对对，就是这么说的。六月说，但天意人咋能知道呢？五月说，爹说经上说的，都合乎天意。六月说，那《朱子家训》是天意？五月说，当然啊，按爹的说法当然啊。

黎明即起，洒扫庭除，要内外整洁；既昏便息，关锁门户，必亲自检点。

一粥一饭，当思来之不易；半丝半缕，恒念物力维艰。

宜未雨而绸缪，勿临渴而掘井；自奉必须俭约，宴客切勿流连。

器具质而洁，瓦缶胜金玉；饮食约而精，园蔬胜珍馐。

勿营华屋，勿谋良田。

三姑六婆，实淫盗之媒；婢美妾娇，非闺房之福。

奴仆勿用俊美，妻妾切忌艳妆……

二人情不自禁地又把全文背了一遍，和以前的感觉大不一样了。

因为它是天意。

今　天

一早起来，爹就让五月裁纸。五月跪在地桌旁的椅子上，就着地桌把纸折成一寸宽的绺儿，拿刃子裁。那刃子就从六月的心上噌噌噌地走过。这么好的白纸，眼看着变成纸条了，如果订成本子，该写多少字呢。六月说了自己的想法，五月想想也对，但又觉得没有理由不裁。就说，也许爷爷也需要本子写字呢。六月说，爷爷用这么窄的本子写字？五月又说，也许爷爷要它卷旱烟呢。六月觉得这个说法有道理，爹常把他们写过的本子裁成这么窄的纸条卷烟抽呢。每当爹点着用他们的本子裁成的纸条卷的旱烟棒时，他就觉得爹把许多知识抽到肚里去了。

那是爹第一次打他。

他撕了五月的一页废本子擦屁股，被爹看见，爹的巴掌就过来了。

爹打完他，才说，我没有告诉过你敬惜字纸吗？

告诉过。

告诉过为啥还要拿有字的纸擦屁眼？

那你为啥拿字纸卷烟？

卷烟和擦屁眼一样吗？

当然一样。

他的屁股上就麻辣了一下。

是不是上面的就是干净的，下面的就是脏的？六月问。五月说，你啥意思？六月说，爹不让我拿字纸擦屁眼，他却拿字纸卷烟。

五月放下刀子，使劲看着六月，觉得六月提出了一个十分重大的问题。是啊，为啥人们把下半身上的东西都看成是脏的，把上半身看成是净的？你说呢？六月说，我发现凡是进去的地方是净的，出来的地方是脏的。五月想想，觉得有道理。人的下半身大多是出的，上半身多半是进的。可是鼻子里流出的鼻涕不也是脏的吗？六月说,那也没有屎脏。五月觉得对,又不完全对。六月说,那你说,把人埋进土里,是进去呢,还是出来呢?五月睁大眼睛,说,你咋想到这么怪的一个问题。六月说,我们一会儿不是要上坟吗?要给爷爷奶奶挂纸吗?你说,那坟是进去的地方还是出来的地方?五月说,当然是进去的啊。六月说,那过年时我们去请他们回来过年,不是又是出来吗?五月的脑筋就转不过来了,说,大概既是进去的,又是出来的吧。六月没有想到五月会这么回答他,但又觉得这个回答很美。

突然,五月说,赶快忏悔。六月问,为啥要忏悔?五月说,爹说准备供品时,不能胡思乱想的。六月觉得五月说得对,他们不但胡思乱想,还想到脏,快快忏悔。

忏悔就是洗心对不对?六月问。五月直起身来,看着六月。六月说,爹说手拿了脏东西要洗手,眼睛看了脏东西要洗眼,那心想了脏东西也要洗心吗?五月说,对啊,很对啊,赶快把你的心掏出来洗啊。六月就打了一个战栗。如果把心掏出来,人不就死了吗?人死了,不就又要让没死的人给他过清明嘛。一想到自己将要享受清明,六月又觉得死了挺好的。如果没有死,就没有清明。如果没有清明,这个三月该多没有意思啊。清明时节雨纷纷,路上行人欲断魂。原来是为了清明时节雨纷纷,路上行人才欲断魂呢。

雨就下起来了。不过不是大雨,是毛毛雨,像五月和六月的心情。

爹从门里进来，让六月把炕桌放到炕上。六月看见，爹的手里是一个花瓷碟子。六月就把炕桌抱到炕上。爹把碟子放在炕桌上，从地柜顶上取下来小木箱，打开，拿出一包颜色，倒在碟子里。碟子里的水就哗地一下红了。爹用一个竹签搅了一会儿，等颜色化匀了，就把一团新棉花放在里面。不一会儿，颜色就被棉花吃掉了。爹又从小木箱里拿出印版，交给六月。

六月就端庄了身子，开始印钱。

印纸钱是一件难活，要把颜色蘸得刚刚好，要不印出来的纸钱不是一塌糊涂，就是缺东少西。尽管六月努力把握，但开始几张还是印不到火候上。爹也不责怪，仍然让他印。印了几张纸，就好看了，而且越来越好看。六月喜欢印版不轻不重落在纸上的感觉，喜欢提起印版时，纸上出现的恰到好处的图案。

六月的心里被一次次成功的喜悦充满，那是一种水红色的喜悦，一种清明一样的喜悦。

水红颜色印在白纸上，让人觉得那纸钱不是纸钱，而是一张张年画。也许对于爷爷来说，纸钱就是年画呢。

忽然，六月的脑门亮了一下。

姐，你说清明是啥颜色？

清明啥颜色？清明就是清明，还啥颜色。

我觉得就是水红色。

五月停下手里的刃子，看了看炕桌上的纸钱，又看看窗外雨蒙蒙的天，觉得六月说得有道理。

六月的另一个问题来了,你说为啥今天是清明?

五月说,又忘了,印纸时是要专心的。

六月就发现自己果然把一张十元票子印歪了,"冥府通用"四个字都有些不通了。

六月第一次觉得思想是不安全的。

爷爷的坟在麦地里。麦苗绿油油的,像个绿被面一样苫在地上。毛毛雨把地皮刚刚打湿,不沾脚,也不起土,正是清明的样子。六月看着五月错着脚在麦行里行走,身子一扭一扭的,花格夹袄一扭一扭的,心里一阵感动。他也错着脚在麦行里走,但有时难免不小心把麦苗给踩着。

昆虫草木,犹不可伤。

宜悯人之凶,乐人之善;济人之急,救人之危。

见人之得,如己之得;见人之失,如己之失。

不彰人短,不炫己长;遏恶扬善,推多取少。

受辱不怨,受宠若惊;施恩不求报,与人不追悔。

……

姐,我们下次可以给他们背《太上感应篇》啊。五月说,你能背下来吗?六月说,差不多了。五月说,好啊,你背会,我跟着你背就行了。六月说,你背会我跟着你背。爹问,给谁背啊?六月看五月,五月停下脚步，回头看了六月一眼。六月就说，给我爷爷背。爹说，好啊，那你爷爷一定会奖励你的。我爷爷奖励我，他咋奖励我？爹说，他会让你考一个状元。六月问，状元能干啥？五月说，状元能招驸马呢。爹笑着说，就是，状元能招驸马呢。驸马能干啥？能娶皇帝的女儿当媳妇呢，五月抢先说。六月说，那皇帝家的女儿是淑女吗？五月说，当然啦。爹就嘿的一声笑了，六月又觉得爹刚才的一声笑就像是清明。

三人继续错着脚步在麦行里前进。

草木为啥不能踩？六月问。

因为草木也是命。

啥叫命呢？

活着的都是命。

麦子活着吗？

当然活着啊。

那它咋不说话？

它说呢，只是你听不见。

六月就听见了。六月听见麦子真在说话呢，六月看见满山遍野的麦子在说话呢，麦子在说什么呢？

坟院到了。荒草都老得不像个样子了。六月又觉得，这老得不像样子的荒草就是清明。

爹把纸条分成四份，盘里留了一份，他们三人各一份，开始往坟院内的草上挂纸。一绺绺纸条挂在枯草上，一下子活了起来，风一吹，就像戏台上的戏子在舞袖。那么戏子呢？是爷爷吗？但这些纸条分明又是他、五月和爹挂上去的。六月第一次觉得风的不可捉摸，纸条的不可捉摸。

姐，你看这挂纸像不像是戏子在舞袖？

六月一直搞不明白那袖子是怎么舞起来的，至少一丈长的袖子，都要擦着台沿下他的脸了。问五月。五月说，因为她是嫦娥。六月说，嫦娥是淑女吗？五月说，嫦娥当然是淑女，怎么，想娶嫦娥做媳妇？六月说，我娶了嫦娥做媳妇，还不把你给伤心死。五月说，我才不伤心呢，如果你真能够娶了嫦娥做媳妇，我还能沾你的光到月亮上浪亲戚呢。六月说，那没问题，到时你带上爹和娘，我让吴刚给你们一人一瓶桂花酒。五月说，我不要酒，我要长生不老药。六月说，你想长生不老？五月说，当然啊，谁不想长生不老？六月说，如果我早娶了嫦娥，就可以让爷爷不死，让奶奶不死。五月说，可这戏台上的嫦娥又不是真嫦娥，爹说，要做真嫦娥，得做无数无数的好事才能行呢。

讨厌！不想六月突然变脸了。

五月吃惊地问，咋了？

六月说，谁让你提醒她不是真嫦娥？

五月停下来看了看说，我觉得不像。

那你说像啥？

我觉得像是想念。

六月没有想到五月说了这么有水平的一句话，把在风里飘舞的挂纸说成是想念，这就是爹说的诗吧？

咋这么看着姐？姐的脸上又没有戏。

六月突然换了十分老成的口气说，你想爷爷了？

你不想吗？

六月想了想，觉得既想又不想，但终归还是想。

经六月这么一说，五月也觉得飘在风里的纸条是活着的，有头，有身子，有胳膊，有腿。五月似乎明白了为啥叫"挂纸"，它是不是和"牵挂"有关？

这时嫦娥的袖子又过来了，真真切切地在六月脸上拂了一下。五月还发现，在六月脸上拂了一下的，还有嫦娥的眼神，准确些说，不是拂，是挖。大概嫦娥真是看上他们家六月了。

之后，每当遇到六月出神，五月就说，是不是想人家嫦娥了？六月就打她。

现在，她似乎能够明白一点嫦娥舞袖中的意思了。

五月能够看见，嫦娥的舞袖中有一个清明。

六月看五月愣神，提醒说，祖宗虽远，祭祀不可不诚。五月忙把心思收回来，专心地挂纸。但她分明觉得，祖宗并不远，就在她身边呢,就像拂过脸颊的风,就像这手里的纸条,就像……

六月把最后一绺纸用一个土块压在爷爷的坟头,直腰一看,坟院已经白了,六月的心被一种活着的"白"强烈地震撼了一下。

有风,爹用右手把上衣下摆张开,挡了风,左手捏了三张黄表。六月十分默契地擦着火柴。爹先把一张黄表点燃,然后点大堆的纸钱,等大火旺了时,把香点着,插在土里,然后夹了碟子里的献饭,往四周扔。六月的小身子就打了一个战栗,眼前出现了一张张模糊的嘴,一种让人不能明确形状的嘴,在享用爹的泼散。

六月太喜欢这个场面了:

一张张白色的纸钱在火里消失,就像那火是纸钱的家,它们一个个跑回去了。六月也喜欢看炉塘里的火,但那火过于从容,掌柜的一样,慢条斯理,不像纸钱这样匆忙,不假思索地赶路。

六月还喜欢和爹和五月跪在坟院里的这种感觉,跪在风里的感觉。

当火光变成灰烬时,爹右手拿起酒壶,左手托了右手,向坟地里奠酒,酒水落在土上,散发出一种清明的味道。六月学了爹的样子,端起茶壶,向地上奠茶,微温的茶水落在黄土上,同样散发出一种清明的味道。六月没有想到,奠茶的过程是如此的过瘾。

爹说,磕头吧。三人就伏在地上磕头。

爹磕了三个,起来作揖。五月也磕了三个,起来作揖。

六月多磕了两个,起来作揖。把爹给惹笑了,你小子干啥都是个贪。

六月笑笑。心想多磕两个头总不是坏事。

五月的目光却在三炷香上。

五月觉得，它们就像一个暗号。

修补完坟院，爹点了支烟蹲在地埂上抽，二人也挨了爹的身子蹲下来，有种难言的幸福涌上心头。

过了会儿，爹让他们看看村子，看有什么发现。五月和六月就看。五月说，四面山坡上一片一片地开出白花。六月说，这个村子其实是两个村子。爹问，为啥是两个村子？六月说，一个是清明里面的，一个是清明外面的。爹有些吃惊地看了六月一眼，说，清明还有里外？六月咬着嘴唇，有些吃力地说，他刚才说的其实不是心里感到的，反正是两个世界。爹沉吟了一下，说，有道理，有道理。说着，起身端了盘子，却并不回家，而是朝相反的方向走去。

五月和六月一下子明白了。就后悔把一道极简单的题没有答出来。爹的盘子里明明还留着挂纸和供品，他们怎么就给疏忽了呢？

再看那两个没有挂纸的坟院，显得那么可怜，就像两个孤儿。

爹把那个脏小子带到家里来时，娘正好把饭做熟。五月和六月就有些不高兴。不想爹一边给脏小子洗脸，一边让他们先吃，说他已经吃过了，他的那份留给那个孩子。

爹的那份就一直留给那个孩子，直到后来县上成立孤儿院。爹说，他的父母都不在了，父母都不在的孩子叫孤儿。后来学了《太上感应篇》，他们才明白爹这是在"矜孤恤寡，敬老怀幼"，就从心底里对爹生出无比的敬意。

假如县上不成立孤儿院呢？爹会一直让他在咱们家长大吗？六月问。五月说，你说呢？六月说，假如他一直在咱们家长大，还得爹给他找淑女，还得再打一处院，最后死了，还要埋在咱们家坟里吗？五月说，这你得去问爹，我听娘说，爷爷年轻时就收养过两个孤儿，不过后来都害天花死了，那时，爹还没有出生呢。

六月就看见，有两个孤儿，在长长的清明里，向他们走来。

给乱人坟挂纸时，五月有些害怕，一步也不敢离开爹和六月。六月装出一副胆大的样子，其实心里也在打鼓。

爹看出了他们的胆怯，说，知道啥叫清明吗？二人说不知道。爹说，不浊为清，不迷为明，一个人只要在清明中，就没有什么可怕的。

六月不懂，悄悄地问五月，你在清明中吗？五月说，当然在啊，今天谁还不在清明中啊。

六月再次把目光投到自家的坟院，觉得爹把他心中的那个清明给篡改了。但六月很快就放弃了追究这个问题，因为另一个问题出现在他的脑海中。

姐，你看咱们坟院里的那些纸条，像不像山的胡子？

五月盯着自家的坟院看了一会儿，说，你是说，山是一个人？六月说，是啊。五月的眼睛就眯成一条缝，对着山又瞅了半天，说，还真是一个人呢，不过是躺着的一个人。

六月又说，可是这山老人家，为啥只有到了清明才长胡子呢？

五月说，清明时节雨纷纷嘛。

雨就下了起来。

五月和六月的心里疼了一下，可惜了那些挂纸，全被雨打湿了。

小　满

　　五月和六月被一阵敲门声惊醒。睁眼,地上站着哥。哥上气不接下气地说,娘,快,我媳妇要生了。娘一边穿衣裳,一边说,你小子还真行啊,赶着日子当爹,恭喜啊。哥不好意思地笑笑,说,夜凉,娘你穿暖和。娘说,没事,惯了。爹也穿了衣裳,坐起来抽烟,一脸的开心。爹把烟盒放在哥面前,意思是允许哥抽烟。自从哥娶媳妇后,五月和六月就发现,爹不再阻止哥抽烟,另家后进一步,哥和嫂子搬到天水去更进一步。每次哥来家里,爹就先自己装上一烟锅,然后把旱烟盒往哥面前一放,只不过不像对外人那样出口让。哥说,我不想抽。六月说,抽吧,平时逼着让我们从爹这里给你偷烟抽呢,这时倒装起人来了。哥瞪了六月一眼,但很快又换了大度在脸上,真像一个要做爹的人了。娘一边系扣子,一边说,真快,才几天,这小子也要当爹了。

　　哥弯腰把娘的鞋摆顺,好让娘快点出发。娘说,这么心疼媳妇啊?哥说,她反应重。娘说,别急,先让她疼一会儿。哥就笑,接着问,娘,你的家当呢?娘看了一眼地柜。哥会意,就过去拉开柜门取出一个保健箱,背了,立等要走。娘却在盆里倒了水,慢条斯理地洗脸。哥就急得在地上直挪脚步。五月和六月趴在被筒里看着这一幕，觉得好玩。他们无法想象，哥做了爹该是一个什么样子。平时，他还混在他们中间玩呢。突然，六月说，哥，你还没有磕头呢。哥被六月的话惊了一下，忙放下保健箱，跪在地上，说，娘我给你磕头。娘像是没有听到哥的话，倒带着一个特别的表情看了被筒里的六月一眼。这让五月很羡慕，她也知道每个请娘的新爹都要给娘磕头的，却怎么没有想起来，让六月给赢人了呢？看六月，六月一脸的得意，像刚刚抓到一个特大俘虏似的。六月把脖子伸到炕沿前笑呵呵地看哥磕头，觉得既好玩又解气。

　　嫂子没过门的时候，哥和六月一起睡，有时五月不想到娘和爹身边去，也就在他们这边睡，哥上炕，五月靠窗，六月中间，既热闹又自在。可是嫂子来的那天晚上，哥就不和他们睡了，六月和五月只好回到爹和娘身边睡。

　　闹完洞房，村里的人都散尽了，新房里剩下哥、嫂子、六月和五月。娘叫六月和五月到上房里睡觉。六月不愿意去，六月想和哥、嫂子一起睡。但哥一点留他们的意思都没有。嫂子同样，生铁一样，一点人味都没有。娘来叫他们，六月说，炕这么大，我和姐在这里睡吧，能睡下。娘就笑。娘说，这有讲究，新房里只能睡新郎和新娘。六月问，为啥？娘说，等你长大就知道了。六月问，啥时候才能长大？娘就一把把六月抱起来，一手拖了五月，走出新房。六月指望着哥能够留他一下，但哥一个响屁都不放。

到了上房，六月问五月，你觉得哥像个啥？五月说，新郎官啊。六月说，再想。五月想了半天说，哥就像哥嘛。六月说，叛徒，瓜蛋。六月这么一说，五月就觉得哥真像一个叛徒。六月说，你说，哥咋说叛变就叛变了呢？五月说，都是因为嫂子。六月说，对，嫂子肯定是个女特务，不然好端端的一个哥，咋说叛变就叛变了呢？我们得去侦察一下。

二人就悄悄溜下炕，光着脚片到新房窗下。

哥起来作揖时，六月扑哧一声笑了。五月就觉得身上的被子也笑了。五月问，你笑啥？六月说，再让你当爹，放着好好的新女婿不当，偏要当爹，看要磕头吧。惹得爹和娘好一阵笑。哥的脸都红到脖子根了。不想六月又说，刚才的揖不恭敬，重作！五月说，对，揖深圆，拜恭敬。哥就认错地重作了一个。六月乐得直鼓掌。五月说，看把你乐的，人家只是磕了三个头，作了两个揖，又没掉一根毫毛。六月说，虽然没掉毫毛却掉了架子，臭蛋你就别磕了吧。爹就喝了六月一声，说，没规矩。六月的头就缩进被子里。五月也把头缩进被子里，问，假如人家不磕呢？六月说，敢！如果不磕，娘就不去，娘不去，他媳妇就得一直疼。五月说，你咋知道一直疼？六月说，一泡屎拉不下来还憋得肚子疼呢，何况一个人。五月就佩服得不行，她也应该想到生一个娃娃是要比拉一泡屎难，可怎么又让六月说出来了呢？

突然，六月说，不过姐你别怕，你想啥时候生就啥时候生，反正娘在身边。五月说，我想现在就生。这次轮到六月着急。是啊，假如五月现在就生呢？娘走了怎么办？但他立即放下心来。可是你的肚子还没有疼呢。五月想想也对，好像听娘每次回来都说生娃娃是先要肚子疼的，有些人都快疼死了。过了会儿，六月问，你说嫂子肚子里的小人儿是咋成的呢？五月说，大概就像瓜一样。六月的脑海里就伸出一个长长的瓜蔓。可那瓜，是谁种的呢？

哥和嫂子从门里进来，五月和六月的眼睛就直了。他们从嫂子娘家来。嫂子的娘家在一个叫天水的地方。嫂子被娘家喂成一头大肥猪。六月小声说，还知道回来。五月附和，就是，还知道回来。哥带嫂子去浪娘家，不想一去就是两个月。娘成天气得骂呢，想不到看见嫂子却高兴得像啥似的，说，这么显啊，一定是个公子。嫂子就笑。娘客气地把嫂子让进屋。六月给五月说，自家人，还像待亲戚一样。娘回头看了他一眼，示意不要这样说话。六月和五月就把声音压小，坐在门槛上叽叽咕咕。刚才娘看着嫂子的肚子说，这么显啊，一定是个公子，啥意思？六月问五月。五月说，你去问娘啊。六月就上前问娘。娘笑着说，你嫂子要给娘生孙子了，你小子要当叔叔了。六月被叔叔二字激灵了一下。这叔叔二字，平时常听别人叫，没想到今天落在自己身上，就觉得自己一下子高了一截，人物了一截。嫂子，你把娘的孙子掏出来我们看看，六月一本正经地说。嫂子笑得直不起腰，娘也笑得栽跟打斗的。六月没有笑，六月在想，嫂子是从哪里装进去的呢？

娘出门时，六月说，我也去。娘说，人家媳妇生娃娃你去干啥。六月说，我就想去。五月把头伸出被筒说，那你也让你媳妇快生啊。六月的手就在五月屁股上掐了一下。五月疼得叫起来。六月说，你以为你能躲脱那一关，到时再让你胡说八道。娘说，别胡闹，好好睡觉，天还早呢。六月说，要不你带上我姐吧，让她也学一下我嫂子咋肚子疼。又把一家人惹得差点笑死。娘说，肚子疼还不好学吗，多吃两个生萝卜就行了。六月说，可是现在没有生萝卜啊。娘笑着说，我看你就是个生萝卜。说着出门。爹也跟着出去了。

娘把哥和嫂子送出门，又把哥叫回来。说，从现在起，可不许人家做重活，不许气人家，不许参加红白喜事，不许到古院子里去，不许到杀生的地方去，不许吃荤腥，更不许做亏人的事……娘说了许多不许，六月没有记住。六月给五月说，就像给谁把皇榜揭来似的，这不许那不许的。五月说，就是。

更让六月气愤的是，娘把大姐送来的一袋小米给哥了，把舅舅送来的一瓶清油也给哥了。如果仅仅是这样，还倒好说，更让人怒火中烧的是，娘揭开衣襟，掏出钥匙，打开炕柜，柜里居然有一包红糖、一封饼干。娘啥时候放进去的，我怎么一点都不知道？忍无可忍的事情发生了，娘把它们全拿出来，装到哥的包里了。这次哥倒是推辞了一下，说，这是人家送给爹的，留着让爹喝茶吧，饼干给五月和六月两个馋嘴吧。总算说了一句人话。娘说，他们吃的时间还长着呢，再说，都是自己兄妹。哥就不再推辞，从包里拿出饼干封子，打开包纸，给他们每人取了两片。从哥手里接过饼干，六月心里的气总算消去大半。

娘和哥出门后，六月给五月说，你说，娘咋对嫂子这么好？五月说，娘不是说，嫂子要给她生孙子了嘛。六月说，难道孙子比儿子更值钱？五月说，大概是吧。六月问，为啥？五月皱着眉头想了半天，也没有想出答案，舌头却伸到饼干上去了。六月看着那么好看的饼干在五月的舌头下湿了一块，心里一疼，但自己手里的饼干也不听话地到舌头边了。

就在这时，六月有了答案，因为孙子是别家的人生的，儿子是自家的人生的。五月想想，对啊，娘是自家人，嫂子是别家人，娘总是对别家的人好。六月说，那我们也让嫂子生一遍啊。五月说，这个主意倒不错，但不知道嫂子愿意不愿意。

姐，你吃我吧。六月突然说。五月惊得两个眼睛鼓成铜锣，说，你咋能吃？六月说，娘刚才说我就是生萝卜，娘说只有吃了生萝卜才能肚子疼，只有肚子疼才能给娘生孙子。五月想刚才娘的确是这样说的，就盯了六月看，却是无从下口。她无可奈何地摇摇头，说，娘肯定骗我们呢，人咋能吃？六月说，肯定能吃，爹和娘不教我们，是留着自己吃呢。五月惊讶地说，是吗？六月说，骗你干吗？有一次，我就听见爹在吃娘呢，娘还问爹啥味道呢。五月的嘴也张成铜锣，真的？六月说，骗你干吗？五月问，啥时候？六月说，早了，一天夜里，我被尿憋醒时听见的。五月说，以后你听到时叫声姐，让姐也听听。六月说，好。

爹进来了。五月再看爹时，就觉得爹一脸的阴谋。五月想，爹也太不够意思了，怎么能够偷着吃，看来娘平时说爹有一嘴中吃的都舍不得吃留给她和六月是假的。这一发现让她的心凉了一大截。但她又立即记起，有好多次，家里做些好吃的，爹就是舍不得吃，硬让她和六月吃。他们强让他吃，爹就说他不爱吃那东西。他们就真以为爹不爱吃。直到后来他们惹爹生气，娘教训他们，他们才从娘的口中知道爹是装作不爱吃的。六月说，不对啊，你说爹吃娘，可爹咋不生呢？五月说，真是个瓜蛋，爹是男人，男人咋生？六月说，你是说男人吃了生萝卜也没用？五月说，那当然，口气中充满着自豪。六月说，我明天就去给你拔生萝卜。五月说，可是我怕疼。六月说，一点疼算啥，再说，有娘在，还怕疼？五月想想也是，就觉得肚子里也有一个孙子了。

爹让五月和六月睡，他出去一趟。六月问，爹出去干啥？爹说，你问这么多干啥？爹走后，六月说，我知道爹干啥去了。五月问，干啥去了？六月说，去庙里。五月问，你咋知道？六月说，我看见他拿了香表。五月说，咋半夜三更去庙里。六月说，没听娘说神仙都在晚上巡逻吗，那些在晚上偷着干坏事的人都被黑白无常记在功过簿上，到时算总账。五月说，爹早不去晚不去，为啥偏偏今晚到庙里去呢？六月说，因为今晚嫂子肚子疼啊。五月想，原来爹是给嫂子走神仙的后门去了。姐记起来了，爹说过去每个人出生家长都要去给土地爷报到，爹一定是去土地庙给孙子报到去了。六月说，可爹说心动则神知呢，去不去都一样，今晚他亲自去，而且半夜三更去，肯定有走后门的意思。五月说，可是，村上人都说爹会法术呢，连鬼都给他抬轿子呢，他还要给土地爷走后门吗？六月说，就是啊，哪一家死了人都叫爹去埋，你说爹就不怕？五月说，再别说了，我害怕。六月说，别怕，有我呢。嘴上这么说，身子却拱到五月的怀里。六月说，爹说当你害怕的时候一直念"太上老君大放光明太上老君大放光明"就不害怕了。二人就念，果然不那么害怕了。

你说，村里人死了有爹埋，爹死了该让谁埋呢？五月没有想到六月会想到这么一个严峻的问题，心里再次生出对他的佩服。是啊，爹死了该让谁埋呢？你得赶快跟爹学啊。六月说，我才不学呢，跟死人打交道，要学你去学。五月说，那我去学，爹说其实死人没啥可怕的，看上去是死了，其实是到新家了。六月说，新家？死了还有新家？五月说，就是，爹说做好事的人死了要么到天堂，要么还做人；做坏事的人死了要么做畜生，要么下地狱。爹还说，那些做好事的人死得容易，就像睡着了；做坏事的人死得艰难，就像活剥皮。做好事的人死了身体是香的，做坏事的人死了身体是臭的。六月问，那埋人是好事还是坏事？五月说，当然是好事。六月想，如果埋人是好事，那爹就是君子了。他的脑海里就出现了一片人的麦浪，爹的收割机轰隆隆地从村里开过，一直开到美国去了。

　　鸡叫了，六月应声从炕上翻起来，一把揭开五月身上的被子。五月说，神经病，人家正做梦呢。六月说，做梦又不是吃席。五月说，我梦见水生娘坐着火车上北京了。六月说，那是你想上北京呢，快起。五月问，起这么早干啥？六月说，到地里拔萝卜啊。五月问，拔萝卜干啥？六月说，让你个馋猫吃啊。五月说，我吃萝卜干啥？六月说，肚子疼啊。五月就记起娘半夜说的话，就起来穿了衣裳和六月出门。

　　天还没有大亮，二人猫着腰在自家土豆地里东找找西找找，总算从土豆行里找到一个萝卜。不想挖开土还没有一根筷子粗，就下不了手了。娘说，凡是能够长的，都是一个命，如果没有熟，害了它们是有罪的。这萝卜能够长，肯定也是命。一想到它是命，就下不了手了，就又重新埋上。

　　六月举着泥手说，现在呢？五月说，干脆咱们替娘一遍儿把穗稳了。六月说，就是，娘今天肯定顾不上。六月说，你说巧不巧，嫂子迟不生早不生，偏偏小满生。五月说，巧了好啊。六月说，巧了好是好，只是没人给咱们做稳穗面。五月说，我给咱们做。六月说，那得回去取铲子。五月问，取铲子干啥？六月说，铲苦苦菜啊。五月噢了一声，说，不用，下过雨没几天，地软，拔一些行了。六月说，可是我们没有拿篮子。五月想了想，说，没关系，可以包在我的护巾里。

二人就往自家的麦地走去。

他们已经有几天没去麦地了，爹和娘差不多每天都要到麦地看一趟的。

爹是咋说小满来着？六月问。五月说，好像是北斗七星的斗柄指向罗盘上的"巳"时，就是小满了。六月说，你说爹是不是念了咒，故意让嫂子今天生？五月说，不会吧，爹说咒语非到万不得已不能用的。六月问，为啥？五月说，爹说如果不到万不得已，用了咒语会折寿的。六月说，那学咒语干啥。五月说，行好事啊，爹说一个人要学咒语，首先要把私心除尽，要不比不学还危险。除了把私心除尽，还不能有报复心。六月说，是不是"恩欲报，怨欲忘。报怨短，报恩长"？五月高兴地看了一眼六月，说，正是的，爹说一个人如果报复心除不尽，咒语就会成为一把看不见的杀人刀。

啊，六月的眼仁就立起来了，整个身体出了一口长长的气。五月说，爹说咒语就是法身大士平常说的话，法身大士最见不得有报复心的人。六月问，啥叫法身大士？五月说，我也不知道，只听爹这么说过。

自家的阳坡地到了。二人站在地埂上，从这边望到那边，从那边望到这边，望不够。清风吹过，麦浪像水一样扑闪，二人的心也像水一样扑闪。

六月发现麦浪在变脸，才是深绿，又是浅绿，才是浅绿，又是深绿。定睛一看，原来是风在麦浪上来回走。

就在六月看着风如何在麦浪上散步时，五月发现麦浪蓦然亮了一下，抬头，就从对面山顶上看到了一抹黄。

那抹黄在悄悄地悄悄地下移。

我咋觉得它们不是麦子，六月说。五月把目光收回来，发现那抹黄移到六月的眼睛里，让人觉得眼前的六月不是六月，而是画里的一位仙子。你说啥？六月说，我咋觉得它们不是麦子。五月吃惊地问，那是啥？六月说，像是谁的儿子。五月投给六月一束佩服的目光，说，谁会有这么多的儿子？六月说，天公地母啊。五月看看六月，看看麦子，看看麦子，看看六月，说，有道理，有道理，要不怎么叫麦子，麦子麦子，全是麦儿子。

一下子觉得这阳坡地不再是阳坡地，而是一位老娘。

你说人家的儿子，被我们吃了，它们会高兴吗？六月接着问。

五月就盯了六月看，好一会儿，说，那你就别吃啊。六月说，你看这麦芒，针一样，分明是生来保护它的孩子的。五月说，对啊，就像一支支利箭。说着，捉住一个麦穗，拨开麦芒，从麦仓抠出一个麦粒，已经是一个成形的麦子了，只是还有些嫩绿。小满小满，它们真是赶着天儿长呢。六月也捉住一个麦穗，抠出一个，放在手心，翻来覆去地看了半天，然后放在嘴里，一咬，面生生的，甜兮兮的。五月说，多亏了青衣仙子托梦，要不这块地今年爹肯定全种莜麦了。六月说，对，你说那个青衣仙子为啥要给咱俩托梦？五月说，爹说人行好，就会感得仙人来赐福。

六月突然一拍巴掌说，一定是喜鹊！五月问，喜鹊，啥意思？六月说，给我们托梦的那个青衣仙子啊。五月问，青衣仙子和喜鹊有啥关系？六月说，还记得吗？正月二十三，我要拆一个喜鹊窝，被你拦住。五月说，当然记得啊。六月说，这不，它就想着法子来报恩，先给你托梦，知道爹不信，接着又托给我，爹才信了。

五月毛茸茸的双眼就变成一对喜鹊，在六月面前扑闪扑闪，接着变成两个喜鹊窝，一阵一阵地落满了喜鹊。对啊，青衣仙子，喜鹊，喜鹊，青衣仙子，真神，比神还神，你的个脑瓜为啥就这么灵呢？

太阳把一顶黄帽戴在对面山头上，开始系围巾时，二人动手拔苦苦菜。苦苦菜差不多天天吃，但今天看上去却有一种小满的味道，一些在开花，一些就要开，一些含着苞。

五月说，爹说他们小时候，每当小满，人们都要去龙王庙给麦子稳穗的。六月问，现在咋不稳了？五月说，爹说现在的人都图个简单，只在麦垄里铲些苦苦菜下饭吃，就算是给麦子稳穗了。六月问，如果不稳就咋了？五月说，不稳一怕热风，二怕冷子（冰雹）。六月的心里就紧张起来。这么欢的麦子，听说十年也碰不上一回，如果收不到仓里，那真是可惜死了。心里就生出一个恨来，现在的人咋就这么嫌麻烦呢，难怪十年九旱，都是因为他们不到龙王庙里去稳穗，把龙王爷给惹火了。

我有一个办法。六月说。五月问，啥办法？六月说，咱们可以建个龙王庙来稳穗啊。五月就笑，建个龙王庙，你以为建个龙王庙就那么简单吗？

六月说，你看简单不简单。说着，在地坎上双手刨了起来。

不一会儿，一个袖珍的龙王庙就出现在他们面前。

好了，你说咋稳？六月晃着泥手说。

五月都不知如何表达她的佩服和感动了。看着六月的泥手，想着他刚才屁股一撅一撅奋力刨土的样子，又不由一阵心疼，幸亏前几天下过一场透雨，地坎是软的，要不这么一个龙王庙挖成，他的十个指甲非掰掉不可。

五月说，没有香。六月拔了一个麦芒，插在"庙台"上。

五月说，没有表。六月揪了一片麦叶，放在"香"旁边。

五月欣赏地看了六月一眼，说，那就磕头吧。

二人就磕。磕完，齐声诵念：

　　小满小满，麦王不懒；

　　小满小满，龙王赏脸；

　　小满小满，穗穗保险；

　　小满小满，芒种不远。

六月一抬头，就看见了龙王，正站在麦浪上和一个人说啥呢。那个人是谁呢？怎么这么面熟呢？噢，本大人记起来了，土地爷！

回家放下苦苦菜，六月来了灵感。我们可以向庄里人要啊，说不定谁家还有老萝卜呢。五月想想也是。二人就挨家挨户地去要。

先到地生家。地生娘问，你们要萝卜干啥？五月要说话，被六月抢先，六月说，不为啥，我娘说她想吃一点。五月佩服还是六月聪明，她差点把秘密暴露了。地生娘说，都这个季节了，恐怕谁家都没有了，再等等，新萝卜就下来了。六月心里说，饱汉不知饿汉饥，谁能等得住。

二人又到水生家，不想还是同样的结果。六月想，看来这萝卜是一个季节，不到你吃的时候，想吃也吃不上。水生娘问，你娘在干啥？六月说，我哥叫去了。你哥叫你娘干啥？我嫂子生娃娃。啥时候？昨晚。好啊，这老家伙要抱孙子了。六月问，你抱孙子了吗？也快了。也要我娘接生吗？用她干啥，俺用你爹。五月就跳起来，说，姨骗人，哪有男人接生的。水生娘说，你个小鬼精，回去告诉你娘，就说水生家的也快要生了，让她有个准备。六月的心里就升起无比的自豪，就觉得娘像拔萝卜似的，挨个儿从村子拔过去，留下一村的萝卜坑。水生娘说，你娘行了一辈子脚，起鸡叫睡半夜的，都是给别人做差，这回终于到自家了，她心里该多美啊。六月说，不就生个娃娃嘛，有啥美的？水生娘说，你蕞×当然不懂，这世上，没有比生娃娃更美的事情了。六月说，还有呢。水生娘惊讶地说，是吗？还有啥能比生娃娃美？

下着雪，天很冷。六月和五月在窗子外面，脚都要冻掉了，但是没有谁愿意离开。娘说，这前两天，就得有人听床。他们问为啥。娘说，吉利啊。六月问，为啥吉利？娘说，老先人留下来的规矩,从古到今都是这样的。六月的眼前就出现了一个长长的听床的队伍。六月把五月拉远,问,你说我们听床哥知道吗?五月说,大概不知道,他又没有听过床。六月问,你咋知道没有?五月说,他又没有哥,听谁的?六月说,听爹和娘的啊。五月就噗的一声笑出声来,六月忙伸手把五月的嘴捂住。五月悄悄地说,你个瓜蛋,爹娶娘时,哪里有哥啊。六月问,你知道没有?五月说,当然没有。六月说,我们去问娘?五月说,问就问。二人就去问,不想娘已经睡着了。娘的瞌睡真是容易。二人钻到被筒里暖了一会儿,再次回到新房窗下。就听到哥问嫂子,美吗?嫂子说,美。哥问,像啥一样美?半天,嫂子说,就像××一样美。哥说,你是说没有比这更美的了?嫂子说,没有了。六月和五月就捂着嘴笑,把牙都笑掉了。

水生娘快笑死了。这两个蕞×,真把人笑死了。五月六月看见,水生娘真要笑死了,突然一阵紧张。不想就在他们不知所措时,水生娘正常了,说,好啊,这下老姨可有酒喝了。六月问,为啥?水生娘说,让你哥给老姨买啊。六月问,为啥叫我哥给你买?水生娘说,不买老姨就把他们洞房里的话当戏词给大家唱啊。六月和五月面面相觑,心想,这下损失可大了。接着六月问,姨你想喝啥酒?水生娘想了想说,当然是隆南春。六月把脸贴在五月耳朵上,悄悄地问,一瓶隆南春多少钱?五月把脸贴在六月耳朵上,悄悄地说,好像是七块。六月的心里就疼了一下。

　　突然，六月拍着手在水生娘面前跳起来，嘞嘞，把老姨给哄信了，嘞嘞，把老姨给哄信了。水生娘说，你哄我？六月说，当然。水生娘就做着鬼脸走到六月面前，一把把六月抱起来。五月以为她要像吃生萝卜一样吃了六月，上前夺六月。不想水生娘根本不理她，吱地在六月脸上亲了一口，然后怪声怪气地说，哄我？你别看我们隔着两道院三道墙，但老姨听见他们就是这么说的。六月不屈不挠地说，哄谁呢？难道你是千里眼顺风耳不成？水生娘又吱地在六月脸上亲了一口，说，我侄子才说对了，老姨不用千里眼顺风耳就知道他们是这么说的。六月摸着脸蛋问，你咋知道的？水生娘说，告诉你个小鸡鸡吧，又在六月的小鸡鸡上吱地嘬了一口，因为老姨当年也是这么说的。

　　六月趁水生娘不注意，腾地跳下来，躲远，问，那你说，生娃娃和××哪个更美？水生娘说，要说嘛，它们是一回事。六月说，怎么是一回事，明明是两回事。水生娘说，你咋知道是两回事？说着，扑过去抱六月。六月一丈子跳开，撒腿就跑。

　　二人一口气跑到家里，关上大门。爹问他们咋回事。二人只是出气，不说话。爹说，你们去你哥家了？二人还是只喘气不说话。爹过来，看见六月的脸蛋上有两个牙印，问五月，这是咋了？五月上气不接下气地说是水生娘咬的。爹就笑了，一脸的开心。五月说，她都把六月的脸蛋咬烂了，你还这样开心。爹说，那是因为她喜欢，她喜欢娃娃，见着就咬。五月想不通，为啥喜欢反而要咬呢。爹说，你们也不去你哥家看看。六月问,看啥? 爹说,看你嫂子给你把侄子生下来了没有。

六月的心里就嘎的响了一声,说不定已经生下了,那该是怎样的一个小人人呢? 就二话不说,拉了五月的手跑起来,一边说咋给忘了。五月问,把啥忘了? 六月说,嫂子今天生娃娃啊。五月心里就一阵懊悔,就是啊,我们咋就忘了呢。六月说,我们都太自私了,娘说,人一自私就把别人给忘了。五月心里再次升起对六月的佩服,娘是说过这样的话,但她怎么就记不起拿到这里用呢。娘还说过,一事当前,先为别人着想,就是君子,相反,就是小人,看来,她和六月都是小人了。他们只顾忙着找生萝卜,却把这么大的事给忘了。但五月立即释然,我们本来就是小人,哥才是大人呢,爹和娘才是大人呢,就又原谅自己了。

跑了一会儿,五月就跑不动了。但六月拉着她的手。她就像一个拖挂一样由六月拉着在路上飘。接着,嗓子里就冒烟了。六月,歇歇好吗,姐跑不动了。

不想六月突然中弹似的倒在地上了。五月看见,六月像一辆中弹的坦克一样直冒黑烟。五月想,这下总可以躺下好好地歇歇了。但一口气没有出顺,六月却翻起来拉了她继续跑。

一进门,就听到一个女人在大声地号,二人想,大概就是嫂子了。

嫂子突然变成一头挨刀的猪。六月和五月去给娘汇报，说，哥打嫂子呢。不想娘慢条斯理地问，你们咋知道他打你嫂子呢？二人抢着说，他打得我嫂子像挨刀的猪一样号呢。娘就又笑得栽跟打斗的。六月说，虽然我嫂子是别人家的人，但现在已经是我们家的人，娘你咋能这么看笑话呢？娘说，娘高兴还来不及呢。六月说，娘你太过分了，他打我嫂子，你咋还能高兴呢？娘说，等你长大就知道了。

又是长大就知道了，六月和五月着急，就又回到新房的窗子下。不想嫂子不但不号了，还咯咯咯地笑呢。六月看看五月，五月看看六月。心想这嫂子真是狐狸精变的，一会儿哭一会儿笑的，哥算是栽在她手里了。谁想嫂子又号开了，六月就忍不住了。六月说，乔四月你听着，君子动口不动手，你打人家一次就够了，咋没个完？嫂子果然就一声不吭了。

看到老院子，六月又来气。另家时，爹本来是让哥和嫂子到新院住的，但娘却让他们住老院，说是她想到新院避心闲。其实是老院子里东西多。不说别的，一看这老院四周的杏树，就让人心疼。六月把自己的这个想法告诉五月。不想五月说，没关系，这是哥，又不是别人，再说，嫂子生完娃娃他们就要到天水去了，这院子还不是爹和娘来住。六月就觉得五月比自己觉悟高，心里一阵惭愧。

那我们就有两个院？六月说。

五月说，爹说新院要卖给葵生。

啊,卖给葵生?肯定是送。

爹说是卖,没说送。

葵生哪里有钱买院子。

一天晚上,我听爹给娘说,那天他去葵生家窑里,看见窑墙上的缝子都一指宽了,再住,怕是要出事了。娘问,那咋办?爹说,等四月搬到天水去,我们就搬到老院,让他们到新院里去住。

娘咋说?

娘说那要问一下四月同意不同意。

爹咋说?

爹说难道我还做不了一个院子的主?

娘咋说?

娘说已经分给人家了,就要让人家同意。

爹咋说?

爹说反正放着也是放着,我们总不能看着葵生出事,一家人呢。娘说那就让葵生给四月打个欠条。

这还差不多,爹咋说?

爹说可以,就让葵生打,啥时有啥时给。

那还不等到猴年马月。

哥在房门外抽烟。六月问哥,你咋不进屋里去?哥没回答他,说,你们咋来了?六月说,我们大后方来支援前线啊。哥的脸上挤出一丝苦笑。五月想,这生娃娃看来不是那么好玩的事情,嫂子从昨天半夜开始疼,到现在还像猪一样号,该是多么受罪。这样一想,肚子也隐隐地疼起来。

这时,娘把门开了一道缝叫哥过去,给他说了一句什么。哥就像飞机一样飞到后院去了。让六月懊恼的是,娘明明看见他们两个在这里,却像没有看见似的。但立即就对生娃娃生出一种神秘感,觉得不是吃一个生萝卜那么简单的事情。

二人悄悄地到了窗下。挨刀的声音一下子放大。五月吓得腿都抖了,使劲握着六月的手。六月问,害怕吧?五月点了点头,说,我今后不当女人。六月没有想到五月会说出这么一句话来。说,你就是女人,还说啥今后。五月说,但我可以不吃生萝卜啊。六月想这倒是个办法,但很快就发现这个办法行不通。嫂子当初肯定也是不吃生萝卜的,但哥就打她,强让她吃,不然过门那晚嫂子咋会那样号。由不得你,你不吃你男人打你,六月说。五月说,那我就不要男人。六月一怔,心里却莫名的甜,心想还是五月有立场。

哥回来了,手里拿着一包东西。推门,门却在里面扣着。过了会儿,娘伸出一只胳膊把哥手里的东西接进去,然后门又严严实实地关上了。六月发现,娘压根就不给哥说话的机会,就又觉得不公平,儿子是人家的,现在却不让人家进门,没有道理。

嫂子号叫的声音一会儿比一会儿大,哥急得像热锅上的蚂蚁。六月既疼哥,又气哥,谁让你强迫人家吃生萝卜。不想哥一把把他揽在怀里了。六月感觉得到哥在颤抖,就为自己能够为哥分担自豪。平时，每当别人欺负他和五月时，总是哥挺身而出。现在，哥有了困难，他能够为哥承当，当然让他开心。就更加挺拔了身子，努力给哥更多的支撑，同时在心里默默祷告，九天圣母你也不显个灵啊，抢头香时头也给你磕了，供也给你上了。又想，也不怪九天圣母，都半年过去了，说不定她早忘了。那龙王你总不能见死不救吧，今早给你庙也建了，头也磕了。

像是听到六月心里的话似的，嫂子号叫的声音果然小了下来。六月还想给哥打个预防针，水生娘诈酒时，千万不要承认，不想爹从大门里进来了。哥一下子松开他，叫了声爹，眼泪汪汪的。这时，六月发现哥还是个娃娃。接着，就看见五月也在用袖筒抹眼泪。

爹什么话都没有说，给哥递了一根烟。哥接过，却老是擦不着火。爹先点着，然后把烟给哥。哥就把爹点着的那根接过，把手里的那根给爹。爹说，没事，我们祖上没有亏过人，肯定没事，说不定是个人物呢。爹的话给了哥巨大的安慰，他一边使劲抽着烟，一边使劲点头。爹问，到灶神前烧纸了吗？哥说，烧了。爹说，那年生你时，你娘折腾了一天一夜，也没事。再说，你娘也是老江湖了，都接了无数个了，难产的是有，但基本上都顺生。哥又点头，鸡一样。

第二天晚上，六月叫哥和他睡。哥口头上说行，但临完还是去和嫂子睡了。他和五月去听床，嫂子还是像挨刀的猪一样号。他要喊乔四月，五月却把他的嘴捂上了。不想嫂子突然打起摆子来，哥也打。打完，哥问，你哭啥？嫂子说，我想我娘。

哥说，才两天。嫂子说，两天也想。哥说，明天就回门。嫂子说，你说怪不怪，我娘养我这么大，临完咋就睡到你怀里？哥说，哪个女人不是这样。六月就看了五月一眼。六月一想五月将来也要像嫂子这样睡到别人怀里，不由伤心起来。五月看着六月，似乎在向他保证她将来绝不会像嫂子那样无情无义。但六月分明从哥的口气中听出了必然。六月接着想，这不是叛变吗？她娘养了她那么多年，临完却躺在哥怀里。六月发现，这个世界是日怪的，先是哥嫂双双叛变，眼看着五月也要叛变。

随着嫂子的一阵尖叫，一声小孩的叫声子弹一样射出来。嫂子的号叫就像鬼子的炮火一样停止了。六月看见，哥手里的烟掉在地上。爹掏出一个小本子，在上面快速地写着什么。六月过去问爹，你写啥呢？爹说，时辰。六月问，干啥的时辰？爹说，你侄子出生的时辰。六月才意识到自己真有个侄子了。六月问，记我侄子出生的时辰干吗？六月觉得，当侄子两个字出口时，有种说不出的过瘾。爹说，我看你是要当干部叔叔还是牛倌叔叔。六月说，当然是干部叔叔。爹笑着说，借我六月吉言吧。六月问，你说，我侄子当了干部，我该干啥？爹说，你嘛，就当干部的领导。六月说，干部的领导，是个啥样儿呢？五月看见，六月的小脸儿仰起来，仰起来，直仰到天上去了。

娘把头从门里探出来，一副大丰收的样子，给爹说，是个孙子。

爹轻轻地啊了一声，像是咳嗽，又像是被什么噎住了。五月看看六月，六月看看五月，目光的瓜蔓上是一串串带着露珠的瓜儿子。六月突然有种渴望，想进去看看侄子。就问爹，现在总可以进屋了吧？爹说，男孩子不能进屋的。这时，娘叫哥过去。哥一个箭步上前，随着娘的手势进屋去了。六月说，我哥也是男的，咋能进屋？爹笑着说，人家是爹，当然能进屋。六月问，我为啥不是爹呢？爹就笑，你是爹，当然是爹，可是，是预备爹。六月问，啥叫预备爹？爹说，还没娶上媳妇的爹叫预备爹。六月问，你啥时候给我娶媳妇呢？爹说，等你长得像你哥这么高的时候。六月就恨不能一下子长得像哥那么高。

屋里传出孩子嘹亮的哭声，冲锋号一样。

六月问爹，我侄子为啥要哭呢？

因为他高兴。

为啥高兴？

因为来到人世上。

来到人世上为啥就高兴？

因为来到人世上不容易。

为啥来到人世上不容易？

这个问题说来话长，古人说，要得个人身，就像在大海里捞针。

那我们都是大海里的针？

是啊。

过了会儿，六月又问，我侄子叫啥名字呢？

爹想了想说，就叫小满好了。

为啥叫小满？叫大满不是更好吗？

就在这时，有人在大门外喊爹。爹到大门外，原来是金生。金生说，水生娘心脏病犯了，没来得及往医院送。爹拔腿就走。五月和六月的心里就生出一个遗憾，爹还没有见到他的孙子呢，却要去埋人了。

端　午

　　五月是被香醒来的。娘一把揭开捂在炕角瓦盆上的草锅盖,一股香气就向五月的鼻子里钻去。五月就醒了。五月一醒,六月也就醒了。五月和六月睁开眼睛,面前是一盆热气腾腾的甜醅子。娘的左手里是一个蓝花瓷碗,右手里是一把木锅铲。娘说,你看今年这甜醅发的,就像是好日子一样。六月看看五月,五月看看六月,用目光传递着这一喜讯。六月把舌头伸给娘,说,让我尝一下,看是真发还是假发。娘说,还没供呢,端午吃东西可是要供的。五月和六月就呼地一下子从被筒里翻出来。

　　到院里,天还没有大亮。爹正在往上房门框上插柳枝。五月和六月就后悔自己起得迟了。出大门一看,家家的大门上都插上了柳枝,让人觉得整个巷子是活的。五月和六月跑到巷道尽头,又飞快地跑回。长长的巷道里,散发着柳枝的清香味,还散发着一种让他们说不清的东西。雾很大,站在巷子的这头,可以勉强看到那头。但正是这种效果,让五月和六月觉得这端午有了神秘的味道。来回跑的时候,六月觉得有无数的秘密和自己擦肩而过,嚓嚓响。等他们停下来,他又分明看到那秘密就在交错的柳枝间大摇大摆。

再次跑到巷道的尽头时,六月问,姐你觉到啥了吗?五月说,觉到啥?六月说,说不明白,但我觉到了。五月说,你是说雾?六月失望地摇了摇头,觉得五月和他感觉到的东西离得太远了。五月说,那就是柳枝嘛,再能有啥?六月还是摇了摇头。突然,五月说,我知道了,你是说美?这次轮到六月吃惊了,他没有想到五月说出了这么一个词,平时常挂在嘴上,但五月把它派在这个用场上时还是让他很意外,又十分的佩服,自己怎么就没有想到它呢?随之,他又觉得自己没有想到这个词是对的,因为它不能完全代表他感觉到的东西。或者说,这美,只是他感觉到的东西中的一小点儿。

等他们从大门上回来,爹和娘已经在院子里摆好了供桌。等他们洗完脸,娘已经把甜醅子和花馍馍端到桌子上了,还有干果、净水,在蒙蒙夜色里,有一种神秘的味道,仿佛真有无数的神仙在他们看不见的地方等着享用这眼前的美味呢。

爹向天点了一炷香,往地上奠了米酒,无比庄严地说:

艾叶香,香满堂,

柳枝插在大门上,

出门一望麦儿黄,

这儿端阳,那儿端阳,

处处都端阳。

艾叶香，香满堂，

柳枝插在大门上，

出门一望麦儿黄，

这儿吉祥，那儿吉祥，

处处都吉祥。

……

接着说了些什么，五月和六月听不懂，也没有记住。爹念叨完，带领他们磕头。六月不知道这头是磕给谁的，想问爹，但看爹那虔诚的样子，又觉得现在打扰有些不妥。但六月觉得跪在地上磕头的这种感觉特别的美好。下过雨的地皮湿漉漉的，膝盖和额头挨到上面凉津津的，有种让人骨头酥酥的爽。

供完，娘一边往上房收供品，一边说，先垫点底，赶快上山采艾。说着给他们每人取了一碗底儿。然后拿过来花馍馍，先从中间的绿线上掰开，再从掰开的那半牙中间的红线上掰开，再从掰开的那小半牙上的黄线上掰开，给五月和六月每人一牙儿。他们拿在手上，却舍不得吃。这么好看的花馍馍，让人怎么忍心下口啊。可是娘说这是有讲究的，上山时必须吃一点供品。六月问，为啥？娘说，讲究嘛，一定要问个子丑寅卯来。六月说，我就是想知道嘛。娘说，这供品是神度过的，能抵挡邪魔外道呢。六月说，真的？娘说，当然是真的。六月说，那我们每天吃饭都供啊。娘说，好啊，你奶奶活着时每天吃饭就是要先供的。

甜醅子是莜麦发酵的,不用吃,光闻着就能让人醉。花馍馍当然不同于平常的馍馍了,是娘用干面打成的,里面放了蜂蜜和清油,爹用面杖压了一百次,娘用手团了一百次,又在盆里饧了一夜,才放到锅里文火烙的。一年才能吃一次,嚼在口里面津津的,柔筋筋的,有些甜,又有些淡淡的咸,让人不忍心一下子咽到肚里去。

接着,娘给他们绑花绳,说这样蛇就绕着他们走了。六月问,为啥?娘说,蛇怕花绳。六月就觉得绑了花绳的胳膊腕上像是布下了百万雄兵,任你蛇多么厉害本大人都不怕了。绑好花绳后,娘又给他们每人的口袋里插了一根柳枝。有点全面武装的味道,让六月心里生出一种使命感。

五月和六月在雾里走着,在端午的雾里走着。六月不停地把手腕上的花绳亮出来看。六月手腕上是一根三色花绳,在蒙蒙夜色里,若隐若现,让人觉得那手腕不再是一个手腕。是什么呢,他又一时想不清楚。六月想请教五月,可当他看见五月时,就把要问的问题给忘了,因为五月在把弄手里的香包。

六月一下子就崩溃了,他把香包给忘在枕头下面了!六月看着五月手里的香包,眼里直放光。六月的手就出去了。五月发现手里的香包不见了,一看,在六月手上。六月看见五月的脸上起了烟,忙把香包举在鼻子上,狠命地闻。五月看见,香气成群结队地往六月的鼻孔里钻,心疼得要死,伸手去夺,不想就在她的手还没有变成一个"夺"时,六月把香包送到她手上。五月盯着六月的鼻孔,看见香气像蜜蜂一样在六月的鼻孔里嗡嗡嗡地飞。五月把香包举在鼻子前面闻，果然不像刚才那么香。再看六月，六月的鼻孔一张一张，蜂阵只剩下一个尾巴在外面了。五月想骂一句什么话，但看着六月可怜的样子，又忍住了。

就在这时，香包再次到了六月手里。六月一边往后跳，一边把香包举在鼻子前面使劲地闻，鼻孔一下一下张得更大了，窑洞一样。五月被激怒了，一跃到了六月的面前，不想就在她的手刚刚触到六月的手时，香包又回到她手里。

嘿嘿，五月被六月惹笑了。这时的六月整个儿变成了一个大大的鼻子，瘫在那里，一张一合。五月的心里又生起怜悯来，反正肥水没流外人田，要不就让他再闻闻吧。就把香包伸给六月。不想六月却摇头。五月说，生姐气了？六月说，没有，香气已经到我肚子里了。五月说，真的？六月说，真的。五月说，你咋知道到了肚子里？六月说，我能看见。五月说，到了肚子里多浪费。六月想想，也是，一个装屎的地方，怎么能够让香委屈在那儿呢。要不呵出来？五月说，呵出来也浪费了。

我可以呵到你鼻子里啊。六月为自己的这一发明兴奋不已。五月也觉得这是一个好主意，就闭上眼睛，蹲在六月的面前。六月就肚皮用力，把香气一下一下往五月鼻孔里挤。

但六月却突然停了下来。六月看见，五月闭着眼睛往肚里咽气的样子迷人极了。那香气就变成一个舌头，在五月的额头上亲了一下。

妈哟，蛇！五月跳起来。六月向四周看了看，说，没有啊。五月说，刚才明明有个蛇信子在我头上舔了一下。六月说，大概是蛇仙。五月说，你看见是蛇仙？六月点了点头。五月问，蛇仙长啥样儿？六月说，就像香包。五月看了看手里的香包，说，难怪你这么喜欢它，原来它成仙了。

做香包讲究用香料。五月和六月专门到集上去买香料。五月说，她要选最香最香的那种。要把六月的鼻子香炸。六月说，把我的鼻子香炸有啥用，我又不是你女婿。五月说，反正香炸再说。

二人乐颠颠地向集上走去。

集上的香料可多了。五月到一个摊上拿起一种闻闻，到另一个摊上拿起一种闻闻，从东头闻到西头，又从西头闻到东头，把整个街都闻遍了，还是确定不下来到底哪一种最香，拿不定主意买哪一种。五月犯愁了。这时，过来了一个比五月大的女子选香料，五月的眼睛就跟在她的手上。五月问六月，你看她像不像是新媳妇？六月看了看，屁股圆圆的，辫子长长的，像。五月说，那她买的肯定是最香的。五月就照刚才那个新媳妇买的买了。

山上有了人声，却看不见人。五月和六月被罩在雾里，就像还没有出生。六月觉得今天的雾是香的。不知为何，六月想起了娘。

你说娘现在干啥着呢？六月问。五月想了想说，大概做甜糕呢。六月说，我咋看见娘在睡觉呢。五月说，你还日能，还千里眼不成，咋就看见娘在睡觉呢。六月说，真的，我就看见娘在睡觉呢。五月说，那你说爹在干啥呢？六月说，爹也在睡觉呢。五月说，我们走时他们明明起来了，咋又睡觉呢。六月说，爹像是正在给娘呵香气呢。五月说，难道爹也把娘的香包给叼去了？六月说，大概是吧。

突然，六月说，那是我的香包。说着往回跑。五月一跃，像老鹰抓鸡似的把六月抓在手里，说，你走了，我咋办？六月说，我拿了香包就回来。五月看了看六月，解下脖子上的香包给六月，说，我把我的给你。六月犹豫着，没有动手。五月就亲自给六月戴上。六月看见，胸前没有了香包的五月一下子暗淡下来，就像是一个被人摘掉了花的花秆儿，看上去可怜兮兮的。但他又没有力量把它还给五月。六月想，人怎么就这么喜欢香呢？是鼻子喜欢还是人喜欢呢？

然后他们去挑花绳儿。街上到处都是花绳儿，这儿一绺那儿一绺的，让人觉得这街是谁的一个大手腕。六月和五月每人手里攥着两角钱，蜜蜂一样在这儿嗅嗅，在那儿闻闻，还是舍不得花。直到集快散了，他们才不得不把那两角钱花出去。他们的手里各拿着五根花绳儿。那个美啊，简直能把人美死。

路上，六月问五月，你说，谁的新媳妇最漂亮？五月说，你的啊。六月说，好好说啊。五月说，你说呢？六月说，要说，肯定是街的新媳妇最漂亮啊。五月一惊，看着六月，问，为啥？六月说，它的一个大胳膊上就戴了那么多的花绳儿，腔子上戴了那么多的香包，身上有那么多的香料，你说不是它还能是谁？五月把眼睛睁得像铜锣一样，贴向六月的脸，笑了一下，说，怪死了怪死了，你咋会有这样一个奇怪的想法，街咋能娶新媳妇，要是街娶了新媳妇，那该是怎样的一个女子才配呢？六月说，你就配啊，我知道你想配呢。五月哈哈哈地大笑起来。那姐就是这个世界上最幸福的人了。六月说，那我就是街的妻舅了。五月说，那我们就有用不完的花绳和香包了。

雾仍然像影子一样随着他们。六月的目光使劲用力，把雾往开顶。雾的罩子就像气球一样被撑开。在罩子的边儿上，六月看见了星星点点的人。六月给五月说，你看，他们早已经上山了。五月说，这些扫店猴，还扇得早得很。说着，二人加快了脚步，几乎跑起来。

到了一个地埂下，六月说，这不是艾吗？五月上前一看，果然是艾。一株株艾上沾着露水豆儿，如同一个个悄悄睁着的眼睛。五月看了看山头，说，他们咋就没有看见？六月说，他们是没有往脚下看。五月说，他们为啥就不往脚下看？六月说，他们没有想起往脚下看。五月觉得六月说得对，欣赏地看着六月说，你咋就想起往脚下看？六月说，我本来也想着山顶呢，我也不知道咋就往脚下看了一下。五月说，山上那些人多冤枉。六月说，但我还是想上山。五月问，为啥，这里不是有艾吗？六月说，我想看大家采艾，我也想和大家一起采。五月说，那姐采你看不就行了？六月说，你一个人采，

124

有啥看头。五月说,可是万一路上碰上蛇呢?六月说,我们不是绑了花绳儿吗?我们不是吃供过了的花馍馍了吗?五月说,那就到山顶吧。五月想,其实她也想到山顶呢。人怎么就那么喜欢到山顶上去呢?脚下明明是有艾的,却非要上到山顶去。

五月缝香包时,六月就欺负她。噢噢,给她女婿缝香包着呢。噢噢,给她女婿缝香包着呢。五月追着打六月。六月一边跑一边说,养个母鸡能下蛋,找个干部能上县。但五月总是追不上六月,这连她自己都奇怪,平时,她可是几步就一把把六月压到地上了。后来,她发现自己其实是有私心的。她就是不想追上,她只是喜欢那个追。说穿了,是喜欢六月一边跑一边这么喊。羞死了,羞死了。六月跑一跑,停下来,把屁股撅给五月,用手拍拍。跑一跑,停下来,把屁股撅给五月,用手拍拍。五月就真羞了,就装作生气的样子回到屋里,把门关上,任六月怎么敲也不开。六月就在外面给她一遍又一遍地下话,一遍又一遍地保证不再欺负她。五月就好开心。她喜欢六月这样哄她。之前,每当六月欺负她,她总是像猫扑老鼠一样抓住他,拧他耳朵,听他告饶。但现在她不喜欢那样了。她觉得这样躲在门后听六月下话,感觉真是美极了。

上到半山腰,六月就跟不上了。六月说,姐慢点行吗,我走不动了。五月回头一看,笑笑。这时,五月发现雾的罩子破了一条口子,从口子里看去,村子像个香包一样躺在那里。五月的舌头上就泛起一种味道,那是娘摅在盆里的甜醅子。五月想回家了。但艾还没有采上呢,这是一年的吉祥如意呢。五月就叫六月快走。不想,六月索性蹲下了。

哎哟,蛇!五月突然叫了一声,跑起来。六月在后面拼命追。不一会儿就超过五月,跑在前面,并且一再回头催,姐快跑啊。跑了一会儿,五月的腿就不听话了,就索性一屁股坐在路上,出着粗气大笑。六月回头,看见五月坐在那里大笑,上气不接下气地问,你真看见蛇了?五月说,真看见了。六月说,蛇是啥样的?五月说,就像个你。六月说,才像你呢,你就是一条美女蛇。五月说,你不是说一点都走不动了吗,咋跑起来还比姐快?六月就看见他的心被五月的话划开了一条缝儿。是啊,当时明明走不动了嘛,怎么五月一声蛇,自己反而就跑到她前面去了呢?

哎哟,你看蛇!五月却坐在那里不动。六月装作真的样子跑了几步,回头看五月,五月还是坐在那里不动。五月说,娘说了,蛇是灵物,只要你不伤它,它是不会咬人的。娘说,真正的毒蛇在人的心里。六月说,娘胡说呢,人的心里咋能有毒蛇呢。五月说,娘还说,人的心里有无数的毒蛇呢,它们一个个都懂障眼法,连自己都发现不了呢。六月就信了,就在心里找。找了半天,也没有找到。最后,他发现问题不是有没有蛇,而是他压根就不知道心在哪里。问五月。五月也说不上来。六月的心里就有了一个问题。

娘说香包要缝成心形，心肩上吊三色穗子，心尖上吊五色穗子。一般情况下，每年的香包都是没有过门的"新媳妇"做好了让人送给婆家的。六月家没有没过门的"新媳妇"，就只好娘和姐自己做了。这让五月六月心里多少有些遗憾。但五月比六月看得远，五月说，其实没关系，娘年轻的时候不也是咱们家的新媳妇嘛。六月一下子对五月佩服得不得了。六月说，是啊，可是她是谁的新媳妇呢？五月都笑死了。五月说，你说是谁的？六月想了想，没有想出个所以然来。五月说，爹啊，你这个笨蛋，娘是爹的新媳妇啊，还能是别人的不成？六月恍然大悟。

经五月这么一说，六月突然觉得娘和爹之间一下子有意思起来。还有五月，今年已经试手做了两个香包了。娘说，早学早惹媒，不学没人来。五月就红着脸打娘。娘说，男靠一个好，女靠一个巧，巧是练出来的。五月就练。一些小花布就在五月的手里东拼拼西凑凑。

但六月很快就忘了这个问题。因为五月真的看见了蛇。六月从五月的脸色上看到，这次姐不是骗他。五月既迅速又从容地移到六月身边，把六月抱在怀里，使劲抓着六月的手，然后用嘴指给六月看身边的草丛。六月就看见了一个圆。姐弟二人用手商量着如何办。六月说，我们的手腕上不是绑了花绳儿了吗？我们不是吃过供过了的花馍馍了吗？五月说，娘不是说只要你不伤它，它就不会伤你吗？六月说，娘不是说真正的蛇在人的心里吗？难道草丛就是人的心？五月说，人心里的那是毒蛇，说不定眼前的这条不是毒蛇呢。这样说着时，六月的身子激灵了一下，接着，他的小肚子那儿就热起来。五月瞥了一眼六月。六月的脸上全是蛇。

就在这时，那圆开始转了，很慢，又很快。当他们终于断定，它是越转越远时，五月和六月从对方身上闻到了一种香味，一种要比香包上的那种香味还要香一百倍的香味。直到那圆转到他们认为的安全地带，五月和六月的目光相碰，然后变成了水，在两个地方流淌，一处是手心，一处是六月的裤管。

娘教五月如何用针，如何戴顶针。五月第一次体会到了用顶针往布里顶针的快乐，把针穿过布的快乐，把两片布连成一片的快乐。五月缝时，六月趴在炕上看。真是奇怪，这么细的一个针，屁股上还有一个眼儿，能够穿过去线，那线在针的带领下，能够穿过去布，那布经线那么一绕一绕，就连了起来，最后变成娘说的"心"。有意思。手就痒了。就向五月要针线。让我也试试嘛。娘说，男孩子不能拿针的。六月问，为啥？娘笑着说，男孩子要拿大针呢。六月问，啥叫大针？娘说，等你长大就知道了。六月复又躺在炕上，在心里描绘那个大针。有多大呢？五月戴的是娘的顶针，有些大，晃晃荡荡的，针就不防滑脱，顶到肉里去，血就流出来。五月疼得龇牙咧嘴。六月急着给她找布包。娘却没事一样。娘说，这一开始，就得流些血。

六月就觉得娘有些不近人情。再看娘手中的针，简直就像是她干儿子一样听话。它在娘手里怎么就那么服帖呢？

山顶就要到了，五月和六月从未有过地感觉到"大家"的美好。每一个人看上去都是那么可爱。即使是那些平时他们憎恶得瞅都不愿意瞅一眼的人。六月给五月说了自己的这一发现，六月悄悄说，我咋现在就看着德成不憎恶呢。五月悄悄地说，我也是。

噢噢，噢噢，你看六月像不像一个新女婿。德成说。大家说，像极了。德成说，还领着一个新媳妇呢，脖子里还挂着红呢。六月有些羞，又有些气，却没有发火。

五月说，我们刚才看见蛇了。地生说，真的？六月自豪地说，当然是真的。地生说，别吹牛了，如果真看见，早尿裤裆了。六月的脸就红了。五月护短说，你才尿裤裆呢，如果是你，说不定都吓死了。地生说，如果是我，我就把它抓了烧着吃。五月说，吹老牛。地生说，不信你找一个来试试啊。

白云说，闭上你的臭嘴，我奶奶说，蛇可灵呢，它能听见呢。我奶奶还说，蛇是不咬善门中的人的。地生问，啥叫善门中的人？白云说，就是一辈子做好事的人家，还不吃肉，不吃有臭味的东西。雨雨说，还有补路修桥的那些人。白云接着说，我奶奶说，那时村子里发生蛇患，人们晚上想方设法关紧门窗，蛇也常常钻到被窝里，有许多人都被蛇咬死了。唯独李善人每晚开着门睡大觉，蛇却从来不去找他。六月说，真的？我奶奶说的，千真万确。说着，白云上前拿起六月的香包看。

喜欢就送你吧，六月没有想到自己会说出这么大方的一句话。白云惊讶地看着六月，就像是发现太阳从西边出来了。六月接着说，喜欢就送给你。白云说，真的？五月咳嗽了几声。不想六月还是说，真的。说着拿下来给白云。白云迟疑着接过，有点担当不起的样子，又有点不相信这是真的样子。

噢噢，白云是六月媳妇。噢噢，白云是六月媳妇。

地生和德成拍着手喊。太阳就从六月和白云的脸上升起来了。

爹让六月舂香料。六月拿起石杵一舂，香料就捣蛋地跳出来。五月说，让我试试吧。爹说，女孩子不能干这个活的。五月问，为啥？爹说，不为啥。五月的嘴就噘起来了。不为啥又为啥不让人舂。爹拿过杵给六月示范。那香料一点儿也不捣蛋了。六月再试，它们还是跳出来。五月说，就那么点香料，都让六月糟蹋完了。爹一边往石窝子里捡跳到地上的香料，一边说，爹刚学时，也是这样，得摸索，说不清的。

六月听爹刚学时也是这样，就大了胆子舂，直舂得香料在石窝子里乱开花。舂着舂着，那香料就服帖了。六月奇怪，当你小心翼翼地舂时，它反倒要跳，可当你不管它三七二十一，不怕它跳时，它反倒不跳了。这一发现让六月激动得头皮一阵阵过电，像是谁伸手一下子把他心里好多窗子都打开了。六月看五月，五月一脸的羡慕。六月就又心疼五月，有些事你是永远不能干的。

突然，六月发现这家里是分着两派的，爹和他是一派，娘和姐是一派。你看，这娘教姐学针，却不让他学。这爹教他拿杵，却不让姐拿。莫非这杵，就是娘说的大针？

五月无望地看着六月舂香料，终于觉得这事和自己无缘，就拿了花布开始缝香包。

随着六月杵子的一上一下，屋子里渐渐地充满了香味儿。

雾渐渐散去。山上的人们一点点清晰起来，就像是一条条鱼浮出水面。六月东瞅瞅，西瞅瞅，心里美得有些不知所措。向山下看去，村子像只猫一样卧在那里，一根根炊烟猫胡子一样伸向天空。娘和爹还在睡觉吗？娘和爹多可惜啊，不能看到这些快要把人心撑破了的美。

不觉间，太阳从东山顶探出头来，就像一个香包儿。山也过端午呢，山也戴香包呢。六月想。再看大家时，大家就像听到太阳的号令似的一齐伏在地上割艾了。六月问五月，为啥不等到太阳晒会儿把艾上的露水晒干了再采？五月说，这艾就要趁太阳刚出来的一会儿采，这样采到的艾既有太阳蛋蛋，又有露水蛋蛋。这太阳蛋蛋是天的儿子，露水蛋蛋是地的女儿，他们二人全时，才叫吉祥如意。六月奇怪五月怎么把太阳和露水说成蛋蛋，蛋蛋是娘平时用来叫他们的。五月这样一说，六月就蹲下来，拿出篮子里的刃子准备采艾。

但是六月却下不了手。一颗颗玛瑙一样的露珠蛋儿被阳光一照，让人觉得它们不再是露珠，而是一个个太阳仔儿。六月一下子明白了五月为啥要用蛋蛋来称呼太阳和露珠儿。这样，一刃子下去，就会有好几个太阳蛋蛋死掉。

五月说，你发什么愣，还不趁着露珠蛋蛋刚醒来赶快采。六月说，我下不了手。五月问，为啥？六月说，我觉得这露珠儿太可怜了。五月就扑哧一声笑了，我还以为是你觉得艾可怜呢，真是个二愣，这露珠儿有什么可怜的，你不采，太阳一出来，它们也得死，它们就是这么个命。但是它们又没有死，明天早上，它们又会活过来。六月想想也是。接着心里升起对五月的崇拜来，他没有想到五月会说出这么大的道理来。

但六月还是下不了手。五月又笑了，说，如果你觉得它们可怜，你可以先把它们摇掉啊，让它躺到地里慢慢睡去，你再动手啊。六月觉得这个主意好，就动手摇。不想又把六月的心摇凉了。这一摇，让六月看见了一个个美的死去原来是这样简单的一件事。他第一次感到了这美的不牢靠。而让这些美死去的，却是他的一只手。六月看了看他的手，突然觉得它不单单是一只手，它的里面还藏着一些深不可测的东西，是什么呢？他又一时想不明白。但他又不甘心，这分明是我自己的手，怎么连自己都看不明白呢？六月第一次对自己开始怀疑起来。

六月开始采艾。采着采着，就把露珠儿的问题给忘了，把手的问题也忘了。六月很快沉浸到另外一种美好中去。那就是采。刃子贴地割过去，艾乖爽地扑倒在他的手里，像是早就等着他似的。

六月想起爹说,采艾就是采吉祥如意,就觉得有无数的吉祥如意扑到他怀里,潮水一样。

一山的人都在采吉祥如意。

多美啊!

娘教五月如何往香包里放香料——把香料均匀地撒在新棉花上,然后把棉花装进香包里,然后封口。娘说,这样香包就既是鼓的,又是香的。六月问娘,为啥要鼓? 娘笑笑说,就你问题多,你说为啥要鼓? 六月说,叫我姐说。五月说,又不是我问的问题。六月说,鼓了五月女婿喜欢。五月就打六月。娘笑得嘴都合不上了。六月说,我看地地对我姐有意思呢。娘说,是吗,让地地做你姐夫你愿意吗? 六月说,不愿意,他又不是干部。娘说,那你长大了好好读书,给咱们考个干部。六月说,那当然。等我考上干部后,就让我姐嫁给我。五月一下子用被子蒙了头。娘哈哈哈地大笑。六月说,就是嘛,肥水不流外人田,我姐为啥要嫁给别人家? 娘说,这世上的事啊,你还不懂。有些东西啊,恰恰自家人占不着,也不能占。给了别人家,就吉祥,就如意。所以你奶奶常说,舍得舍得,只有舍,才能得,越是舍不得的东西越要舍,这老天爷啊,就树了这么一个理儿。六月说,这老天爷是不是老糊涂了。娘说,他才不糊涂呢。

等地娘娘把她的女儿全部从艾上收去时,大家开始收刃。六月站起来，看见五月的花袄子被露水打得像个水帘。五月把六月采的艾拿过去，用草绳束了，给他。然后用草擦刃子上的泥。太阳照在擦净的刃面上，扑闪扑闪的。五月翻了一下刃面，那扑闪就到了她的脸上。不知为何，六月觉得这时的五月就像一株艾。如果她真是一株艾，那么该由谁来采呢？六月被自己的这一想法吓了一跳。这一采，不就等于死了吗？可是，大家分明认为死是一件吉祥的事呢，要不怎么会有一山头的人采艾呢？六月又不懂了。

路上，六月看到别人采的艾要比他们姐弟采的多得多，就觉得他们家小孩太少了。

六月突然想到，爹和娘咋不上山采艾呢？问五月。五月说，因为爹和娘不是童男童女。六月问，啥叫童男童女？五月想了想说，大概就是铜做的吧？六月觉得不对，分明是肉，怎么说是铜做的。六月问，不是铜做的为啥就不能采艾？五月说，不知道，爹这样说的，你看，这上山采艾的，都是童男童女。六月的脑瓜转了一下。不对，这童男童女，是没有当过新娘和新郎的人。五月被六月的话惊了一下，回头看路后边的人，发现真是这么回事。看六月，六月的神情是一个等待。五月用一个揽的动作表达了她的夸奖。六月就感到了一种童男童女的自豪和美好，也感到了一种不是童男童女的遗憾。

七　巧

下雨了吗？

没有啊。

没有你咋不去上地？

因为今天是七月七啊。

七月七为啥不上地？

因为牵牛星要约会啊。

牵牛星约会和你不上地有啥关系？

这牵牛星在天上是星宿，在地上就是咱们家的大黄啊。

咱们家的大黄跟谁约会啊？

跟织女啊。

地上的织女是谁呢？

小牛犊啊。

啊，小牛犊咋是织女？

对啊，给大黄放一天假，让它和小牛犊在一起，就算是约会了。

如果你有心，再去给它铲一背篓嫩青草来，它也就算和织女约会了。

六月有些想不通爹讲的这些道理，但他愿意为大黄去铲青草。

光青草不行吧，你还得给它在料上改善一下。

早上爹已经改善过了。

六月就呼地一下从炕上翻起来，这么重要的一个节日，不想让爹给提前过了。一边往起翻，一边揭开五月身上的被子。他得赶快和五月去给大黄铲青草，因为大黄今天已不只是大黄还是牵牛星。

说不定五月就是织女呢。

回头一看，五月一半醒来，一半还在梦里，人在穿衣裳，眼睛还没睁开。

还真有些像织女呢。

五月和六月满山满洼地找，他们要找到最嫩最嫩的草让大黄过七月七。

但找到最后，发现还是自家麦地里的灰菜和小谷油儿最嫩。麦子刚刚收过，灰菜和小谷油儿成了地里的主家，一畦一畦地绿在蛋黄色的阳光里，像是早就等着让五月和六月把它们带回家过七月七似的。

平时六月和五月也常给大黄铲草，但也只是给爹和娘搭个手，今天的感觉就不一样了。

五月说，爹说过去过七月七时，社里还要敬大神呢。

咋敬？

所有的男人敬牵牛，所有的女人敬织女，祭台上供着犁和织布机，不但要给所有的牛放假一天，还要给所有女人放假一天。

现在为啥不敬了？

不知道。

你说牛郎咋那么大胆，敢拿人家仙女的衣裳？

那是因为老牛给做媒，老牛见牛郎受嫂子虐待，太可怜了。

如果嫂子虐待我就好了，都怪爹，把哥和嫂子送到天水去。六月想。

织女和牛郎成亲，玉帝和王母娘娘为啥要大怒？

因为织女是神仙，牛郎是人，人和神仙是不能做两口子的。

人和神仙为啥不能做两口子？

这大概就像人和牛不能做两口子。

六月觉得五月的这个比方打得好。

爹说其实神仙都不愿意下凡的。

为啥？

因为神仙到凡间，就像我们到牛圈里，光人的味道神仙就受不了。

人的味道，人还有味道？

是啊，就像我们能闻到牛身上有一股牛味，狗身上有一股狗味，爹说神仙闻着人味儿就像我们闻着这些动物的味儿一样。爹说神仙之所以不喜欢吃肉的人就是因为吃肉的人比不吃肉的人更臭。

那唐僧被妖精喜欢，就是因为唐僧不吃肉吗？

对，不吃肉的人身上有一种香味，妖精当然喜欢。

那妖精也喜欢爹，喜欢你，喜欢我？

可能吧。

可是咋没有妖精绑架我？

那就说明你还不是唐僧。

六月想，唐僧也真傻，那么多女妖精喜欢他，他还不买人家的账，如果是他，早都美死了。

那神仙为啥还要下山？

因为神仙要度人，爹说如果罗汉不度人，就成不了菩萨，菩萨不度人，就成不了佛。

为啥？

不知道。

你说为啥牛郎站在老牛皮上就能飞到天上去？

大概那个老牛也是神仙变的吧。

我们站在大黄皮上能飞到天上去吗？

不想五月突然变脸了，你咋能这么想，今天是七月七，你咋能想这么残忍的事情？

我只是打个比方，又没有真剥大黄的皮。

爹说一个人心里有啥就会说啥，你这样说，至少说明你心里有，还不快快忏悔。

六月就忏悔。手下的铲子就更加用劲，他要给大黄多多地铲些青草，以弥补刚才的罪过。

爹说过去人们把牛叫恩牛，一直要养到老死，还不吃它的肉，不剥它的皮，要像人一样埋掉，善人家还要为它过七七，为它念经，为它超度呢。

我知道，爹说所有的老黄牛都是没有修成正果的和尚变的，因此不能杀牛的。

六月这样说着，突然明白给牛郎帮忙的那个老牛说不定就是一个像目连那样的和尚变的，本身就有法术呢，不然怎么死时让牛郎剥下它的皮，说将来站在上面可以上天呢。后来牛郎在王母娘娘抓去织女后，站在牛皮上果然就能追到天庭去。

可是，它毕竟不如王母娘娘法术大，王母娘娘拔下一支银簪，就能划出一条银河，就能把它和牛郎隔在河这边，让牛郎眼睁睁地不能过去和织女相会，看来它还没有修成正果。

你说咱们家的大黄现在快修成正果了吗？

啥意思？

既然它是和尚转世的，那它一定在修行？

当然啊，人家一辈子给人耕，给人种，没有怨言，当然是修行。爹说这世上所有的动物都在修行呢，狗在修忠诚，鸡在修守时，牛在修奉献。你看那鸡，每天晚上要报三次鸣。

你说它就不瞌睡？

还有蜜蜂，爹说蜜蜂最能奉献了，它采得百花成蜜后，自己却不吃一口。

你说它就能忍得住？

要不然咋叫修行，爹不是说修行就要忍人所不能忍嘛。

我们在七月七还给大黄铲一背篓草，给蜜蜂却啥事都做不了。

是啊，我们给蜜蜂也定一个节日吧。

我们定的谁承认呢？

六月就在心里发下大愿，等他将来当了大官，一定要给蜜蜂定一个节日，也给蜜蜂放一天假，也给蜜蜂改善一下生活。

当五月和六月到牛圈，把新铲来的嫩草倒在牛槽时，大黄感动得都要流泪了。小牛犊跑过来在六月身上亲热地蹭着。

六月惊讶地发现，爹今早竟然在牛料里拌了玉米面。他向五月指出这一事实。五月说，对啊，今天是牛的节日，当然要给它改善一下啊。

六月就觉得自己小气了，特别是当着大黄和小牛犊的面。

忙看大黄，大黄的眼里还是感恩，一点没有计较的样子。

吃啊，趁嫩吃啊。六月指着槽说。

它们现在哪里吃得下，爹和娘昨晚给它们铡的是高粱秆。

高粱秆好吃还是我们铲的嫩草好吃？

各有各的好，关键是早上它们已经吃饱了。

那就让它们中午吃吧。

说着从牛圈出来。

到了门口，二人又回头，齐声说了句，祝你们节日快乐。

大黄和小牛犊像是听懂了他们的话，深情地望着他俩，一直到他们走远。

都出了后院了,六月突然止了脚步,说,虽然今天是大黄的节日,也应该给咩咩改善一下啊。五月说,对啊,我们咋把咩咩给忘了。

二人就又回到牛圈门口,把背篓里剩下的嫩草掏出来,抱了,向羊圈走去。咩咩像是知道今天是七巧节,早早地到圈门迎接他们。

二人把嫩草放在咩咩面前,说,知道今天是啥节日吗?

咩咩点了点头。

你也不找个相好去约会?

五月扑哧一声笑了,散发着一股青草味。

六月接着问,快要做妈妈了,有啥感想?

牵牛今天会织女,知道吗?

想见小羔它爹对吗?

咩咩低了头,伤心得都快要哭了。

五月说,别烦人家咩咩了——咩咩吃,吃了七巧节铲的嫩草,一定会生出一个特别可爱的小羔羔来。

咩咩果然就吃了起来。

吃过午饭,他们就赶着大黄出发了,一庄的牛都往沟里去,一脸的七月七。牛犊们活蹦乱跳的,在大牛中穿来穿去,那种可爱,让人看着好不开心。

说是河,其实是个沟,沟底流着像缸口那么大的一股水,几个庄头的牛都聚到沟底时,那水就看不见了。远远望去,只见一沟底的牛背,荷叶一样舒展着,人们手里起落的盆子,就像一朵朵随风飘舞的荷花。

五月六月有些着急,催大黄快步到了沟底。

只见人们一手拿着梳子,一手拿着盆子,用盆子把水舀起来,从牛身上倒下去,一边用梳子梳牛毛。

六月个子小,够不着牛背,爹就让他和五月给小牛犊洗,大黄他来洗。

六月就让五月梳,他来舀水。

谁想小牛犊不愿意接受他们的好意,老是躲,六月就生气了,上前拍了它一巴掌。

准备拍第二巴掌,眼前突然一晃。定睛一看,大黄横在他和牛犊中间,怒目如环。

爹说,还不离开!

六月就一丈子跳开。爹又抓着大黄的缰绳,把它拉到原来的位置上去。

大黄有些不情愿,但还是给了爹面子,回到原来的位置上去,配合着爹的梳洗。

就在爹给大黄洗尾巴时,六月看到大黄的眼角有泪。

六月的心一下子软了。

下午,爹让五月六月帮他晒书。五月说她还有几首诗没背顺。

六月说,我背顺了,我帮你晒。

爹说,好啊,说着把书箱钥匙给六月,自己往下卸上房的门扇。爹把第一个门扇放到院里时,六月已经把"四书五经"抱出来了。爹高兴地给六月一个眼神,接着卸第二个门扇。五月本来趴在炕上背诗,看到爹和六月这样忙着,就待不住了,就收了小本子,下炕帮六月抱书。

你不是要背诗吗?

边抱边背吧。

下庄里那些小笨蛋,有个啥对付头,还这么当事。

爹说做任何事都要认真呢,不然就是浪费缘分。

这我知道。

爹把第二个门扇摆在院里,让五月六月往上摆书,他则回到上房扛了灯影箱到院里,往铁丝上挂灯影。

爹的书并不多,只有两木箱,晒起来并不费啥事。有些其实不是书,是手抄的剧本。

为啥偏偏今天要晒书?摆着摆着,六月的问题就来了。

爹说,今天是魁星的生日。

魁星的生日和晒书有啥关系?

因为魁星是书祖。

那六月六是谁的生日?

为啥想到六月六?

六月六我娘晒衣裳啊,也是谁的生日吗?

对,大禹的生日。

就是那个治水的大禹吗？

对。

为啥要在大禹的生日晒衣裳？

大概是因为大禹是水神吧，这天晒了衣裳虫不蛀。其实更早的时候，六月六是人们晒家谱的日子，也是寺院里和尚晒经的日子，因此既叫禳毒节，又叫晒经节。寺院里的经书太多了，和尚一天晒不过来，就叫村上的男女老少去帮忙。

人们去寺院里帮忙，自家的家谱谁来晒？

当然是自己晒，但因为传说女人帮和尚晒经来世会女转男，因此去寺院的多是女人，男的留在家里晒家谱。

现在为啥不晒经了？

现在读经的人少了，这六月六渐渐地就变成女儿看娘节，晒经就挪到七月七了。

为啥魁星的生日这么巧，正好是七月七？

因为他是魁星，魁星通天理。

通天理就能给自己选生日吗？

对，这在佛家叫了生死，就是自己给自己做主，想啥时来就啥时来，想啥时走就啥时走。

六月看了一眼五月，像是征求五月的意见，又像是赞叹，又像是鼓动。

爹接着说，这宇宙中的许多事情，都是"七巧"——人在娘肚子里七天一个变化，如此三十八个七天之后，就要出生了。人死后也是七天一个身体,经过七七四十九天,就要投胎了。这就是《周易》上说的"七日来复"。再比如天有金木水火土和日月共称七曜,人有七窍,脉有七轮,等等。

爹讲这些时,五月六月有些听不懂了,但他们了解了一个事实,那就是这七月七是和天上的星星有关的。

当五月六月的眼睛里装满了星星时,银河就从天上淌过来了。

五月和六月催爹早早在院里供了牵牛和织女,就穿新衣戴新帽,摩拳擦掌地准备"对银河"。

又催娘火速收拾完锅灶,一家人就锁上大门,到大场里去。

大场已经满了。上庄的人和下庄的人都到了。

不一会儿,社长领着从高庄请来的"正"和"直"到了,其实"正"和"直"下午就到了,只是被社长关在他们家,不让庄里人见面。

庄里的小伙子早就给"正"和"直"搬来了椅子,椅子的前面是一个小供桌,上面是一碗清水。

水碗里就有两个袖珍的银河。

护场在大场两头的杏树上拉了两根平行的绳子,把上庄和下庄的人隔开,自然就成了一个银河。

上庄庄主报告,代表上庄出场的牛郎是六月同志,织女是五月同志。

下庄庄主报告，代表下庄出场的牛郎是改正同志，织女是改环同志。

报告完毕，"正"和"直"分别在六月和改正的腰里别了一个牛角，在五月和改环头上绑了一片红布。

然后端起水碗，食指蘸了，向天空弹了一下，向场里弹了一下，向人群弹了一下。

再把水碗放回桌上，等银河再次出现在水碗里时，"正"在两个早就准备好的纸片上写了"先"和"后"，给大家展示了一下，交给"直"。"直"把纸片团成纸蛋儿，搦在手里摇了摇，扔在银河中间，让六月和改正抓。六月抓了"先"，改正抓了"后"。"正"就大声宣布六月是牛郎甲，五月是织女甲，然后抓着他们的胳膊向大家挥了挥手；"直"就大声宣布改正是牛郎乙，改环是织女乙，然后抓着他们的胳膊向大家挥了挥手。

接着，"正"让六月和改正在他的左前右前立于银河东，"直"让五月和改环在他的右前左前立于银河西。

社长大声宣布：

天上牛郎会织女，世上百姓乞七巧。

七巧本是天造就，牛郎织女演恩情。

今晚，我们从高庄请来张得禄作"正"，李有才作"直"，他们非常有文化，非常有水平，和上庄下庄不沾亲不带故，绝对公正，水碗在前，他们一定会凭良心选出"对银河"的状元和榜眼来。

现在,我宣布,两庄"对银河"正式开始。

六月迅速地回了一下头,他想在身后找到爹和娘,但人墙把爹和娘隔在后面。这时,五月叫了一声六月,六月知道是什么意思,迅速入戏。

牛郎甲：

> 纤纤擢素手,
>
> 札札弄机杼。

织女甲：

> 终日不成章,
>
> 泣涕零如雨。

牛郎乙：

> 想哩想哩常想哩,
>
> 想得眼泪常淌哩;
>
> 眼泪打转双轮磨,
>
> 淌得眼麻心儿破;
>
> 肠子想成丝线了,
>
> 心肝想成豆瓣了。

织女乙：

> 切刀切了马牙儿菜,
>
> 浆水焅下汤着呢。
>
> 为你得了相思病,

心上想下疮着呢。

门里门外走不成，

旁人还说装着呢。

牛郎甲：

牵牛在河西，

织女处河东。

织女甲：

万古永相望，

七夕谁见同。

上庄的掌声哗哗哗地响起来，六月觉得这掌声里有无数的银河在流淌。六月还听见，地地的掌声最响亮，就像是社火队的铜锣一样；还有改弟和白云，虽然不像铜锣，也比得上梆子了；德成和地生的就差一些，不过也是一朵浪。

牛郎乙：

日头上来胭脂红，

月亮上来是水红。

织女乙：

白天想你肝花疼，

晚夕想你是心疼。

下庄的掌声响起来，把上庄的淹了。"正"和"直"忙打了一个手势，止住了掌声。大家才意识到走火了，一下子安静下来。

牛郎甲：

> 河汉清且浅，
>
> 相去复几许。

织女甲：

> 盈盈一水间，
>
> 脉脉不得语。

牛郎乙：

> 尕妹是凉水喝不上，
>
> 阿哥们孽障，
>
> 渴死着水边里了。

织女乙：

> 阿哥是火暖不上，
>
> 阿妹的孽障，
>
> 冻死在火边里了。

牛郎甲：

> 鸾扇斜分凤幄开，
>
> 星桥横过鹊飞回。

织女甲：

> 争将世上无期别，

换得年年一度来。

牛郎乙：

青稞大麦煮酒呢，

麦麸子拌两缸醋呢。

尕妹门上有狗呢，

织女乙：

后墙上有走的路呢。

牛郎甲：

七夕景迢迢，

相逢只一宵。

月为开帐烛，

云作渡河桥。

织女甲：

映水金冠动，

当风玉珮摇。

惟愁更漏促，

离别在明朝。

牛郎乙：

河里的鱼儿团河转，

为啥不下钓竿？

锄草的阿姐们满塄坎，

为啥不盘个少年？

莫说是小妹妹拾掇得干,

还说是阿哥们硬缠。

不想织女乙忘词了,只见"直"高举着右手,对着天空掐着指头,当他把五个指头掐完时,牛郎甲开对。六月越发地挺了身子,昂了脖子,把声音提高了七八匹:

恐是仙家好别离,

故教迢递作佳期。

由来碧落银河畔,

可要金风玉露时。

织女甲:

清漏渐移相望久,

微云未接归来迟。

岂能无意酬乌鹊,

唯与蜘蛛乞巧丝。

牛郎乙:

沙里澄金金贵了,

银子的价钱们大了。

人伙里挑人人贵了,

尕妹的架子们大了。

织女乙：

越盼小哥越发愁，

盼得捻子烧尽油，

肠子拧成灯芯子，

再拿眼泪当清油。

牛郎甲：

别浦今朝暗，

罗帷午夜愁。

鹊辞穿线月，

花入曝衣楼。

织女甲：

天上分金镜，

人间望玉钩。

钱塘苏小小，

更值一年秋。

牛郎乙：

上去一山又一山，

一道一道的塄坎。

尕妹是麝香鹿茸丸，

阿哥是吃药的病汉。

织女乙：

前半夜想你没瞌睡，

后半夜想你(者)亮了。

浑身的白肉想干了，

只剩下一口气了。

牛郎甲：

纤云弄巧，飞星传恨，

银汉迢迢暗度。

金风玉露一相逢，

便胜却人间无数。

织女甲：

柔情似水，佳期如梦，

忍顾鹊桥归路。

两情若是久长时，

又岂在朝朝暮暮。

牛郎乙：

姑娘山来簸箕湾，

车轱辘大的牡丹。

哭下的眼泪拿桶担，

尕驴儿驮给了九天。

织女乙：

天爷阴了雨没有下，

石头上麻啦啦的。

跟前跟后你没有话，

心里头急抓抓的。

五月和六月的心里就真急抓抓的，因为他们记不起词了，准确些说是他们把准备的子弹打完了，二人急得空扣扳机。只见"正"高举着右手，对着天空掐着指头，像是比赛着和"直"谁举得更高似的。当他把五个指头掐完时，牛郎乙开对。改正就更加高亢了声音，直要擦着银河边了：

脸如银盆手如雪，
黑头发赛丝线哩。
嘴是樱桃一点红，
大眼睛赛灯盏哩。

织女乙：
噼里啪啦的雨来了，
路滑着我难走了。
八十里看一回你来了，
面软着张不开口了。

牛郎乙：
大石头根里的清水泉，
长流水再不能断了。
我俩是羊毛擀成的毡，
一辈子再不能散了。

织女乙：

> 石头的碌碡满场里转，
>
> 要两副好脖架哩。
>
> 要让我俩的婚姻散，
>
> 石狮子要说句话哩。

牛郎乙织女乙齐：

> 青石头根里的药水泉，
>
> 担子担，
>
> 桦木的勺勺舀干。
>
> 要想我俩的婚姻散，
>
> 三九天，
>
> 青冰上开一朵牡丹。

麦场里突然响起一片打场声，那是人们在鼓掌。

在人们经久不息的掌声中，社长把状元奖发给下庄。

五月和六月有些不服气，去年他们用春官词打败了下庄，今年他们想着下庄肯定会用春官词，就偷偷地让爹给他们教会了这些从前他们都没有见过的古诗，谁想贼下庄却改变了战术，换成了骚花儿。

骚花儿还能得状元？

对，哪朝哪代用骚花儿考状元？

爹说，没关系，太上老君不是说过，见人之得如己之得啊，你们输了你们不开心，他们输了他们也不开心，如果你想到他们现在比你们开心，你们就开心了。

五月觉得爹说得有道理，站在他们的立场上一想，还真就不气了。

再说，要牛郎和织女听着开心呢，只要他俩觉得你们是状元，你们就真是状元。娘一边解着五月头上的布片，一边说。

但六月没有表态，六月的目光搭在银河上，搭着搭着，河水就从眼角下来了。

六月惊醒，心里特别难受，要是能够回到过去就好了，爹说过去从七月一就开始"对银河"了，先是两个方两个方地对，两个社两个社地对，最终评出状元、榜眼和探花，代表社里七月七到县里去对，县里的状元、榜眼和探花，县长要亲自披红戴花呢。

可是现在却没人组织了，只能由他和改环几个自己在麦场里玩一通。

等他和五月从场里回来，爹和娘已经睡着了。

一线月光从窗户里照进来，六月的心里不由得惆怅了一下，不知道现在牛郎和织女是否"映水金冠动，当风玉珮摇"，说不定已经到了"惟愁更漏促，离别在明朝"的时候了。

六月悄悄地起来，穿上衣裳，下地，轻轻地把门开了一条缝，猫一样溜出去。

银河就哗地扑了过来，直把六月淹了。

院子里静得可怕。六月定了定神,坐在房台上,两手托了下巴,看着牛郎和织女。牛郎泪汪汪地收拾着行李,肠子都拧成灯芯子了,千不情万不愿地准备着从织女家离开,织女更是哭得像泪人一样,"哭下的眼泪拿桶担",只见织女家的地上全是桶子,全都满了。

桶子哪里装得下,都流成河了,说不定这银河就是织女的眼泪淌成的呢。

六月的心里疼了一下,咬牙切齿地发愿,本大人一定要像目连那样用功,早日修成正果,修成比王母娘娘还厉害的正果,用锡杖在银河上搭一座桥,让牛郎想啥时会织女就啥时会织女。

哪还要他们每天"忍顾鹊桥归路",多麻烦啊,干脆让他们天天在一起得了。

对,就让他们"朝朝暮暮"。

朝朝暮暮,多好啊。

六月的嘴角向上一弯,真正的银河就流了下来。

中　元

　　目连在爹的手上驾着祥云出场了，爹一边举着手里的目连飞行，一边开唱：

　　　　罗卜自从父母没，礼泣三周复制毕。

　　　　闻乐不乐损形容，食旨不甘伤筋骨。

　　　　闻道如来在鹿苑，一切人天皆抚恤。

　　　　我今学道觅如来，往诣双林而问佛。

　　　　尔时佛自便逡巡，稽首和尚两足尊。

　　　　左右摩诃释梵众，东西大将散支神。

　　　　胸前万字颇黎色，项后圆光像月轮。

　　　　欲知百宝千花上，恰似天边五色云。

　　　　弟子凡愚居五欲，不能舍离去贪嗔。

　　　　直为平生罪业重，殃及慈母入泉门。

　　　　只恐无常相逼迫，苦海沉沦生死津。

　　　　愿佛慈悲度弟子，学道专心报二亲。

　　　　世尊当闻罗卜说，知其正直不心邪。

屈指先论四谛法,后闻应当没七遮。

纵令积宝凌云汉,不及交人暂出家。

恰似盲龟遇浮木,犹如大火出莲花。

炎炎火宅难逃避,滔滔苦海阔无边。

直为众生分别故,如来所以立三车。

佛唤阿难而剃发,衣裳便化作袈裟。

登时证得阿罗汉,后受婆罗提木叉。

罗卜当时在佛前,金炉啪啪起香烟。

六种琼林动大地,四花标样叶清天。

千般锦绣铺床座,万道珠幡空里悬。

佛自称言我弟子,号曰神通大目连。

五月发现爹把几句跳过去了,提醒爹,被六月阻止了。六月悄悄地给五月说,这段太长了,外面的人不爱听。五月再看剧本,原来是一段注解。爹接着唱:

目连剃除须发了,将身便即入深山。

幽深地净无人处,便即观空而坐禅。

坐禅观空知善恶,降心住心无所著。

对镜澄澄不动摇,左脚还须压右脚。

端身坐磐石,以舌著上腭。

白骨尽皆空,气息无交错。

当时群鹿止吟林，逼近清潭望海头。

明月庭前听法眼，青山松下坐唯禅。

天边海气无遐焕，陇外青山望戍楼。

秋风瑟瑟林中度，黄叶飘零水上浮。

目连宴坐虚无境，内外澄心渐渐修。

通达声闻居望地，出入山间得自由。

当爹伸出右手从皮影架上往下取"长者"时，六月出了一口长气，因为《目连出场》总算要结束了：

目连从定出，迅速作神通。

来如霹雳急，去似一团风。

海雁啼矰缴，鸧鹰脱网笼。

潭中烟霞碧，天净远路红。

神通得自在，掷钵便腾空。

于时一向子，上至梵天宫。

目连一向至天庭，耳里唯闻鼓乐声。

红楼半映黄金殿，碧牖浑沦白玉成。

锡杖敲门三五下，胸前不觉泪盈盈。

长者出来而共语，合掌先论中孝情。

目连"启言"：

　　长者相识否？贫道南阎浮提人。少小身遭父母丧，其家大富少儿孙。孤茕更亦无途当。贫道慈母号青提，阿耶名辅相。一生多造福田因，亡过合生此天上。可怜富贵骄奢地，望睹令人心悦畅。钟鼓铿锵和雅音，鼓瑟也以声嘹亮。哀哀劬劳长不舍，乳哺之恩难可忘。别后安和好在否，比来此处相寻访。

　　爹把右手中的"长者"递到左手，和"目连"一同捉了，腾出右手指着剧本"长者闻语意以悲，心里回惶出语迟"，示意五月"出场"。五月就"出场"了：

　　　　弟子阎浮有一息，不省既有出家儿。
　　　　和尚莫怪苦盘问，世上人伦有数般。

　　台外响起热烈的掌声。六月没想到五月"出场"还真有一下子。

　　　　乍观出语将为异，收气之时稍似难。
　　　　俗间大有同名姓，相似颜容几百般。
　　　　形容大省曾相识，只竟思量没处安。
　　　　阇梨苦死来相认，更说家中事意看。

　　爹给五月一个赞赏的目光，"白言长者"：

贫道小时，名字罗卜。父母亡没以后，投佛出家，剃除须发，号曰大目乾连，神通第一。

爹指着剧本"长者见说小时名字，即知是儿"，示意六月"出场"，六月会意：

别久，好在已否？

如此，五月和六月在爹的示意下，按照排练时的分饰角色，盯着剧本，向下唱念做打。

剧本：

罗卜目连认得慈父，起居问讯已了：
慈母今在何方受于快乐？
长者报言罗卜：
汝母生存在日，与我行业不同。我修十善五戒，死后神识得生天上。汝母平生在日，广造诸罪，命终之后，遂堕地狱。汝向阎浮提冥路之中，寻问阿娘，即知去处。
目连闻语，便辞长者，顿身下降南阎浮提，向冥路之中，寻觅阿娘。

今年盂兰盆节的皮影戏爹正式邀请五月和六月一起出演。

其实从前年开始，爹就带他们跟班了。到了去年，全本戏已基本装在他们二人肚子里了，哪个人先出场，哪个人后出场，甲乙丙丁，五月和六月心里都有数了。有时爹忙不过来，他们二人给爹搭一手，从皮影架上往下取的皮影基本上没错。

今年过年时，爹就誊了一个剧本，让五月和六月熟悉。因为看过多遍戏，平时又一直听爹和娘唱，戏词他们大多都会，倒是剧本一放在面前，他们就不认得了。爹就教给他们一个办法，让他们把每行的第一个字先记下，然后往下泅。五月六月一试，果然有效。再对剧本，就有一种格外的欢心，一个个不识得的字形和他们心里早就识得的那个字音一一对号，感觉里就像有一扇扇天窗哗啦啦地敞开了。

目连一路询问：

识一青提夫人已否？

诸人答言尽皆不识。

目连又问：

阎罗大王住在何处？

诸人答言：

和尚，向北更行数步，遥见三重门楼，有千万个壮士皆持刀棒，即是阎罗大王门。

目连闻语，向北更行数步，即见三重门楼，有壮士驱无量罪人入来。目连向前询问阿娘不见，路旁大哭，哭了前行，披所由得见于王。门官引入见大王，王问目连事由之处：

和尚又没事由来？惭愧阇梨至此间，弟子处在冥途间，拷定罪人生死。虽然不识和尚，早个知其名字。为当佛使至此间？别有家私事意？太山定罪卒难移，总是天曹地笔批。罪人业报随缘起，造此何人救得伊。腥血凝脂长夜臭，恶染阇梨清净衣。冥途不可多时住，伏愿阇梨早去归。

目连启言：

大王照知否？

贫道生年有父母，日夜持斋常短午。

据其行事在人间，亡过合生于净土。

天堂独有阿耶居，慈母诸天觅总无。

计亦不应过地狱，只恐黄天横被诛。

追放纵由天地边，悲嗟悔恨乃长嘘。

业报若来过此界，大王曾亦得知否？

目连言讫，大王便唤上殿，乃见地藏菩萨，便即礼拜：

汝觅阿娘来？

目连启言：

是觅阿娘来。

汝母生存在日，广造诸罪，无量无边，当堕地狱。汝且向前，吾当即至。

大王便唤业官、司命、司录，应时即至。

是和尚阿娘名青提夫人，亡后多少时？

业官启言大王：

青提夫人亡来已经三载，配罪案总在天曹录事司太山都尉一本。

王唤善恶二童子，向太山检青提夫人在何地狱。

大王启言和尚：

共童子相随，问五道将军，应知去处。

申时一到，各方代表齐聚到社长家吃斋饭。社长各庄轮流，和方长一样，一年一换，今年的社长轮到乔家上庄出任，上庄今年的方长是金生，社长自然就是他了。六月不明白为啥人们把庄叫方，把几个每年在一起唱戏敬神的庄子叫一社，把每年中元和上正时月的集中敬神叫"社会"。问爹，爹说这是古人流传下来的，你看高庄虽然离我们最近，但不在一起敬神，就不是我们社的人，周庄和李庄虽然离我们很远，但在一起敬神，就是我们社的人。

六月就觉得这敬神不单单是敬神。

目连闻语，便辞大王即出。行经数步，即至奈河之上，见无数罪人，脱衣挂在树上，大哭数声，欲过不过，回回惶惶，五五三三，抱头啼哭。目连问其事由之处：

……

呜呼哀哉心里痛，徒埋白骨为高冢。

南槽龙马子孙乘，北牖香车妻妾用。

异口咸言不可论，长嘘叹息更何怨。

造罪诸人落地狱，作善之者必升天。

五月唱到这里，六月的目光就穿过灯幕，从观众的脸上一一扫过——这个人平时造罪，可能要进地狱；这个人平时作善，应该能够升天；这个人既造罪又作善，先得加减一番再说……

如今各自随缘业，定是相逢后回难。

握手叮咛须努力，回头拭泪饱相看。

耳里唯闻唱道急，万众千群驱向前。

牛头把棒河南岸，狱卒擎叉水北边。

水里之人眼盼盼，岸头之者泪涓涓。

早知到没艰辛地，悔不生时作福田。

恍惚之间，这河南岸，水北边，不再是牛头，也不再是狱卒，而是幕外那些和他们抬头不见低头见的乡亲。六月不由得打了一个寒战……

目连问言奈河树下人曰：

天堂地狱乃非虚。行恶不论天所罪，应时冥零亦共诛。贫道慈亲不积善，亡魂亦复落三途。闻道将来入地狱，但日知其消息否?

罪人总见目连师,一切啼哭损双眉:

弟子死来年月近,和尚慈亲实不知。

我等生时多造罪,今日辛苦方始悔。

纵令妻妾满山川,谁肯死来相替代。

何时更得别泉门,为报家中我子孙。

不须白玉为棺椁,徒劳黄金葬墓坟。

长悲怨叹终无益,鼓乐弦歌我不闻。

欲得亡人没苦难,无过修福救冥魂。

和尚却归,与诸人为传消息,交令造福,以救亡人。除佛一人,无由救得,愿和尚菩提涅槃,寻常不没,运载一切众生,智慧剑勤伐烦恼林,而诸威行普心于世界,乃诸佛之大愿。倘若出离泥犁,是和尚慈亲普降。

一种强烈的使命感从六月心里涌起,他要力争唱得再精彩一些,声音再洪亮一些,调子再美一些,让幕外这些地狱边上的人醒悟,好积德行善,争取能升天,再差也应重新做个人。

目连问已,更往前行,时向中间,即至五道将军坐所、问阿娘消息处——

五道将军性冷恶,金甲明亮,剑光交错。左右百万余人,总是接飞手脚。叫喊似雷惊震动,怒目得电光耀霍,或有劈腹开心,或有面皮生剥。

目连虽是圣人,亦是魂惊胆落。

目连啼哭念慈亲,神通急速若风云。

若闻冥途刑要处,无过此个大将军。

左右攒枪当大道,东西立杖万余人。

纵然举目西南望,正见俄俄五道神。

守此路来经几劫,千军万众定刑名。

贫道慈母傍行檀,魂魄漂流冥路间。

若问三途何处苦,咸言五道鬼门关。

畜生恶道人偏绕,好道天堂朝暮闲。

一切罪人于此过,伏愿将军为检看。

吃完斋饭,代表们开始抬着菩萨、灵官、韦陀等神像游村。

五月六月作为主演,被人们簇拥在队伍前面,接受着人们敬慕的目光。

五月六月知道,这天全村人都会早早地吃过斋饭,等游村时,便随着队伍一起游村,然后随着队伍到戏台看戏。

因此,这队伍的尾巴就像是滚雪球似的,从这个庄滚到那个庄,越滚越大,最后就像是一个活动的村庄。

就有一缕缕神圣和庄严直往五月六月的身体里钻。

将军合掌启阇梨：不须啼哭损容仪。

寻常此路恒沙众，卒问青提知是谁。

太山都要多名部，察会天曹并地府。

文牒知司各有名，符卷下来过此处。

今朝弟子是名官，暂与阇梨检寻看。

可中果报逢名字，放觅纵由亦不难。

将军问左右曰：

见一青提夫人以否？

左边有一都官启言将军：

三年以前，有一青提夫人，被阿鼻地狱牒上索将，今见在阿鼻地狱受苦。

目连闻语，启言将军：

将军报言和尚，一切罪人皆从王边断决，然始下来，目连贫道阿娘，缘何不见王面？

将军报言和尚：

世间两种人不得见王面——第一之人，平生在日，修于十善五戒，死后神识得生天上，不见王面；第二之人，生存在日，不修善业，广造诸罪，命终之后，便入地狱，亦不得见王面。唯有半恶半善之人，将见王面断决，然始托生，随缘受报。

游完村，神像依官职大小安放在临时道堂。按照规程，戏在哪一方唱，方长就要把自家的上房腾出来作为临时道堂，把麦场打扫干净搭戏台。今年金生既是方长，又是社长，自然就在他家。

道堂主案上供着南无本师释迦牟尼佛、混元之初太清之祖道德天尊、大成至圣先师文宣王、南无大慈大悲救苦救难观世音菩萨、南无大愿安忍不动静虑深密地藏王菩萨、三界伏魔大帝神威远震天尊关圣帝君。侧案上供着大教爷、二教爷、九天圣母、护世天王风、护世天王调、护世天王雨、护世天王顺，还有土地神、四海龙王、牛王马祖、五猖五福，等等。

香烟缭绕，其乐融融。

金生老爹虽然搬到厢房里，却比平时在上房时更有了一种神仙的味道，就像这院子里出出进进的香客，一边是奔着诸神来，一边是奔着他来的一样。

五月和六月就有些羡慕金生，如果这是自家的上房该多好。

目连闻语，便向诸地狱寻觅阿娘之处。

目连泪落忆逍逍，众生业报似风飘。

慈亲到没艰辛地，魂魄于时早已消。

铁轮往往从空入，猛火时时脚下烧。

心腹到处皆零落，骨肉寻时似烂燋。

铜鸟万道望心搣，铁汁千回顶上浇。

借问前头剑树苦，何如挫硙斩人腰。

凝脂碎肉口似津，莽荡周回数百里。

铁锵万剑安其下，烟火千重遮四门。

借问此中何物罪，只是阎浮杀罪人。

目连更往前行，须臾之间，至一地狱。目连启言狱主：

此个地狱中有青提夫人已否？是贫道阿娘，故来访觅。

一进戏台，五月六月就觉得进入了一个感恩的世界。说是戏台，其实是一个帐篷，一个天下最特别的帐篷。五月六月的目光鸟一样在帐篷上飞来飞去，最后停在他们的名字上"信士三月四月五月六月大年初一敬献"。

名字上面是爹写的"报答神恩"四个大字。

接着五月和六月就看到了改弟、地地、金生、双全等人的名字。

六月问爹，咋把我们敬献的软匾做成大幕了？不想爹说，做得好啊，要不庙里都堆不下了，都啮了，浪费了。五月六月觉得爹说得对。大年初一他们到庙里上香，看到地上的软匾堆得像山一样。

狱主报言和尚：

此个狱中，总是男子，并无女人。向前问有刀山地狱之中，问必应得见。

目连前行，又至一地狱，左名刀山，右名剑树。地狱之中，锋剑相向，涓涓血流。见狱主驱无量罪人入此地狱。

目连问曰：

此个名何地狱？

罗刹答言：

此是刀山剑树地狱。

目连问曰：

狱中罪人作何罪业，当堕此地狱？

狱主报言：

狱中罪人，生存在日，侵损常住，游泥伽蓝，好用常住水果，盗常住柴薪。今日交伊手攀剑树，枝枝节节皆零落处。

回到家里，五月六月问娘，为啥没人偷庙里的软匾？那么好的绸子，庙门整天大开着，就是没人偷？

娘说，庙里的东西谁敢偷。

为啥不敢偷？

娘说，我给你们讲一个故事吧。从前村上有一个人，我就不给你们说他的名字了，娶上媳妇都快十年了，但总是怀不住娃娃。

为啥？六月着急地问。

你听娘说，怀了流，怀了流。

啥叫怀了流？

就是坐不住胎。

啥叫坐不住胎？

就是肚子里的娃娃还没有长成人，就流胎了。

流胎了就是咋了？

给你打个比方吧，见过鸡抱蛋吗？

见过。

流胎就是肚子里的娃娃还没有长成那个鸡，还是蛋清，就从肚子里出来了。

从哪儿出来的呢？

这个将来你会知道的，你听娘说下面的，大概是流到第五胎的时候，那个小伙子来找你爹，让你爹打卦。你爹不打，他就跪在地上不起来。你爹只好打，不想卦辞是犯庙神。你爹就问他是不是拿了庙里的东西了。他说没有。你爹说那你回去问问家里人，看谁动过庙上的东西。

结果呢？

你听娘说，过了几天，他就拿来一个软匾让你爹写，说都怪他媳妇不懂事，拿了庙里的软匾做裤头穿。

啊——五月和六月把一口长气直出到天上去。

　　目连闻语，啼哭咨嗟向前，问言狱主：

　　此个地狱中，有一青提夫人已否？

　　狱主启言和尚：

　　是何亲眷？

　　目连启言：

　　是贫道慈母。

　　狱主报言和尚：

　　此个狱中无青提夫人。向前地狱之中，总是女人，应得相见。

恍惚间，六月觉得爹手里的狱主在呼吸呢，莫非这时狱主真在戏台？难怪开演前爹要他和五月先到道场给佛菩萨上香磕头，给众神上香磕头，给戏王上香磕头，回到戏台还要给皮影上香磕头。

目连言讫，更往前行。须史之间，至一地狱。启言狱主：

此个狱中，有一青提夫人已否？

狱主报言：

青提夫人，是和尚阿娘？

目连启言：

是慈母。

狱主报和尚曰：

三年以前，有一青提夫人，亦到此间狱中。被阿鼻地狱牒上索将，今见在阿鼻地狱中。

目连闷绝僻地，良久气通，渐渐前行，即逢守道罗刹问处：

目连行步多愁恼，刀剑路傍如野草。

侧耳遥闻地狱间，风火一时声号号。

为忆慈亲肠欲断，前路不娄行即到。

忽然逢着夜叉王，按剑坐蛇当大道。

当爹把最后一个皮影夜叉王从戏箱拿出来，挂在皮影架上时，场里的人满了。

爹示意鼓乐手开始,就有一阵惊天动地的鼓乐响起。

爹点了一下头,鼓乐声止,爹大声诵念:

> 夫为七月十五日者,天堂启户,地狱门开,三途业消,十善增长。为众僧咨下,此日会福之神,八部龙天,尽来教福。承供养者,现世福资,为亡者转生于胜处。于是盂兰百味,饰贡于三尊,仰大众之恩光,救倒悬之窘急。

爹的古腔古调把六月惹笑了,五月忙伸手把六月的嘴捂住,但台外还是有人听到了。

你听六月在笑呢。

六月这才意识到现在不同寻常。就努力把持住自己,全心全意地进入角色。

> 目连启言:
>
> 贫道是释迦如来佛弟子,证见三明出生死。
>
> 哀哀慈母号青提,亡过魂灵落于此。
>
> 适来巡历诸余狱,问者咸言称不是。
>
> 近云将母入阿鼻,大将亦应知此事。
>
> 有无实说莫沉吟,人间乳哺最恩深。
>
> 闻说慈亲骨髓痛,造此谁知贫道心。

夜叉闻语心遏遏，直言更亦无形迹：

和尚孝顺古今稀，冥途不惮亲巡历。

青提夫人欲似有，影响不能全指的。

阿鼻地狱最为苦，灌铁为城铜作壁。

业风雷震一时吹，到者身骸似狼藉。

劝谏阇梨早归舍，徒烦此处相寻觅。

不如早去见如来，捶胸懊恼知何益。

　　那么我死了该进天堂还是入地狱呢？六月想。记得爹说过，世界上最大的善事是劝人行善，那么这唱"目连大戏"就是劝人为善了，那么本大人当然是进天堂了，还有五月，还有爹。那娘呢？爹说为劝善的人服务也是大善，那么娘为我们服务，当然也要进天堂了。那么爷爷奶奶呢？爹说这出《目连救母》就是爷爷和奶奶教他的，看来爷爷和奶奶也不成问题。

　　目连见说地狱之难，当即回身，掷钵腾空，须臾之间，即至婆罗林所，绕佛三匝，却坐一面，瞻仰尊颜，目不暂舍。白言世尊处：

阙事如来日已远，追放纵由天地遍。

阿耶惟得生上天，慈母不曾重会面。

闻道阿鼻见受罪，思之不觉肝肠断。

猛火龙蛇难向前，造次无由作方便。

如来神力移山海，一切众生多爱恋。

臣急由来解告君，如何慈母重相见。

世尊唤言大目连：

且莫悲哀泣。

世间之罪由如绳，不是他家尼碾来。

火急将吾锡杖与，能除八难及三灾。

但知勤念吾名字，地狱应当为汝开。

爹还说，如果一个人平时不行好，就是再吃斋念佛，也是枉然，就是念佛把喉咙喊破，也是枉然。相反，如果嘴上念佛，却去做坏事，罪过更大。

他问爹哪些事是好事。爹说"十善业"讲的事是好事。他问"十善业"是啥意思。爹说"十善业"是指：一不杀生，二不偷盗，三不邪淫，四不恶口，五不两舌，六不妄语，七不绮语，八不贪，九不嗔，十不痴。相反就是"十恶业"。

他问邪淫是啥意思。爹说邪淫就是不是你的媳妇你却把她当成你的媳妇。

不是你的媳妇你咋能把她当成你的媳妇？

说的是啊，但世上的人就偏偏这么做呢。世人不知道这是烦恼根，但佛知道。

他有些想不透，为啥把别人的媳妇当成自己的媳妇是烦恼根。

那把根挖了不就没有烦恼了?

是啊,但是这个根很大,扎得很深,最难挖。

有老榆树的根难挖吗?

比老榆树的根难挖多了。

他的心里就有一个根疯了似的乱蹿,直蹿到天边去了。

目连承佛威力,腾身向下,急如风箭。须史之间,即至阿鼻地狱。空中见五十个牛头马脑,罗刹夜叉,牙如剑树,口似血盆,声如雷鸣,眼如掣电,向天曹当直。逢着目连,遥报言:

和尚莫来,此间不是好道,此是地狱之路。西边黑烟之中,总是狱中毒气,吸着,和尚化为灰尘处。

和尚不闻道阿鼻地狱,铁石过之皆得殃。地狱为言何处在,西边怒那黑烟中。

目连念佛若恒沙,地狱原来是我家。

拭泪空中摇锡杖,鬼神当即倒如麻。

白汗交流如雨湿,昏迷不觉自嘘嗟。

手中放却三楞棒,臂上遥抛六舌叉。

如来遣我看慈母,阿鼻地狱救波吒。

目连不住腾身过,狱卒相看不敢遮。

他问是不是不行"十善业"的人都要下地狱。爹说这要看罪的轻重,但佛经上讲贪心重的人会到饿鬼道去,因为鬼是贪心;嗔心重的人会到地狱道去,因为嗔心重的人容易起杀机,造杀业;痴心重的人会到畜生道去,因为畜生是痴心。

他问饿鬼道可怕还是地狱道可怕。爹说当然是地狱道,但饿鬼道已经非常可怕了。饿鬼道的人每天见不到日月星辰,每天就像被人追杀,惶惶不可终日。最可怕的是,饿鬼道的人寿命非常长,往往是千千岁,如果一个生命堕落到饿鬼道,往往要人间的几万年才能出来。地狱道的时间就更长了,地狱里面的一天,是我们人间的两千七百年。地狱里头一年也是三百六十天,而一天是我们人间的两千七百年,你算算。因此地狱道的人短则一万岁,长则万万岁。

一个人活万万岁不是很好吗?

好?你愿意在火炉里待上万万岁?经上说,地狱道的人每天如坐火焰,因此地狱道又叫火途。

那畜生道呢?

畜生道叫血途,你看畜生没有善终的,都是流血死的。

那饿鬼道叫啥途呢?

刀途,每天觉得被人赶杀,因此叫刀途。

对于爹讲的这些道理,他有些不大懂得,但有一点他明白了,那就是这做人是一件不敢马虎的事情。

> 目连执锡向前听,为念阿鼻意转盈。
>
> 一切狱中皆有息,此个阿鼻不见停。
>
> 恒沙之众同时入,共变其身作一刑。

忽若无人独自入，其身亦满铁围城。

万道红炉扇广炭，千重赤炎迸流星。

东西铁钻谗凶筋，左右铜铰石眼精。

金锵乱下如风雨，铁汁空中似灌倾。

哀哉苦哉难可忍，更交腹背下长钉。

目连见以唱其哉，专心念佛几千回。

风吹毒气遥呼吸，看着身为一聚灰。

一振黑城关锁落，再振明门两扇开。

六月的头皮突然麻了一下。他分明觉得有无数的妖魔鬼怪也在戏台四周看戏。但他马上想到开演前爹带着他们请来灵官、韦陀等法力高强的神明收尽了五方鬼煞，并请来五猖神捉寒林和护台。台口又设了禁坛封禁，台下又供了草人镇鬼。妖魔鬼怪是无法近身的，因此也就没有什么可怕的。

目连那边仍未唤，狱卒擎叉便出来：

和尚欲觅阿谁消息？

其城广阔万由旬，仓促没人关闭得。

刀剑之光阿点点，受罪之人愁忏忏。

大火终融满地明，烟雾满满恨天黑。

忽见阇梨于此立，又复从来不相识。

纵由算当更无人，应是三宝慈悲力。

但是不多时六月的头皮又发麻了,把目光从灯幕上的"地狱"移开。五月看到了六月的紧张,捂着嘴鼻悄悄地说,不用怕的,爹说凡是进入地狱道的众生一般情况下是出不来的。六月同样悄悄地问,那饿鬼道的呢?五月说,饿鬼道的有钟进士对付呢。六月就回头看了一眼钟馗,正碰着钟进士威风凛凛的目光,心里果然一下子正了起来。

狱主启言和尚:

缘何事开他地狱门?

报言:

贫道不开阿谁开?世尊寄物来开。

狱主问言:

寄甚物来开?

目连启狱主:

寄十二环锡杖来开。

狱卒又问:

和尚缘何事来至此?

目连启言:

贫道阿娘名青提夫人,故来访觅看。

狱主闻语,却入狱中高楼之上,迢白幡,打铁鼓:

第一隔中有青提夫人已否?

第一隔中无。

过到第二隔中，迢黑幡，打铁鼓：

第二隔中有青提夫人已否？

第二隔中亦无。

过到第三隔中，迢黄幡，打铁鼓：

第三隔中有青提夫人已否？

亦无。过到第四隔中亦无。即至第五隔中问，亦道无。过到第六隔中，亦道无青提夫人。狱卒行至第七隔中，迢碧幡，打铁鼓：

第七隔中有青提夫人已否？

其时青提夫人在第七隔中，浑身上下四十九道长钉，钉在铁床之上，不敢应狱主。狱主更问：

第七隔中有青提夫人已否？

若看觅青提夫人者，罪身即是。

早个缘甚不应？

恐畏狱主更将别处受苦，所以不敢应狱主。

狱主报言：

门外有一三宝，剃除髭发，身披法服，称言是儿，故来访看。

青提夫人闻语，良久思惟，报言狱主：

我无儿子出家，不是莫错？

狱主闻语，却回行至高楼，报言和尚：

缘有何事，诈认狱中罪人是阿娘，缘没事谩语？

目连闻语，悲泣雨泪。启言狱主：

贫道解来传语错，贫道小时名罗卜，父母亡没以后，投佛出家，剃除髭发，号曰大目乾连。狱主莫嗔，更问一回去。

狱主闻语，却回至第七隔中，报告罪人：

门外三宝小时字罗卜，父母终没以后，投佛出家，剃除髭发，号曰大目乾连。

青提夫人闻语，门外三宝，若小时字罗卜，即是儿也。罪身一寸肠娇子！

狱主闻语，扶起青提夫人，拔却四十九道长钉，铁锁锁腰，生杖围绕，驱出门外，母子相见处：

阿鼻地狱谁造就，生杖鱼鳞似云集。

千年之罪未可知，七孔之中流血汁。

猛火从娘口中出，蒺藜步步从空入。

犹如五百破车声，腰脊岂能相管抬。

狱卒擎叉左右遮，牛头把锁东西立。

一步一倒向前来，目连抱母号啕泣。

哭曰：

都怪由儿不孝顺，殃及慈母落三途。

目连这么孝顺，他还说不孝顺，那我们平时就更不孝顺了。从明天开始，该好好孝顺爹娘才对。六月想把这一想法告诉五月，却见五月手指跟着唱词，已经舔着嘴唇准备"出场"了，就强忍住没有打扰。

> 积善之家有余庆，皇天只没杀无辜。
>
> 阿娘昔日胜潘安，如今憔悴顿摧灭。
>
> 曾闻地狱多辛苦，今日方知行路难。

唱到这里，金生探进头来，说，奠台的时候到了。

爹就停了下来。

只看金生一个手势，德本端着一个盘子，里面盘着三条红绸被面，金生先后给爹和五月六月披在肩身。

这时，双全已端着一个铜暖锅在台口等着了，爹问金生，供过众神了吗？金生说，供过了。爹就拿起筷子，夹了一筷头碎菜，往后台扔去。六月悄悄问五月，爹这是干啥呢？五月说，这叫放焰口，是让那些游魂野鬼吃的。六月的头皮就又麻了一下，一时间仿佛能够听到游魂野鬼狼吞虎咽的声音。

接着，爹让五月和六月动筷子。

因为吃过晚饭了，三人象征性地吃了一下，让双全端出去，分给台下的信众。

接着金生给他们每人倒了一杯好茶。喝茶？六月看着五月，五月看着爹。在五月和六月心里，这茶只是爹的事，大人的事，现在一杯属于他们的却突然出现在面前，让五月六月既荣耀又不安。

这平时想都没有想过的事突然到来，有种"如戏"的感觉，但它分明又是真实的。就像这戏，平时只是一出戏，今天却成了一种"真实"，这中间像是有什么玄机。

六月这样想时，爹让他们漱口，准备开演。五月和六月就端起茶杯，喝了一口，好香啊，哪里舍得吐，咽了。

阿娘既得目连言，呜呼怕搦泪交连：
一见我儿痛伤情，不由两眼珠泪盈。
想儿想得肝肠断，望儿望得眼无睛。
只因在世造下孽，阎罗殿上问典刑。
昼戴枷锁还犹可，夜卧铁床苦非轻。
钢鞭打过上油掌，吞铁弹来饮热钢。
娘今身受百般刑，你在阳间怎知情。
昨与我儿生死隔，谁知今日重团圆。
阿娘生时不修福，十恶之愆皆具足。
当时不用我儿言，受此阿鼻大地狱。
阿娘昔日极芬荣，出入罗帏锦障行。
那堪受此泥梨苦，变作千年饿鬼行。
口里千回拔出舌，胸前百过铁犁耕。
骨筋筋皮随处断，不劳刀剑自凋零。
一向须臾千回死，于时唱道却回生。
入此狱中同受苦，不论贵贱与公卿。
汝向家中勤祭祀，只得乡间孝顺名。

纵向坟中浇沥酒,不如抄写一行经。

那天排练到这里,六月问,为啥"纵向坟中浇沥酒,不如抄写一行经"? 爹说,因为经能让人从梦里醒来。六月说,我昨晚做了好几个梦,经咋没有让我从梦里醒来。爹就大笑,爹说的是另一种梦,没有觉悟的人就像是在梦中。

咋样的人才是觉悟的人?

像佛那样的人就是觉悟的人。

目连算吗?

算,不过他不是大彻大悟,佛是大彻大悟。

目连算啥悟?

目连嘛,算个半彻半悟。

他啥时才能大彻大悟?

那要看他用功的程度。

那么地藏菩萨呢?

地藏菩萨嘛,跟佛差不多了,但他发过愿,地狱不空,他不成佛。

哎哟,地狱啥时才能空呢?

遥遥无期,其实地藏菩萨是故意不成佛。

为啥要故意?

因为众生在六道受苦。

五月六月就觉得地藏菩萨和荞一样有些傻。

目连哽噎啼如雨，便即回头谙狱主：
贫道虽是出家儿，力小哪能救慈母。
五服之中相容隐，此即古来圣贤语。
唯愿狱主放却娘，我身替娘长受苦。

狱主为人情性刚，嗔心默默色苍茫：
弟子虽然为狱主，断决皆由平等王。
阿娘有罪阿娘受，阿师受罪阿师当。
金牌玉简无揩洗，卒亦无人辄改张。
受罪只今时以至，须将刑殿上刀枪。
和尚欲得阿娘出，不如归家烧宝香。
目连慈母语声哀，狱卒擎叉两畔催。
欲至狱门前欲倒，便即长悲好住来。

青提夫人一个手，托着狱门回顾盼：
好住来，罪身一寸长肠娇子处——
娘娘昔日行悭妒，不具来生业报因。
言作天堂没地狱，广杀猪羊祭鬼神。
但悦其身眼下乐，宁知冥路拷亡魂。
如今既受泥梨苦，方知反悟悔自身。
悔时悔亦知何道，覆水难收大俗云。
何时出离波咤苦，岂敢承望重作人。

阿师如来佛弟子,足解知之父母恩。

忽若一朝登圣觉,莫忘阿娘地狱受艰辛。

目连既见阿娘别,恨不将身而自灭。

举身自扑太山崩,七孔之中皆洒血。

启言:

娘娘且莫入,回头更听儿一言。

母子之情天性也,乳哺之恩是自然。

儿与娘娘今日别,定知相见在何年。

爹突然停了下来,五月和六月以为又有什么讲究。不想半天爹却不出声,再看,爹的脸上挂着两行泪水。五月忙上前用袖子拭,一边说,爹这是唱戏呢,又不是真的。

爹唏嘘了一下,接着开唱。五月六月听见台外也有不少人在哭泣。

哪堪闻此波咤苦,其心楚痛镇悬悬。

地狱不容相替代,唯知号叫大称怨。

隔是不能相救济,儿亦随娘娘身死狱门前。

目连见母却入地狱,切骨伤心,哽噎声嘶。遂乃举身自扑,犹如五太山崩,七孔之中皆流逆血。良久而死,复乃重苏,两手按地起来，整顿衣裳，腾空往至世尊之处：

目连情地总昏昏，人语冥冥似不闻。

良久沉吟而性悟，掷钵腾空问世尊。

目连对佛称怨苦，且说刀山及剑树：

蒙佛神力借余威，得向阿鼻见慈母。

铁城烟焰火腾腾，剑刀森林数万层。

人脂碎肉和铜汁，迸肉含潭血里凝。

慈亲容貌岂堪任，长夜遭他刀剑侵。

白骨万回登剑树，红颜百过上刀林。

天下之中何者重，父母之情恩最深。

如来是众慈父母，愿照愚迷方寸心。

如来本自大慈悲，闻语惨地敛双眉：

众生出没于轮网，恰似康螽兔望丝。

汝母昔时多造罪，魂神一往落阿鼻。

此罪劫移仍未出，非佛凡夫不可知。

佛唤阿难徒众等，吾往冥途自救之。

爹又停了下来。六月问爹，为啥要停下来？爹说，等请的时候到了。

果然，银幕外有人高声大噪：

我等信众诚心祈请目连仗佛宏力救母，也仗佛宏力解救本社一切罪母，解救社外一切罪母，解救社里社外一切"三途"罪众。

"目连"答：

目连愿尽全力搭救，只是你等需广修"十善"，力断"十恶"，与佛感应道交，配合于我。

幕外齐呼：

我等愿依教奉行！

如来领八部龙天，前后围绕，放光动地，救地狱之苦处：

如来圣智本均平，慈悲地狱救众生。

无数龙神八部众，相随一队向前行。

隐隐逸逸，天上天下无如匹。

左边沉，右边没，如山炭炭云中出。

崔崔嵬嵬，天堂地狱一时开。

行如雨，动如雷，似月团团海上来。

独自俄俄狮子步，虎行侣侣象王回。

云中天乐吹《杨柳》，空里缤纷下《落梅》。

帝释向前持玉宝，梵王从后奉金牌。

不可论中不可论，如来神力救泉门。

左右天人八部众，东西侍卫四方神。

眉间毫相千般色，项后圆光五彩云。

地狱沾光消散尽，剑树刀林似碎尘。

狱卒沾光皆胡跪，合掌一心礼佛尊。

如来今日起慈悲，地狱摧残悉破坏。

铁丸化作摩尼宝，刀山化作琉璃地。

清凉屈曲绕池流，鹅鸭鸳鸯扶泪泪。

红波夜夜碧烟生，绿树朝朝紫云气。

罪人总得生天上，唯有目连阿娘为饿鬼。

地狱一切并变化，总是释迦圣佛威。

　　目连蒙佛威力，重得见慈母。罪根深结，业力难排，虽免地狱之苦，堕在饿鬼之道，悲辛不等，苦乐悬殊，若并前途，感其百千万倍。咽如针孔，滴水不通；头似太山，三江难满。无闻浆水之名，累月经年，受饥羸之苦。遥见清凉冷水，近著变作脓河。纵得美食香餐，便即化为猛火。娘娘见今饥困，命若悬丝，汝若不起慈悲，岂名孝顺之子？生死路隔，后会难期。欲救悬丝之危，事亦不应迟晚。

　　出家之法，依信施而安存。纵有常住饮食，恐难消化。儿辞阿娘往向王舍城中，取饭与娘娘相见。

　　看来要知道太爷和太奶奶是否生天，就得自己修成正果，才能到六道中去查看，如果太爷和太奶奶万一没有生天，还可到佛祖那里求情，否则是没有希望的。因为修不成正果，就连打听个消息都办不到，何况去救。

　　目连出场时的那段戏词就在六月心里响起，一时间他觉得那不是目连，而是他六月。

佛唤六月而剃发，衣裳便化作袈裟。

登时证得阿罗汉，后受婆罗提木叉。

六月当时在佛前，金炉咱咱起香烟。

六种琼林动大地，四花标样叶清天。

千般锦绣铺床座，万道珠幡空里悬。

佛自称言我弟子，号曰神通大六月。

目连辞母，掷钵腾空，须臾之间，即到王舍城中，次弟乞饭，行到长者门前。长者见目连非时乞食，盘问逗留之处：

和尚食时已过，乞饭将用何为？

目连启言长者：

贫道阿娘亡过后，魂神一往落阿鼻。

近得如来相救出，身如枯骨气如丝。

贫道肝肠寸寸断，痛切傍人岂得知。

计亦不合非时乞，为以慈亲而食之。

长者闻言大惊愕，思忖无常情不乐。

金鞍永绝晶珠心，玉貌无由上庄阁。

但且歌，但且乐，人命由由如转烛。

何觅天堂受快乐，唯闻地狱罪人多。

有时吃，有时著，莫学愚人多贮积。

不如广造未来因，谁能保命存朝夕。

两两相看不觉死,钱财必莫于身惜。

一朝掷手入长棺,空浇冢上知何益。

智者用钱多造福,愚人将金买田宅。

平生辛苦觅钱财,死后总被他分擘。

长者闻语忽惊疑,三宝福田难可遇。

急催左右莫交迟,家中取饭与阇梨。

地狱忽然消散尽,明知诸佛不思议。

长者手中执得饭,过以阇梨发大愿:

非但和尚奉慈亲,合狱罪人皆饱满。

目连乞得耕良饭,持钵将来献慈母。

于时行至大荒郊,手捉金匙而自哺。

青提夫人,虽遭地狱之苦,悭贪究竟未除,见儿将得饭钵来,望风即生吝惜:

来者三宝,即是我儿,为我人间取饭,汝等令人息心。我今自疗,况复更能相济。

目连将饭并钵奉上,阿娘恐被侵夺,举眼连看四畔,左手掌钵,右手团食。食未入口,变为猛火。长者虽然愿重,不那悭鄣尤深。目连见母如斯,肝胆犹如刀割:

我今声闻力劣,智小人微。唯有启问世尊,应知济拔之路。

且看与母饭处——

夫人见饭向前迎,悭贪未吃且空争:

我儿远取人间饭,将来自拟疗饥坑。

独吃犹看不饱足,诸人息意慢承忘。

青提悭贪业力重,入口喉中猛火生。

六月开始营救地狱中的太爷太奶,可是关卡重重,总是无法进入。六月飞到世尊面前诉苦。

世尊唤言大六月:且莫悲哀泣。

世间之罪由如绳,不是他家尼碾来。

火急将吾锡杖与,能除"八难"及"三灾"。

但知勤念吾名字,地狱应当为汝开。

六月找遍地狱,未见太爷太奶;找遍饿鬼道,也未找见太爷太奶;又找遍畜生道,还是未找见太爷太奶。

六月又到阿修罗道:

识一六月太爷太奶已否?

诸人答言尽皆不识。

六月又到人道:

识一六月太爷太奶已否?

诸人答言尽皆不识。

六月又到天道:

识一六月太爷太奶已否?

诸人答言尽皆不识。

目连见母吃饭成猛火,浑捶自扑如山崩:

耳鼻之中皆流血,哭言皇天我娘娘。

南阎浮提施此饭,饭有七尺往神光。

将作是香美饮食,饭未入口变成火。

口为悭贪心不改,所以连年受其罪。

儿今痛切更无方,业报不容相替代。

世人不须怀嫉妒,一落三途罪未毕。

香饭未及入咽喉,猛火从娘口中出。

俗间之罪满娑婆,唯有悭贪罪最多。

火既无端从口出,明知业报不由他。

一切常行平等意,亦复专心念弥陀。

但能舍却贪心者,净土天堂随意至。

青提唤言孝顺儿,罪业之身不自亡。

不得阿师行孝道,谁肯艰辛救耶娘。

见饭未能抄入口,大火无端却损伤。

悭贪岂得将心念,只应过有百余殃。

阿师是娘孝顺子,与我冷水济虚肠。

爹第四次停顿下来时,五月六月知道还愿的时候到了。爹起身在台侧的神案上上了三炷信香,然后带着五月六月向诸神顶礼。礼毕，爹大声向幕外问话：

请问幕外信众，有何愿心要还？

我有愿心要还。

明还还是暗还？

暗还。

请进帐内还愿。

就有一个男子进来，在神像前磕头，念念有词一番，然后转身向他们爷仨磕头。借了灯光，六月看清是堂叔双代，怎么能够接受他的这个大头，忙要起立，被爹按住。

双代堂叔十分恭敬地退出。

爹又大声问，信众还有谁有愿心要还？

我有愿心要还。

明还还是暗还。

明还。

请讲。

年初天旱，信士弟子曾在心中起愿，愿上苍普降甘霖，救济众生，盂兰盆节弟子出资一份，请唱"目连大戏"。

还愿已毕。

还有愿心要还吗？

有。

明还是暗。

明。

请讲。

犬子外出营生，常有噩梦现前，遂在心中起愿，愿大慈大悲观世音菩萨保佑平安，今年盂兰盆节，弟子出资一份，请唱"目连大戏"。

还愿已毕。

锣鼓重新响起，五月和六月觉得台上台下充满了一种解脱和轻松，包括爹的声音，也是解脱和轻松的。

　　目连闻阿娘索水，气咽声嘶。思忖中间，忽忆王舍城南有一大水，阔浪无边，名曰恒河之水，亦应救得阿娘火难之苦。南阎浮提众生见此水即是清凉之水。诸天见水，即是琉璃宝池。鱼鳖见此水，即是涧泽。青提见水，即是脓河猛火。行至水头，未见儿咒愿，便即左手托岸良由悭，右手抄水良由贪，直为悭贪心不止，水未入口便成火。目连见阿娘吃饭成猛火，吃水成猛火，捶胸拍臆，悲号啼哭。来向佛前，绕佛三匝，却住一面，白言：

　　世尊，弟子阿娘造诸不善，堕落三途，蒙世尊慈悲，救得阿娘波咤之苦。只今吃饭成火，吃水成火，如何救得阿娘火难之苦！

　　世尊唤言：

　　目连，汝阿娘如今未得饭吃，无过周匝一年七月十五日，广造盂兰盆，始得饭吃。

　　目连见阿娘饥，白言：

世尊，每月十三、十四日可不得否？要须待一年七月十五日始得饭吃？

世尊报言：

非但汝阿娘当须此日，广造盂兰盆，诸山坐禅解下日，罗汉得道日，提婆达多罪灭日，阎罗王欢喜日，一切饿鬼总得普同饱满。

目连承佛明教，便向王舍城边塔庙之前，转读大乘经典，广造盂兰盆善根，阿娘就此盆中，始得一顿饱饭吃。从得饭以来，母子更不相见。目连诸处寻觅阿娘不见，悲泣雨泪，来向佛前，绕佛三匝，却住一面，合掌胡跪。白言：

世尊，阿娘吃饭成火，吃水成火，蒙世尊慈悲，救得阿娘火难之苦。从七月十五日得一顿饭吃以来，母子更不相见，为当堕于地狱？为复向饿鬼之途？

世尊报言：

汝母亦不堕地狱及饿鬼之途。得汝转经功德，造盂兰盆善根，汝母转却饿之鬼身，向王舍城中作黑狗身去。汝欲得见阿娘者，心行平等，次弟乞食，莫问贫富。行至大富长者家门前，有一黑狗出来，捉汝袈裟衔著，作人语，即是汝阿娘也。

目连蒙佛敕，遂即托钵持盂，寻觅阿娘。不问贫富坊巷，行衣匝合，总不见阿娘。行至一长者家门前，见一黑狗身，从宅里

出来,便捉目连袈裟衔着,即作人语,言:

阿娘孝顺子,忽是能向地狱冥路之中救阿娘来,因何不救狗身之苦?

目连启言:

慈母,由儿不孝顺,殃及慈母,堕落三途,宁作狗身于此?宁在地狱饿鬼之途?

阿娘唤言:

孝顺儿,受此狗身喑哑报,行住坐卧得安宁。饥即于坑中食人不净,渴饮长流以济虚。朝闻长者念三宝,暮闻娘子诵尊经。宁作狗身受大地不净,耳中不闻地狱之名。

目连引得阿娘往于王舍城中佛塔之前,七日七夜,转诵大乘经典,忏悔念戒。阿娘乘此功德,转却狗身,退却狗皮,挂于树上,还得女人身,全具人状圆满。

六月无奈,飞往世尊膝前,绕佛三匝,而白佛言:

弟子遍寻六道,未见阿太,是何道理?

世尊愣神一看,笑言:

因你修成正果,汝阿太已被赦出六道轮回,往生极乐世界去了。

六月喜极涕泣,合掌恭敬世尊之后,再次飞身地狱,开始营救外太爷外太奶了。

六月成功地营救出外太爷,接着成功地营救出外太奶之后,终于明白最好的营救是自己修成正果。

六月牢牢地记住了这一发现,他要在戏后告诉五月,告诉爹,告诉娘,如果改弟对他好,还应该把这一机密告诉改弟,还有地地,还有白云……

目连启言:

阿娘,人身难得,中国难生,佛法难闻,善心难发。

唤言阿娘:

今得人身,便即修福。

目连将母于婆罗双树下,绕佛三匝,却住一面,白言:

世尊,与弟子阿娘看业道已来,从头观占,更有何罪?

世尊不违目连之语,从三业道观看,更率私人之罪。

目连见母罪灭,心甚欢喜,启言阿娘:

归去来,阎浮提世界不堪停。生死本来无住处,西方佛国最为精。

感得龙天奉引其前,亦得天女来迎接,一往迎前忉利天,忉利天受快乐。最初说偈度俱轮。当时此经时,有八万菩萨、八万僧、八万优婆塞、八万优婆夷,作礼围绕,欢喜信受奉行。

剧终。

按照爹的安排,今年由六月扮钟馗收台送猖,六月就手擎钟馗宝像,口念"端为天中醉浊醪,老馗狂态乃人豪。妖魔莫作惊鸿舞,

宝剑寒光示尔曹",先收后台,再收四面八方,然后回到屏幕后,大声宣布:

所有妖魔鬼怪都已经送走,他们发誓从今往后改邪归正,皈依三宝,永不滋扰本社。钟馗保证,所见本社皆是善男信女,孝子贤孙,遂赏你们个富贵相随万万年,百事如意万万年。

最后那个"年"拖得极长极长,就像万万年那么长。

接着,钟馗面朝五猖神"启言":

五猖神听令!从今往后,你们要恪尽职守,保一社风调雨顺,佑八方四季平安。

五猖神答:

愿听尊令!

钟馗退场。

爹开始揭幕。说是幕,其实是一张白纸。爹把幕揭下来,交给金生。金生身边是几位社员,他们每人手里是一把剪刀。等金生把幕折成等份,他们便按折剪开,另几位社员往上快速地盖好印着目连头像和"百善孝为先"配字的戏印,开始给等在台下的社员分发。六月看见,当大家拿到这一方盖着大红像章的拓片时,已经真正富贵相随,百事如意了。

中　秋

　　太阳照到院墙上时,爹带五月和六月到后院下梨。爹先站在梯子上下低枝上的梨。阳光在树缝里流淌,梨也在爹的手里流淌。一只只梨回家似的往爹手里赶。爹把手一伸,一只梨就扑过来,把手一伸,一只梨就扑过来。不一会儿,爹胳膊上的竹篮子就满了。给我一只呀,六月说。爹说,还没供呢,小馋猫。六月说,树早供过了,都供了一年了。爹说,那是树在供,可是我们还没供呢。六月说,啥时候供呢,还是等到月亮上来吗? 爹说,对啊,明知故问。六月说,那让人咋能等得住,把人牙都等长了。五月说,那好啊,正好我们可以当拴狗橛啊。六月白了五月一眼,说,拴你女婿。五月就做出一个扑的姿势。六月把屁股一撅,跑掉了。

　　平时六月嚷着要摘梨吃时,爹总是说等到八月十五那天,你想吃多少爹就让你吃多少。可是好不容易等到八月十五,爹却说还是要等到献完月亮。六月就觉得这月亮真是太不通情达理了,什么好吃的都要它先尝。又觉得这样想有些不恭敬,于是坚定了意志,回到树下,看爹下梨。明明是摘梨,爹却叫它下梨,什么意思呢? 只见爹把手往梨上一搭,梨就自动落在爹手里了,就像早等着爹来摘似的,就像是爹的干儿子似的。

　　一树的梨就这样到了篮子里,从七杈八股的梢上到了篮子里,通过爹的手,真是有意思。平时再寻常不过的爹的手,一下子有意思起来,神秘起来。

　　高枝上的梨爹够不着,爹把脖子伸得像灯影儿一样,还是够不着。爹就看六月。六月明白爹的意思,开始上树。爹说,等等。六月问,还等啥?爹让五月去取一个挎包过来。五月就跑回去取了娘给她用碎布拼的花挎包,从六月头上挎下去,这让六月看上去就像一个披红出征的战士。六月呸地向手心唾了一口唾沫,搓了搓,开始上树。六月上树的动作之快跟猴子差不多。

　　六月猴子一样在树枝上荡着。爹仰着头,举着篮子,既像是盛梨,又像是随时准备盛可能掉下来的六月。六月摘完一个枝,下来把挎包里的梨腾到爹手里的竹篮里,摘完一个枝,下来把挎包里的梨腾到爹手里的竹篮里。五月希望六月能够停下来,看她一眼,但是六月狂欢在他的收获里,压根就不往地上瞅。

　　摘到最后一只梨时,六月的心突然一软,住了手,回头看爹。爹用目光询问六月什么意思。六月说,还是给树留一只吧?爹就嘿的一声笑了,说,如果你想留,就留一只吧。六月就唰地一下从树上溜下来,如同一滴露水。

　　再看眼前的梨树,一下子轻松了许多。六月的心里也是一个巨大的轻松。五月上前啪啪啪地拍他身上的土，这让六月很受用。六月大红公鸡一样张着胳膊，让五月拍，就像刚刚打了胜仗归来的杨宗保似的。爹从篮子里挑了两只掉在地上摔开口子的给六月和五月。六月说，你不是说要等供完月亮才能吃吗？爹说，不全的果子不能供，你们就先演习吧。六月问，为啥不全的果子不能供？五月说，这还要问吗？不全的果子供神不恭敬。六月说，我又没有问你。五月说，我也没给你说。说着，在衣袖上擦擦土，吃了起来。六月就在心里对五月生起一个佩服，人家五月和自己打嘴仗，却没有忘了擦梨身上的土，而自己还在想着下一句话呢，就立即咽掉下一句话，干脆省略了擦这一个环节，直接动嘴。

第一口梨到嘴里的时候，六月的小身子打过一个长长的战栗。六月后来回想，那也许就是"化"的感觉。六月一下子明白了人们为啥要叫它化心梨。六月从五月的脸上也看到了那种"化"。六月想说说自己的体会给五月，但看五月沉浸在"化"里，就忍住了。

不多时，五月手里的梨就没了，只留一个梨把儿在双唇间，就像一只松鼠，身子已经钻进洞里，尾巴还在外面。但那尾巴是长眼睛的，看着六月，一眨一眨。六月就学着五月的样子，也留了一个尾巴，看着五月，一眨一眨。谁想就在这时，五月抓着尾巴，出来的却是整个松鼠。六月傻眼了。六月没有想到，五月居然像娘削面片一样，把梨削下去，可是最后还有一只梨在，只不过变成了梨儿子。五月炫耀地看着六月。六月把梨把儿举在眼前，才发现自己连核都消灭了，空留了一个孤零零的把儿在手里。

　　五月看见六月的眼睛有些潮,就把手里的梨儿子递给六月。六月摇了摇头,说,爹说男子汉做事要快。五月就借机把梨儿子又收回去,说,我就喜欢慢。说着,把梨儿子搭在牙上,开始下一轮削。这时,六月惊讶地发现,五月甚至连削都不是,是用牙刮,就像娘用刮刀刮土豆皮一样。这不是慢,这是细,六月说。五月说,我就喜欢细。六月说,喜欢你就嫁给细啊。五月这次没有追着打六月,仍然沉浸在她的细中。六月有点恼,她居然无动于衷。喜欢就嫁给细啊,六月大声说了一遍。五月仍然像没听到似的。六月想,她大概是被梨精给迷住了。哎哟,蛇! 说着跑起来。不想五月还是像没听到似的,一只眼睛沉浸在她的细中,一只眼睛看着六月。六月就理解了爹常哼的一个调儿,你有你的连环计,我有我的老主意。这时,五月停了刮,把梨儿子又放进嘴里去。六月的心就酥了。

　　六月的心里有了一个主意,明年摘梨时,要多让几只梨掉在地上,这样就可以让它不全,不全就不必非要等到供月。但几乎就在同时,六月就把这个想法否决了。因为他发现这有点像娘说的鬼主意。娘说一个人心里有了鬼主意是要招鬼的,要不吉祥的。

　　当梨再次从五月嘴里出来时,变成了孙子。五月十分真诚地把梨孙子递给六月。六月没有接。五月坚持着,目光坚定、动人、不容推辞。六月只好接了。六月把梨孙子放进嘴里,一股姐姐的味道弥漫开来,通过牙、牙根,"化"遍全身。

　　回到屋里,爹让五月和六月数数一共多少梨。五月和六月就数。数着数着，六月问五月，姐，你说是嘴幸福还是手幸福？五月说，我听不明白。六月说，如果是嘴幸福，现在它却干歇着，如果是手幸福，它可以把这么多梨摸个遍却不能尝出味儿，你说是谁幸福？五月被六月的话惊大了眼睛，你是咋想到这么怪的问题的？六月说，怪吗？少见多怪。五月说，那你说是手幸福呢还是嘴幸福？六月说，我也说不上，各有各的幸福吧。五月说，哈哈，爹让我们数数儿呢，都叫你捣乱了。

二人就收了刚才的问题，重新数。可是还没数到四十呢，六月又说，我觉得手是能够尝出味儿的。五月说，真的？六月说，骗你干啥。五月问，啥味儿？六月说，说不出来，但和舌头尝到的那个不一样。五月说，你还日能，我咋尝不出来？六月说，你闭上眼睛，细细地摸。五月就闭上眼睛，细细地摸。

多少梨？爹从门里进来。二人才发现把数数的事又给忘了。五月要说话，六月抢在前面说，八十五。爹说，真巧啊，八月十五，八十五只梨，真巧。五月说，其实是八十七只。爹问，为啥是八十七只？五月说，还有掉在地上的两只。爹说，也是天意，正好有两只掉在地上，这一掉，就掉了个巧出来。六月就明白了爹心里的那个巧，也觉得这两只梨真是好懂事，就像存心要成全这个巧而奋勇献身似的。六月给爹说了自己的想法，爹赏识地看了六月一眼，说，知道老古时用一个啥词来表达你刚才说的意思吗？六月说，不知道。爹说，牺牲。六月说，牺牲不是死了吗？爹说，那是电影上演的，牺牲的真正意思是供献。但六月又立即想到，这个巧是假设的。

就在六月思谋着如何把这个假设变成真的时,爹接着问,我考你们两个一下,你说这八十五只梨该咋分呢? 六月抢先说,给卯子家五只,剩下的全是咱们家的。爹看五月。五月说,还应该给瓜子(傻)家五只。爹奖励给五月一束赞赏的目光。然后说,正月十五爹让你们给卯子和瓜子家送灯盏,是因为卯子家有孝不能做,瓜子家不会做,其他人家都有,可这化心梨啊,村里就咱们家有,你说该咋办? 五月说,那就每家一只。六月心里一抓,那要十几只啊。爹摇了摇头说,一只咋能送人。五月说,那就两只。六月说,一只行了。爹说,六月这就小气了,一只让他们咋分? 有些人家有几个小孩呢。六月小声说,谁让他们不栽,咱们家树上结的,给他们一只都不错了。爹说,是吗? 这梨树名义上是咱们家的,但又不是咱们家的。六月要说话,被爹阻止。爹接着说,这一个梨树要长成,需要阳光、地力、水,等等。阳光不是咱们家的吧? 水不是咱们家的吧? 就算阳光是照到我们院里的,水是下到我们院里的,可是当初的那个树种呢? 既不是爹造的,也不是娘造的,说白了,压根就不是人造的。六月问,那是谁造的呢? 爹说,你说呢? 这是第一个不能独占的道理。第二,这任何东西,大家分享才有味道,比如,你娘给你做了一件花棉袄,你穿上的第一个想法是啥呢? 是让别人看见。这梨也同样,大家一起吃,才有味道,再说,你吃一只是梨的味道,吃两只还是梨的味道嘛,既然都是梨的味道,还不如让大家都尝尝,你说呢? 六月的嘴还是嘟着。爹说,如果还想不通,你就想想那梨树,这八十七只梨都是它辛辛苦苦结出来的,可是它自己又吃掉多少呢?

六月被爹的话一怔,只觉得心里有无数的窗户一下子被爹打开了,平时再平常不过的梨树一下子高大起来。六月问,那送几只呢?爹说,不是让你们算了吗?每家五只,十二户人家,六十只,还余二十五只,给你哥和姐各留五只。当爹说到哥和大姐时,五月和六月心里惭愧了一下,他们都忘了,爹却没有忘。爹接着说,然后还有十五只,是咱们的,你们看爹的这道算术题做得咋样?五月和六月面面相觑。

爹笑着说,还想不通?六月看看五月,五月看看六月。最后,六月说,爹你还是再数一遍吧。爹说,你们不是数过了吗?六月说,我数了八十五,我姐说她数了八十四。然后立即用目光把五月的嘴堵住。五月会意,掩了嘴笑。

爹就数。五月和六月的心就怦怦怦直跳。爹小心地把梨数完,赏识地看了一眼六月,说,我们六月看来是个学算术的料子,没错,就是八十五。六月和五月就整个变成一对惊讶。

装了梨的绣花挎包有些沉,六月先要自己背,但背到身上发现迈不开步子,只好交给五月。不知为何,六月看着背了梨的五月像是一棵梨树。六月把这一发现告诉五月。五月说,如果是梨树才好呢,春天可以开那么漂亮的花,秋天可以下那么多果子。六月说,看把你美的,那你变成梨树啊。五月说,如果我变成梨树,你就做我树上的梨吧。六月被五月的话惊了一下,是啊,假如自己也是一只梨呢?那今天是该留在自己家里,还是送给别人家呢?假如送给别人家,那该在谁家留下来呢?白云家吧,留在白云家让白云吃掉吧。吃掉不就没了?就有一只梨在白云的手里,一块一块少着,最后只剩一个核了。六月看见,白云最后干脆把那核都吃下去了。六月的旅行就开始了,他先碰到的是白云的白牙,然后是肚子,穿着红花肚兜的肚子,然后是肠子,花花肠子。不多时,白云的肚皮上就长出一棵梨树,开白花,散香气,招蜂引蝶。那还不如让五月吃了呢,那树就可以长在自己家,长在自己家炕头上,一树的梨,平时他躺在被窝里一伸手就可以摘到它。

汪汪汪。听见狗叫,白云从院里跑出来,抱了狗的头,示意五月六月进门。五月六月用目光把花狗批判了一通,迅速地进门。白云娘已经揭起上房门上的花门帘。五月六月亲戚一样进门,却没有上炕。五月把身子一扭,六月从包里往外掏梨。白云娘说,你爹呢?六月说,在家呢。白云娘有些意外地说,啊,他是提前培养掌柜的啊?五月说,对,我爹说,等白云一进门,他就把掌柜的交给六月。六月的脸就红了,庄严了神情,一只一只往外掏梨。往外掏第三只时,白云进来了。六月看见,眼前的白云就像一朵白云。

够了够了。白云娘过来把挎包口子系上了。六月说,我爹说每家五只,放不够他会生气的。白云娘说,你爹也真是,就一棵梨树,能结多少呢,全贡献了。但六月还是坚持又掏出两只,然后告别。不想白云娘却让他们等等,说着,快步出门。五月六月要走,被白云拦在门口。

不多时,白云娘端了一碗花红果过来。五月六月推辞着,白云娘不由分说，解开五月身上的挎包，倒在里面，说，这是讲究。

五月六月没有想到，往外走时挎包是满的，往回走时更满。二人汇报战果似的往面板上掏着战利品，一边掏一边给娘作解说，这南瓜是谁家的，这花红是谁家的。

说实话，往外走时，他们的心里多少有些舍不得。这一树梨可是他俩看着长大的，从豌豆那么大一点儿直到现在的样子。现在，他们却要把它们送到别人家去，不由人心里酸酸的。但当把六十只梨送到十二户人家，看到大人们的感激，听到他们的夸奖，特别是当他们想方设法从家里搜寻着给他们姐弟俩装各种好吃的东西时，他们就为出门时的小气惭愧，心里暗暗升起对爹的佩服。

现在，厨房面板上少了六十只梨，却多了数不清的南瓜、荬瓜、苹果、花红、玉米，等等。阳光从窗户照进来，落在这些瓜果上，有一种别样的味道。六月蹲在灶门前，细细地打量着这些物儿，思绪像房檐上的燕子一样翻飞。真是有意思，自家的梨到了别人家，别人家的东西到了自己家。原来这个"自己"和"别人"是可以变换的。六月突然想起爹的那句话，阳光不是我们家的吧，水不是我们家的吧，那阳光是谁家的？水是谁家的？

六月去上房找爹，爹不在。就到后院去问娘。正赶上娘挑了水往回走。五月提着一篮子麦秸秆，看来要下长面了。每次要下长面时，娘就要五月从草垛上撕些麦秸来。娘说麦秸火硬，好下面。真是有意思,长面是小麦磨的白面做的,而下长面却要麦秸,这不是自家人烧自家人嘛。上次帮娘烧火时,他想到这个问题,给娘一说,差点把娘笑死。娘从笑里出来,说,这个烧不是很厚道嘛,麦秸让麦穗在它身上长成,最后还要把它烧熟,这麦秸真是够厚道的,最后自己落了个啥呢?

可是麦秸为啥不直接烧长面,而要隔着一个锅,锅里还要有水?正在切面的娘像是被谁掐了一把似的,停下手里的刀,回头看六月。说,你的个小脑瓜里咋这么多稀奇古怪?六月说,本来嘛。娘跟它们打了一辈子交道,都没有想到这个问题,你往灶门上一坐,问题就比娘刀下的长面还多。六月说,本来嘛。不过这还真是一个问题,那你告诉娘,为啥不直接用麦秸烧长面,而非要有一个锅,锅里还要有水呢?老天爷就造了这么一个理儿,六月学着娘的口气说。娘被六月惹笑了。平时,每当六月向娘问一些不好回答的问题时,娘就说,老天爷就造了这么一个理儿,要问,你问老天爷去。但六月还是想知道个究竟。

就去问爹。爹想了想说,这锅里面是水,锅外面是火,中间是铁,而锅里下的面条是从土里长出来的,可以看作土,麦秸是木,你看看,这不是金木水火土都全了吗?而只有金木水火土全时,我们才能吃到美味,一顿饭是这么做熟的,一个人也是这么成熟的。六月觉得爹的话里有话,却不能明确,但觉得爹毕竟让他把一个混沌的问题分成了渠渠道道儿,心里又给爹加了一个佩服。

但今天六月没有跟着娘去烧火,六月独自去了井边。六月趴在井边，伸长脖子往井里看。他想看看这水到底是怎么回事。但是井里没有答案，只有一个六月。原来水就是本大人啊。那知道了本大人是谁造的，不就知道了水是谁造的吗？

六月立即跑回家，问娘，我是谁造的呢？不想一句话把娘的腰给问折了。六月看见娘被自己的一句话拦腰一刀砍倒了，就像爹一刀把一株玉米砍倒一样。五月见娘捂了肚子蹲在地上，急问娘咋了。一个劲地在娘背上拍。六月见状，忙出去叫爹。爹正好从大门里进来。六月一把拉了爹就往厨房跑。爹问，咋回事？六月不说话，只是拉了爹快跑。爹到厨房，见娘蹲在地上笑。六月才知娘又是假死，出了一口长气。

过了好半天，娘才缓过气来，说，你也不管管你这个儿，我迟早就被这个下家笑死了。爹看六月。六月有点莫名其妙，觉得这个问题没什么好笑的啊。

吃过午饭，爹和娘要上地。六月说，过八月十五还上地啊。爹说，土豆也想回家过八月十五呢。六月一愣，心想爹说得对，大过节的，独把土豆撒在山上，冷清清的，的确让人心里有些不忍。

爹和娘挖着，五月和六月捡着。五月和六月表现出从未有过的干劲，他们恨不得爹和娘一锄下去，把剩下的土豆全挖完，好早点回家过节。

突然，娘停了锄说，你大姐和你姐夫来了。五月和六月向山头一望，果然过来两个人。

六月和五月就跑到山口去迎。真是大姐和姐夫。突如其来的亲切像山口的风一样快要把五月和六月的小身子吹斜了。二人从姐夫手里接过包。五月背了大的,六月背了小的,向土豆地里走去。大姐问五月和六月咋知道他们来了。六月抢先说,我有千里眼。五月说,听他骗人,是娘先看见的。五月要看外甥,大姐说等过了风口。

过了风口,大姐把被子揭开,小外甥的脸露出来,就像一个刚出锅的白面馒头。六月要抱,可是到了怀里却发现自己的胳膊不够用,只好还给姐。

姐夫问,四月回来了吗?六月说,没有。五月说,他们本来要回来呢,爹不让来。姐夫问,为啥?五月说,路太远,回来一次要花好多钱呢。六月突然想起一个问题,姐夫你说小满现在坐车需要买票吗?姐夫说不需要。六月就地跳了一丈子,拍着手给五月说,看,看,我说不买,你硬说要买。五月服输地笑了笑,问,小满多大时坐车就要买票?姐夫说,像你这么大时就要买半票。五月心里就略微难过了一下,看来这长大不是一件好事。五月又问,六月坐车需要买票吗?姐夫说,六月不需要。六月就高兴得直给五月连着做了三个鬼脸。

到了地里,爹和娘停下手中的活,娘拍拍身上的土,接过姐怀里的外孙,眼睛都冒水了。爹给姐夫旱烟袋,姐夫接过,抓了一撮烟叶,先给爹卷了一支,然后给自己卷了一支,点火抽着。

爹问,两个老人身子骨都硬朗吧?姐夫说,还都硬朗。爹说,形式上分开过了，但心里不能分，平时要跑勤些，人老了容易恓惶呢。姐夫说，一直按您说的做着呢。说着，掏出一板水烟给爹，这是他爷爷给您带的。爹接过，拿到鼻子前闻闻，看着姐夫说，现在还哪里来的这好东西？姐夫说，一个南里的老伙计正月里来看他爷爷时送了两板。爹的目光就稠住了。六月看着，有些不解。接着，爹问姐夫，土豆挖完了吗？姐夫说，挖完了。高粱割倒了吗？割倒了。比去年好一些吧？好一些。老院里呢？也挖完了，割倒了，昨天我们两口子过去把剩下的一些帮着挖了。爹欣赏地看了姐夫一眼，说，好，好。

六月吃不透这些话里的意义，却喜欢听。

娘要收拾了回家。姐夫说，不多了，挖完吧。大姐说，就是，不多了，挖完让土豆也回家过八月十五。六月转身，大姐正在给外甥幸福喂奶。六月吃惊地发现，大姐手里的那个奶子就像一只白梨。

姐夫和爹开始挖起来，娘要起身捡，被大姐拉住，大姐把幸福从奶子上拽下来，交给娘，上前换了爹，爹就和五月六月捡。不一会儿，就把剩下的半块地挖完了。姐夫拉了架子车，五月和六月在后面推着，爹、娘和大姐在后面跟着，回家，那种感觉，真是美极了。

一家人坐在上房炕上吃长面。

吃第二碗时，六月看了一眼五月。五月往嘴里捞着长面，目光却在姐夫拿来的西瓜上。六月看见，五月的目光里有无数个舌头在动呢。六月的目光就直接变成无数个牙。但六月马上想起娘说过只要是别人没有允许的东西，占了都算是偷，就把那些牙咽到肚子里，专心地吃长面。这时，一个问题出现在他的脑瓜里，切开的西瓜还是西瓜吗？五月说，当然是啊。六月说，那为啥要切开？五月说，只有切开才能吃啊。六月说，你女婿到时也把你切开吃吗？五月一怔，板起脸，你咋说这么流氓的话？六月说，谁流氓，娘不是说男人把女人追到手叫"吃情"吗？五月说，那叫"痴情"，我的瓜蛋。六月说，我觉得就是"吃情"。惹得大家笑得差点没把饭吃到鼻子里去。

吃完长面，爹就催姐夫和大姐回家。娘说，大老远的来了。爹说，幸福二叔在外边上学，那边老院里只有老两口和一个小丫头。娘说，那就让他姐夫回去，让三月浪两天。爹没有反对。

娘就到厨房给姐夫装了一大包东西提过来。姐夫说，太多了。娘说，一半是给老院里的。

爹一脸的满意，笑着，手里举着一块砖茶。姐夫说，他爷爷喝的茶有呢。爹说，有是他的有，这是我的一点心意。姐夫也就没有推辞，装在包里了。

一家人就送姐夫到村口。

这让五月和六月倍感遗憾，好在大姐和外甥最终留了下来。大姐将外甥交给他俩带着，帮娘到厨房烙月饼。不一会儿，就有麦面的味道、蜂蜜的味道、清油的味道、花生的味道、核桃的味道从厨房门里飘出来。五月和六月觉得，八月十五正式开始了。

夜色大幕一样落下来，爹咳嗽了一声，上房里的灯就亮了。但五月和六月仍然不愿意进屋,沉浸在香喷喷的夜色里。天上的繁星一点点亮起来,如同一个个从远方归来的小人儿,又像一个个从梦里睁开的眼睛。

你说,瓜有眼睛吗? 六月问。五月说,当然没有。六月问,为啥就没有? 五月又说,其实有呢,只是我们看不见。

就有无数的眼睛在六月的肚子里同时睁开了。六月觉得肚子里一片光亮,就像星空。六月看着这个星空,突然觉得有些害怕,他们居然要把这么多看不见的眼睛吃到肚里去。最后,肚里就是一个眼睛的世界。但瓜分明是圆的,它的眼睛长在什么地方呢? 如果它有眼睛,那么它的鼻子呢,嘴呢,屁股呢?

嘿,六月被自己的想法惹笑了。五月问,你笑啥呢? 六月说,我在想瓜的嘴该是个啥样儿。五月说,是啊,瓜的嘴该是个啥样儿呢? 它每天都吃些啥东西呢? 六月定睛瞅了一会儿五月,说,苦。五月不解地问,啥? 苦? 六月说,娘不是说,吃得苦中苦,方得甜中甜嘛。五月先是一愣,然后捂着嘴咯咯地笑起来,抱蛋的小母鸡似的。六月说,小心吓着幸福。五月的笑声就噌的一声断了。五月噎了一下,又一下,刹住车,不好意思地看着怀里的幸福。

月亮就从幸福的黑眼仁里升起来了。

六月飞速跑到上房,把早已准备好的供桌抱到院里,又反身,一丈子跳回上房,爹已经在炉子上给他把水温好了。他几下子洗过手脸,转身飞到厨房。大姐已经把供品准备好了。六月怀着无比的神圣感把供品盘子端到院里。爹已经把香炉摆在供桌上了。

供献开始。供桌上有五谷、瓜果、蜂蜜、净水，有热气腾腾的月饼，有姐夫拿来的水烟，还有月光，西瓜瓤一样的月光。

爹点燃一炷香，插在香炉里，说：

> 日月无声，昼夜放光。
>
> 天地不语，万物生长。
>
> 桃李无言，下自成蹊。
>
> 君子盛德，耕耘无声。
>
> 如来境界，无有边际。
>
> 有情众生，知泽知惠。
>
> 谨具牺牲，顶香奉献。
>
> 聊表寸心，伏请尚飨！

接着磕头。五月六月就跟着磕。平时再寻常不过的院子，现在一下子神秘起来，六月的额头一落在上面，就有团团仙气直往脑门里钻。

然后，一家人静静地坐在院台上赏月。

三缕香烟信使一样向天上飘去，直飘进月神的鼻孔里了。月神抽了抽鼻子，低头向下界看了一眼，开始下凡。六月听见月神说·我们先去六月家吧。众神听令，齐向六月家而来。月神在空中行走的声音悄无声息又惊天动地。不一会儿，院子里就落满了五颜六色的神仙,堆满了他们带来的吉祥和如意、心想和事成、风调和雨顺、五谷和丰登、幸福和平安。

一炷香着完时,众神离去。五月和六月跪在供桌前磕了三个头之后,把仙气袅袅的供品搬运到上房。按惯例,当晚享用西瓜,其他供品按人头分发。五月和六月抢着给爹、娘和大姐递瓜,神情沉稳,其实口水已经把舌头淹过了。爹和娘只吃了两牙就不吃了。大姐不停地把瓜牙吃出一个尖儿,喂进幸福嘴里,让五月和六月看着很着急,但大姐却是一脸的耐心和欢心。

盘子里剩下最后三牙瓜时,六月把一牙放在大姐的面前,他和五月每人拿了一牙,出去坐在院台上,就着月光慢慢地品。

你说我手里的瓜和你手里的瓜有啥不同呢?六月突然问五月。五月有点生气地说,人家正在品味呢,被你个扫帚星破坏了。六月没有在意五月的生气,接着说,一个西瓜能分成这么多牙儿,一个人咋就不能分成这么多牙儿呢?五月睁大了眼睛,说,怪死了,人分成牙儿不就死了吗?六月说,那西瓜分成牙儿也是死了?五月一怔,心想原来我们这是在吃着西瓜的"死",可是它明明是甜的,难道"死"是一种甜?或者说只有死了才能甜?

最后一牙西瓜在五月和六月的手里变成一张纸时,六月说,你说甜现在还在吗?五月说,不在了。六月说,我觉得还在呢,如果不在,你咋能知道它不在了?五月不懂六月的意思,一脸茫然地看着他。过了会儿,说,你的意思是,只要知道,就永远在吗?六月点了点头,却有点不彻底。接着说,再说,这一想,不是心里还有一个甜吗?既然一想它就在,我们为啥不想,还要吃呢?五月说是啊,假如一想就能够饱,我们就不需要种地了。六月说,可是我们大多时候吃东西不是为了饱。

五月的脑门上就透进一束月光,直把她的心房照亮了。对啊,就像我们刚才吃西瓜,就不是为了饱,而是为了甜,人咋就这么喜欢甜呢?

爹叫六月。六月进屋,爹说,今年你给咱们主持分供品吧。六月就分,六月的目光在大家脸上扫上一圈,眼珠子一转,分掉一样,扫上一圈,眼珠子一转,分掉一样。最后分梨,十五只梨,每人三只不够,两只余出三只,六月就拉过五月,在五月耳边悄悄说了几句,五月赞同地点了点头。剩下的三只梨就到了爹、娘和大姐面前。那多出的三只梨就在爹的脸上开了花。知道今晚的月光为啥这么亮吗?爹问。五月和六月问为啥。爹说,就是因为我们五月六月的公道啊孝心啊。说着,从他的份儿里拿出两只梨,两只花红,两个月饼,分别放到五月和六月的份儿里,这是爹对你们的奖励。娘和大姐跟着拿,五月和六月坚决不要。那娘就替你们存着,娘说。大姐说,看来我们六月长大当官,一定是个清官。六月问,啥叫清官?大姐说,就像你刚才这样分梨。六月说,那五月呢?大姐说,五月当然是清官姐啦。

分完供品,一家人坐在炕上继续赏月。赏了一会儿,娘说,天凉，会凉着幸福的。说着把窗子关上了。

五月和六月不愿意就此结束八月十五。他们先到后院看了看梨树，再到大门外看了看榆树，再到牛圈里看了看大黄，再到羊圈看了看咩咩，还是不愿意回屋，就并排坐在院台上，撑着下巴，静静地看着月上中天。

哎哟妈，五月叫了一声。六月一看，原来是花花从窗子里跳出来，蹲在他们两个中间，瞅瞅五月，又瞅瞅六月。六月无比亲切地在花花背上抚了一下，花花就顺势在他和五月的腿侧卧下来。

六月的目光再次回到月宫，六月看见，月神吃完东家吃西家，吃完赵家吃李家，直把个大肚子撑得像个铜锣了。这不，玉兔正给他扫炕呢，嫦娥正给他稳枕呢。天上的这家人真是够幸福的，点灯不用油，耕地不用牛，吃饭不用愁。可是，我怎么没有看见他老人家动一口西瓜呢？莫非一个西瓜可以被吃两次？或者无数次？既然月神吃完我们还能吃，那我们吃完，西瓜还应该在的，还有一种什么人在接着吃？六月的眼前就出现了五花八门的各种各样的人儿，喊里咔嚓地吃着已经被他们吃掉的那个西瓜，嘿嘿，一个西瓜上结着这么多嘴。

六月的问题又来了，你说我们两个吃的西瓜是一样的吗？

五月说，当然啊。

一样的咋有的进了你的肚子里，有的进了我的肚子里。

那就不一样。

不一样为啥在一个瓜上？

那你说你和我是一样的吗？

当然不一样。

不一样咋都在一个家里？

在一个家里就是一样的吗？

当然啊。

那你说这个家里既有人，还有牛，还有羊，还有鸡，还有猫，难道我们都是一样的？

是啊，这个家到底是怎么回事呢？怎么里面既有人，又有牛，又有羊呢？他们和这些牛、羊，还有鸡、猫、燕子，该是一种啥关系呢？说大家是独立的，又在一个家里，说在一个家里，大家却是独立的，而且，大姐当初也在这个家里，长大后却不在了，但她又能回来，那就是说大姐现在有两个家。大姐为啥非要嫁人呢？为啥女孩子一长大就要嫁人呢？一想到自己将来也要像大姐那样嫁人，走出这个家，五月的心里一下子难过得要死。五月想到了她和六月送出去的那些梨，也许送出去的都是女梨，留在家里的都是男梨。这样一想，眼前的六月就透出一股主人味儿，亲戚味儿。嘿嘿，原来她和六月是亲戚呢。总算还是亲戚，五月想。

姐夫这会儿该干啥呢？六月问。五月说，肯定也在赏月呢。哥和嫂子这会儿也在赏月吗？五月说今晚谁还不赏月啊。六月说，你说这月亮咋这么日能，天上只有一个它，却能照到万家来。五月说，那是因为它在天上。六月说，看来，我们得想办法到天上。五月说，那你得变成鸟。六月说，爹说过鸟飞的那个天其实并不是天，真正的天是人的心。五月说，那月亮在的那个天呢？难道是一个人的心？假如那是一个人的心，那个人该有多大呢？六月想了半天，也想不出来那个人到底有多大。

夜深了，五月和六月关了大门，准备回屋睡觉。就在这时，六月看见了一个月亮小子。姐，你看，月亮在喝水哩。五月顺着六月的手指看去，院台上的小花碗里果然有一个月亮仔儿。那是娘今天给燕子新换的水碗。两人兴奋得不知道如何是好。

突然，六月扔下五月飞速向厨房里跑去。五月问，干啥去？六月说，到时你就知道了。转眼间抱了一摞碗过来。五月会意，到上房提了水壶出来。六月说，爹说供月要天麻麻亮从井里打的第一桶水。五月就又跑到厨房，把锅台上爹天麻麻亮打来的专门供月的半瓦盆清水端来。

五月和六月发现，只有水安静下来，月亮才会出现。五月和六月还发现，只要有多少碗，就会有多少月亮。六月觉得这些道理太大了，也太厚了，厚得让他想不透。原来月亮是掌握在他们自己手里的。六月说，只可惜，再没有碗了，假如我们家有一千口碗就好了。五月说，够了，娘说做任何事够了就行，多了，就是贪了，贪了要招魔的。六月想想也是。

二人就蹲在桌前，静静地守候着被他们养在水里的月亮之鱼。谁会想到，这平时高高在上的月亮，现在却离他们如此之近。

六月说，我们该叫爹、娘和大姐一起来看。五月说，他们早睡了,你看,灯都灭了。六月的心里就生出一个遗憾。六月在想,对于爹、娘和大姐来说,这些月亮,这些美得人骨头痒的月亮还存在吗?

天上的嫦娥就笑了,嫦娥给吴刚说,你看那两个小家伙在生产月亮呢。吴刚说,对,地上的人都喜欢种,他们在往水里种月亮呢。嫦娥说,那就多给他们些月亮种子,让他们种个够。吴刚就把手里的篮子一倾,就有铺天盖地的月亮种子撒下来,在五月六月心里哗地变成一千个湖泊,亮晶晶的水面上,开满了荷花一样的月亮。五月六月终于相信了爹的那句话,鸟飞的那个天不是真正的天,真正的天在心里。

要说,他们才是真正的月亮种子呢。嫦娥说。

你说啥?六月问五月。五月说,我没有说啥啊。六月说,我明明听见你在说。五月把眼睛睁得像圆月一样,说,真的?六月说,真的。五月说,莫非是月亮在说?六月就动摇了,也许真是月亮在说?假如是,它在说啥呢?

五月说变就变,六月跟着。五月说她要开花了,说着,哗的一声,把天都开白了。六月说他要结果了,说着,刷的一声,把地都压沉了。一村的小子仰着小脑袋咽着口水看着他们,等着八月十五的到来。八月十五就来了。化心梨的香味河水一样在村里流淌,他和五月在河水的这头,爹和娘在河水的那头,大姐、姐夫、哥和嫂子在船上,外甥幸福和侄子小满向着他招手。六月想乘船,却怎么也拔不动腿。原来他的根在大地上。六月用力一拔,就从地底拔出一个大西瓜,一个比天还大的西瓜。六月就把上船的事给忘了。六月在找刀。刀就来了。一把比电影布景还大的刀,从空中呼啸而来。接着,他看到了无数像他和五月一样的手,拿过分开的西瓜牙,向一个个嘴里送。接下来,他就到了一个大得无法想象的肚子里。五月喊他出来。他说,找不见门啊。五月说,你咋进去的就咋出来啊。六月想自己是怎么进来的呢?从肠子里进来的。他就从肠子里往外爬。接下来呢?当然是一个人的肚子。再下来呢?当然是一个人的嘴。再下来呢?当然是一个人的手。再下来呢?当然是那把刀,明晃晃的。六月想看清楚拿刀的那个人,不想怎么也看不见。最后,他发现那人就在他看不见的地方。

六月被吓醒。看五月,五月还在梦中。

六月从未有过地感到醒着的美好。

那是一种比甜还甜的味道。

他想立即告诉五月,但五月睡得正香呢,不忍心叫她。犹豫之间,舌头醒来了。舌头告诉他,六月想吃西瓜了。他知道,那是明年的中秋。

没有瓜还有梨啊。六月揭开被头,拿出分给他的三只梨,却拿不定主意先吃哪一只。最后哪一只都没有舍得吃。送给乡亲的那些呢?肯定已经被他们消灭了。一想到被他和五月亲手送出去的六十只梨已光荣牺牲,六月的眼泪就出来了。

六月真是既伤心又感动。

224

重　　阳

　　六月被娘叫醒时，还拖着一个长长的梦的尾巴。六月拖着那个梦的尾巴，像梦一样枝枝蔓蔓地穿着衣裳。五月看着六月拖着梦的尾巴穿衣裳的样子，忍不住在那胖墩墩的脸蛋上拍了一巴掌。六月就顺势倒在五月的怀里。五月喜欢六月倒在自己怀里的感觉，却不愿意承认这种喜欢，于是身子一闪，让六月滚在炕上，压得梦的尾巴咯吧一声。

　　这个样子，还想抢头山？

　　娘的话像一瓢凉水泼下来，让六月一下子醒透了。

　　几下子穿好衣裳，跳到地下，奔到院里。

　　熟睡中的院子像一块墨，黑在静中。娘把五月六月送到大门外，爹已牵着大黄等着了。爹把五月和六月放在大黄背上，六月在前，五月在后。

　　随着爹一声"噢食"，大黄大踏步地向着黑漆漆的巷道出发了。

　　天有些冷，来自五月怀抱的温暖一阵阵钻进六月的骨头里。这是一种不同于被窝的温暖。五月的小肚子贴在他的屁股上、腰上，胸怀贴在他的后背上。大黄一摇一晃,来自五月的这种温暖就一摇一晃。

就在这时,他发现他把爹给忽略了。爹就走在他身旁,牵着大黄的缰绳,可他把爹给忽略了,他怎么就把爹给忽略了呢? 看了一眼爹,爹像一只船一样浮在黑暗里,爹只不过是黑暗里的一个动静。看不见爹的眉眼,却能看见爹的呼吸。恍惚间,六月觉得爹的呼吸就是夜的呼吸。

六月发现,是黑暗加强了五月给他的温暖,水果糖一样的温暖。他从未有过地喜欢这种黑暗,他甚至不希望光明早些到来,甚至不喜欢高高山早些到来。六月觉得,有爹陪着的黑暗是一种安全。平时在被窝里,清晨被尿憋醒,他常常发现自己在五月的怀里。爹和娘都上地去了,炕上只有他和五月。他就腾地跳到地下去,解决了问题,然后重新钻进被窝,赖在五月的怀里。五月的怀抱不同于爹的,也不同于娘的。爹的怀抱硬硬的,有一股书的味道;娘的怀抱软软的,有一种墨的味道;五月的怀抱不同于爹的,也不同于娘的,既软又硬,既暄又瓷,还有一种特别的味道,怎么说呢,没法说。六月常常在这种没法说的味道里再次进入梦乡。

六月抬头看天,天还在睡觉。六月发现,现在睁着眼睛和闭着眼睛几乎没有什么区别。就闭上眼睛,体会这种摇摇晃晃的黑。

六月喜欢闭着眼睛看太阳,也喜欢闭着眼睛看天空,还喜欢闭着眼睛看糖。舅舅从南里给他们带来了一包水果糖,娘给他和五月每人两个。他们当然没敢轻易动手,他们在商量一个可以把糖品到家的最佳方案。

最后五月说,我们要闭住气,闭上眼睛,隔着糖纸拿着糖的一端,把糖的另一端轻轻地轻轻地点在舌尖上,让那一点慢慢放大,放大,再放大,大到不能再大,然后再点一次,这样就会让糖永远活着。

开始。开始。开始。

品。品。品。

啊。啊。啊。

……

五月问,六月你把甜放了多大?六月说,像院子这么大。五月说,还是小了。六月问,你放了多大?五月说,像天空那么大。六月就惭愧得不行。可是六月不信,六月说,我咋没有看见那个天空?五月说,你肯定不会看到天空。六月问,为啥?五月说,因为你在品的时候睁着眼睛。

难道只有闭着眼睛才能看到天空?

当然,这眼睛一睁,舌头就失灵了,舌头一失灵,当然看不到天空。

你是说这天空是舌头看见的?

五月惊了一下,不知道该如何回答六月的问题。说是么,舌头上又没有长眼睛;说不是么,又觉得分明不是眼睛看到的,那到底是哪个看到的?

好在六月没有继续追问,他接着说,这眼睛原来是个坏东西,里通外国的坏东西。

是啊,要不爹为啥说孔老夫子教导我们"非礼勿视"呢。

难怪嫂子在品哥的时候要闭着眼睛。

五月眼仁鼓得像青蛙,你说啥?

那天,我在堡墙上睡着了。醒来,听见屋里有人说话,从气孔往里一看,哥正在吃嫂子呢,嫂子问啥味道,哥说水果糖的味道。嫂子说这话时,就闭着眼睛,原来是"非礼勿视"呢。

那才不是"非礼勿视"呢。

是啥?

肯定是为了把哥放大,放到天空那么大。

可是哥还动手呢,爹不是说君子动口不动手吗?

哥咋动手了,他打嫂子?

不是,哥的手从嫂子的下襟伸进去……

不想五月一把把六月的嘴捂上了,孔老夫子不让你害烂眼病才怪呢。

为啥?

这才是真正的"非礼勿视"呢。

咩——羊羔软软地叫了一声,把五月六月的心提了一下。那叫声穿过夜色,既可爱又可怜。五月让爹把羊羔给她抱着,爹说不行,上山时大黄颠脚六月后仰会压着它的。

六月说,那给我抱。

爹说,你把灯笼打好就行。

六月说,那我下来走上,让我姐抱着羊。

爹说,地上露水很重。

六月说,你的鞋早湿了吧?

爹说,爹穿的是旧鞋,湿了没关系。六月就下意识地翘了翘自己的新鞋,觉得那双脚板也变成了新的,觉得被脚板划过的夜色也变成了新的。

这人为啥这么喜新厌旧呢?

可是,这新鞋迟早得落在地上啊。

还是旧的好,只有用旧的东西才不怕用旧。

咩——为啥羊羔不穿鞋?

羊羔想吃奶了。五月说。

羊羔知道今天是重阳吗?

人家当然知道的,要不然咋叫重阳呢。

重阳是九月九的意思,傻瓜。

谁不知道。

知道咋胡说呢?

谁胡说了,重阳再加一个羊,就是三个羊。

哈哈,那叫"三羊开泰",傻瓜。

六月能够这么巧妙地把爹的春联用在这里,让五月既佩服又嫉妒。

五月不甘示弱，羊羔本来就是"高"，再加两个，就变成三个"高"，比高高山还高。

那也没有人的嘴高，人们嘴一张，就把这个"高"给吃了。

娘说凡是吃羊羔的人都要倒大霉的。

为啥？

因为"三羊开泰"。

这次轮到六月佩服了。

娘说那些吃羊羔的人，上再多的高高山也是没有用的。

为啥？

因为重阳神最讨厌吃奶嘴（还在吃奶的动物）的人。

六月接着说，如果娘来就好了，她还可以把小鸡抱了来，把花花抱了来，让它们也重阳一回。

那还有小狗呢，还有燕子呢，还有鸽子呢。

娘说有羊羔代表就行了。

六月要骑在五月后面，爹不让，六月问，为啥？

爹说，让你坐在前面打灯笼啊。

六月说，我姐坐在前面也可以打灯笼啊。

爹说，重阳节的灯笼要少爷打呢。六月的腰杆里就蹿上一种东西，旗杆一样呼呼呼地拔向天空。一种来自旗杆的优越感烧着他的心，也烧着他的后背。五月像是感觉到了这种烧，把胸怀挪开，又让六月失落。六月说，爹，现在把灯点着吧。爹说，现在还是大路，爹能看得见，等上小路再点。六月换了一只手提了灯笼，虽然灯笼还在睡觉，但他却能从中看到一种亮，但不分明。没有点着的灯笼还是灯笼吗？

但六月很快就忘了这个问题，因为六月想到了娘，娘为啥不来呢？

爹说，你娘在山底等着接你的锅盔呢。

六月说，我们家的锅盔最大最圆了，肯定能够第一个滚到娘怀里。

五月摸了摸背上的锅盔，觉得把这么大的一个白面锅盔从山上滚下去，多可惜啊。可是她立即又发现自己的这个想法小气了，就表态似的说，从高高山上滚下的锅盔已经不是锅盔了，是吉祥如意……

六月拦截，是五谷丰登，是风调雨顺……

是国泰民安！

六月和五月傻眼了，他们居然同时"国泰民安"。

六月嘿嘿。五月嘿嘿。

随着山顶越来越近，六月觉得天也越来越大。

一次，六月问爹世界有多大。爹说：

佛国有河名恒河，

恒河之沙不可数；

恒河一沙是一河，

沙沙为河不可数；

河河之沙不可数，

沙沙河河不可数；

……

这样不停地想下去，直到你想不动，世界就这么大，爹接着说。

五月和六月就比赛着想。突然，五月两手捂了脑瓜说，我的头咋没有了？六月就在五月的脑门上一考儿（中指借大拇指发力弹人）。

五月没有感觉。六月就害怕起来，莫非五月的头真没有了？可是他分明看见在她脖子上啊。又一考，就把五月考哭了。

可是这次五月没有还击他，而是十分认真地哭。

哭了一会儿，扑哧一声笑了。

神经病。六月说。

我现在能感觉到我的头还在，口气是庆幸的，表情是劫后余生的，有惊无险的。

六月的眼睛就直了，莫非五月的头刚才真没了？

你呢，难道你的头一直在？

六月说，我的头倒是一直在，可是上面挂满了恒河，比头发还多，稀里哗啦地响呢。

娘不是说上古时的人把头发叫三千烦恼丝吗？你的头上倒有

三千烦恼河。

六月的眼睛又直了,怎么今天奇迹都发生在五月的身上?怎么今天好想法都出现在五月的脑瓜里?

六月问,今天全世界的人都要滚锅盔吗?美国人也要滚锅盔吗?日本人也要滚锅盔吗?啊我把你压(阿尔巴尼亚)人也要滚锅盔吗?毛里求死(毛里求斯)人也要滚锅盔吗?

五月说,那当然,不但全世界的人在滚,而且……

我看你而且个啥。

不想五月滚豆子似的说,而且全宇宙的人都在滚。

五月抢先回答了这个问题,又有些后悔。这本来是爹回答的一个问题。就回头看了爹一眼。

哈哈,现在把灯笼点着吧。爹说。

六月把火柴一划,灯笼里的灯就醒了,灯笼里的灯一醒,夜就醒了,夜一醒,路就醒了。六月回头看了一眼五月,五月整个背上是一个锅盖一样的锅盔,就像一个红军女战士。再看,又不像了,像个什么呢?还是像新媳妇。怎么女孩子骑在大黄上就像个新媳妇呢?又看爹,爹就像个新媳妇她爹,爹怀里的羊羔就像是新媳妇她外甥。又看大黄,大黄倒像个新郎官。如果大黄是新郎官,我呢?六月想看一下他自己,可是看不到。六月的心里就有了一个遗憾,如果他是五月就好了,就可以看见他,就可以想啥时看他就啥时看他。可是,他又如何变成五月呢?当然要把鸡窝里的鸡打飞。然后呢?还要辫一个辫子,还要穿上花衫子,还要……可是既然自己变成五月,那么六月就不在了,六月不在,五月又在哪里看六月呢?六月被自己搞糊涂了。

爹,你说人为啥不能自己看到自己?六月问。

也能看见,只是能看见自己的那只眼睛被尘土遮住了。

那只眼睛长在哪儿?尘土又遮在哪?

等你像目连那样时,你就知道那只眼睛长在哪儿,尘土又在哪儿了。

目连和孙悟空谁厉害?

当然孙悟空。五月说。

孙悟空是小说家写出来的,目连确有其人,两个没法比。就像济公,也是小说家写出来的,现在的人都拿他做榜样,酒肉穿肠过,还说佛祖心中留,一句话带坏了多少人,写这部小说的人是要下地狱的。

那写孙悟空的呢?

写孙悟空的那个不错,孙悟空的境界不低呢。

孙悟空厉害还是佛厉害?

当然佛啊。

佛也有神通吗?

最有神通的是佛,佛的神通是漏尽通,啥意思呢?并不是漏光才能通,而是把所有漏全消灭完才能通;就像一个水管,如果有沙眼，就不可能让水通过去，因为它有漏；就像一个桶子，如果桶底有缝儿，水就装不满，因为它有漏。佛已经把这些沙眼和缝儿全堵上了，一点漏都没有了，因此他最有神通。

那如何才能成为佛呢？

那不容易，你得先成为目连，再成为观世音，才有希望。

目连就从六月的舌头上出场了：

> 罗卜自从父母没，礼泣三周复制毕。
> 闻乐不乐损形容，食旨不甘伤筋骨。
> 闻道如来在鹿苑，一切人天皆抚恤。
> 我今学道觅如来，往诣双林而问佛。
> ……

东方动时，四面八方的人到山头，四面八方的牛羊到山头，四面八方的灯笼摆在黄土香案上，四面八方的小脑瓜映在灯光里。

金生清了清嗓子，神情庄严地点燃了主烛。然后手捧一束檀香，屏息点燃。向着祭台跪了，訇訇訇地诵唱：

> 良善民上山来双膝跪倒。

众人哗地一下齐齐跪了，合唱：

良善民上山来双膝跪倒。

金生领唱：

金炉里点着了十炷信香。

众人合唱：

点着了，点着了，十炷信香。

金生插一炷香，唱：

一炷香烧予了风调雨顺。

众人合唱：

烧予了，烧予了，风调雨顺。

金生又插一炷香，唱：

二炷香烧予了国泰民安。

众人合唱：

　　烧予了，烧予了，国泰民安。

金生插第三炷香，唱：

　　三炷香烧予了三皇治世。

众人合唱：

　　烧予了，烧予了，三皇治世。
　　……

　　三皇是咋治世的？六月问爹。爹示意六月不要分心。六月这
才发现，今天的爹和平时是不一样的。六月从爹的脸上看到了一个
空，一个无比坚决的空，铁板钉钉的空。

　　依次，金生向黄土香炉插了十炷香，唱了十句词，信民附和，依
次为：

　　良善民上山来双膝跪倒，
　　金炉里点着了十炷信香，

一炷香烧予了风调雨顺，

二炷香烧予了国泰民安，

三炷香烧予了三皇治世，

四炷香烧予了四海龙王，

五炷香烧予了五方土地，

六炷香烧予了南斗六郎，

七炷香烧予了北斗七星，

八炷香烧予了八大金刚，

九炷香烧予了九天仙女，

十炷香烧予了十殿阎君。

接着，金生把一面上面写着"报答神恩"的大红绸匾披在众神位的身上，然后长腔拖地：

一叩头。

只听刷的一声，山头上就垂下了沉甸甸的麦穗。

二叩头。

谷穗。

三叩头。

糜穗。

礼成。

叩头一毕，三声磬响，就有一种声音的波浪在山头上荡漾开来，在无边无际的天地间留下一道道涟漪，也在五月和六月的心上留下一道道涟漪。

在五月和六月心上留下涟漪的还有"报答神恩"四个大字，那是爹的杰作呢。爹为了写这四个字，专门到集上买了新毛笔、新墨汁、新衬纸；爹为了写这四个字，把身子洗了十遍，把脸洗了二十遍，把手洗了三十遍；爹为了写好这四个字，用旧毛笔在旧纸上演习了四十遍，用新毛笔在新衬纸上演习了五十遍。

现在，这么多人对着它磕头，怎不让人自豪得脚心发痒。

接着诵经班齐诵《孝经》。诵经班是去年爹张罗着恢复的，五月和六月当然就成了主诵。六月一声"开宗明义第一章预备起"，天地间就刷地长出无数的青禾，那是孩子们带了露珠的"之乎者也"：

开宗明义章第一

仲尼居，曾子侍。子曰："先王有至德要道，以顺天下，民用和睦，上下无怨，汝知之乎？"曾子避席曰："参不敏，何足以知之？"

子曰："夫孝，德之本也，教之所由生也。复坐，吾语汝。身体发肤，受之父母，不敢毁伤，孝之始也；立身行道，扬名于后世，以显父母，孝之终也。夫孝，始于事亲，中于事君，终于立身。《大雅》云：'无念尔祖，聿修厥德。'"

天子章第二

子曰："爱亲者不敢恶于人，敬亲者不敢慢于人。爱敬尽于事亲，而德教加于百姓，刑于四海，盖天子之孝也。《甫刑》云：'一人有庆，兆民赖之。'"

诸侯章第三

在上不骄，高而不危；制节谨度，满而不溢。高而不危，所以长守贵也；满而不溢，所以长守富也。富贵不离其身，然后能保其社稷，而和其民人，盖诸侯之孝也。《诗》云："战战兢兢，如临深渊，如履薄冰。"

卿大夫章第四

非先王之法服不敢服；非先王之法言不敢道；非先王之德行不敢行。是故，非法不言，非道不行；口无择言，身无择行；言满天下无口过，行满天下无怨恶。三者备矣，然后能守其宗庙，盖卿大夫之孝也。《诗》云："夙夜匪懈，以事一人。"

士章第五

资于事父以事母而爱同，资于事父以事君而敬同。故母取其爱，而君取其敬，兼之者父也。故以孝事君则忠；以敬事长则顺。忠顺不失，以事其上，然后能保其禄位，而守其祭祀，盖士之孝也。《诗》云:"夙兴夜寐,无忝尔所生。"

六月能够看到从他们嘴里出去的"之乎者也"敲打在天上发出的丁丁当当的声音,能够看到从他们嘴里出去的"之乎者也"种子一样落在土里的声音、发芽的声音、开花的声音。六月觉得脚下的高高山不再是高高山,而是一个别的什么东西,至于是什么东西,他一时想不清楚,也不敢想,因为他得记句子。爹说,背诵就凭着个专心,要像锥子那样,扎下去,扎下去,一直扎到底。

这时,有一只鸟从人群里飞出来,在厚厚的经的海面上翩翩起舞,那是五月的声音。六月加了一个码追上去,和五月比翼齐飞:

庶人章第六

用天之道,分地之利,谨身节用,以养父母,此庶人之孝也。故自天子至于庶人,孝无终始而患不及者,未之有也。

三才章第七

曾子曰:"甚哉,孝之大也!"子曰:"夫孝,天之经也,地之义也,民之行也。天地之经,而民是则之,则天之明,因地之利,以顺天下。是以其教不肃而成,其政不严而治。先王见教之可以化民也,是故先之以博爱,而民莫遗其亲;陈之以德义,而民兴行;先之以敬让,而民不争;导之以礼乐,而民和睦;示之以好恶,而民知禁。《诗》云:'赫赫师尹,民具尔瞻。'"

……

在漫山遍野的《孝经》中,黑暗散去,曦光微露。接着出场的是一个画了脸的人。六月问爹,他是谁? 爹说,是重阳神。

只见重阳神手捧一个锅盖那么大的大饼,开口了:

> 重阳神下界来手持大饼,
> 它本是玉皇帝赏于黎民。
> 一个饼赏予了吉方宝地,
> 两个饼赏予了福寿双星,
> 三个饼赏予了孝子贤孙,
> 四个饼赏予了平安四季,
> 五个饼赏予了五谷丰登,
> 六个饼赏予了六六大顺,
> 七个饼赏予了七七有巧,
> 八个饼赏予了阴阳八卦,
> 九个饼赏予了九九重阳,
> 十个饼赏予了十全十美。

重阳神赏饼时,六月早已双手端着大锅盔,无数次地向自家院子瞄准了。

重阳神的那个"美"一落地，六月手里的锅盔就第一个起跑了。

接着有无数的锅盔跟着出发。

就有一山的锅盔在转，就有一山的重阳在转，就有一山的六六大顺在转，就有一山的十全十美在转。

十全有多全？就像天一样全。

十美有多美？就像地一样美。

……

对面是一个茫茫雾海。

在人们的欢呼声中，太阳的头皮冒了出来。

几乎在同时，六月听到大家的喉结嘎地响了一下。

六月的目光在锅盔和太阳之间快速地闪回，六月发现，今天的太阳不是升起来的，而是滚上来的。

就像锅盔，十全十美一样旋转的锅盔。

寒　节

　　天下着地溜子,六月不明白为啥人们把这种小雪粒叫地溜子。但从六月记事起,每年的十月一都是这种天气。不像雪,不像雨,而是不紧不慢的雪星儿。那雪星儿像是有什么心事,沥沥拉拉地落着,到了院子里,也是想化不想化的样子。

　　要么你就大大地下,要么你就晴来。六月抬头看天,天就像有啥心事。再看屋顶,屋顶也像是有啥心事。嗅嗅空气,也是一种心事的味道。

　　这样想着时,大姐从门里进来了。六月就报喜似的高呼一声,我大姐来了,一边跑过去接过背包,咋没有领幸福?

　　路这么滑,连我差点都上不来,还哪里敢领幸福。

　　六月就后悔自己问了一句很没水平的话。

　　大姐的手里是一卷报纸,六月知道里面是彩纸。

　　前天,他和五月要去集上买彩纸,娘说不用去,你大姐肯定会带来的,缝寒衣的彩纸年年都是你大姐买的,果不其然。

　　五月听说大姐来了,也从厨房里奔出来,迎接大姐。见了大姐却不知道说啥好,只是傻傻地看着大姐笑。

大姐抓着五月的辫子,细细地打量着五月,说,越长越漂亮了。

有你漂亮吗?六月问。

大姐侧脸看着六月说,当然啦。

娘说你小时候是咱村上最漂亮的。

那也没有五月漂亮。

五月的脸蛋就红了。

娘也从厨房出来了,操着面手。六月指望着娘能给大姐说一句欢迎的话,但娘同样啥话都没说,只是盯着大姐看。

最终还是让大姐抢了先,娘和面呢?

娘才答应说,就是的,幸福乖着吗?

大姐说,乖着呢。

爹就从牛圈出来了。六月知道,爹才进牛圈,肯定是听到大姐来了提前出来了,这让六月很开心。如果听到大姐来,却在牛圈里不出来,那多不好。

大姐叫了一声爹。

爹应了一声,说,今天没办法领幸福来。

大姐说,就是的。

你老公公老婆婆身体还好吧?

大姐说,还好,他们问候爹和娘呢。

六月觉得还是爹有水平,能够想到问她公公婆婆。他就没有想起来,他只想起他的外甥。

赶快进屋，手都冻红了。六月这才看大姐的手确实红得像柿子。我怎么就没看出来呢？

难怪爹今天早早地就把火生着了，原来他早知道大姐的手会冻红的。

大姐把手搭在炉子上烤着。爹把茶罐架上了，却没有往里面放茶，而把几个枣子夹在火钳上，举在火上烤了一下，掰开，放在茶罐里，然后让五月去厨房取两片姜来。

六月就知道这罐茶是给大姐的。

心里既高兴又有一种说不出来的滋味。

大姐喝了一盅茶，洗了手脸上炕。五月跟着。六月有些犹豫，不想大姐邀请他上去。他就脱了鞋，腾地一下跳到炕上。炕热腾腾的，六月心里也热腾腾的。六月希望爹和娘也上炕，那该多团圆，多美好。可是娘和大姐说了一会儿话就去厨房了。爹出去得更早，娘和大姐说话的时候，爹说他正给牛拌料，让她们娘儿俩先唠，就出去了，不知道是怕他的大黄饿着，还是觉得这娘和大姐的唠会扎着他的耳朵似的。

大姐把两块娘早几天就洗净的头巾铺在毡上，然后把彩纸放在上面。

当彩纸徐徐展开时，六月觉得他的心也像彩纸一样徐徐展开了。

三人评说了一会儿彩纸之后，大姐看着说，还得麻烦大兄弟一下,给姐拿一块胡墼去。

六月就腾地跳下炕,到后院捡了一块胡墼回来。

这个胡墼是从哪儿捡的?爹跟在他屁股后面问。

六月回头说,是从垫圈的土堆上捡的。

爹说,你说垫圈的土堆上捡的胡墼能画寒衣样儿吗?

六月就尴尬在地上了。

大姐抬头看了一眼六月,说,不怪六月,是我没有交代清楚。

五月说,我给咱去弄。说着,腾地跳下炕,穿了鞋奔到后院。

爹刚洗完手脸,五月举着一块胡墼进来,向着爹,说,从崖墙上
掰的,总可以吧?爹笑了一下,没有说话。

大姐就接过,开始画衣样。

六月就有些懊丧,他怎么就没有想到从崖墙上掰一块回来呢?

大姐画完蓝纸画黄纸,画完黄纸画白纸,画完白纸画红纸。有
对襟的,有大襟的,有裤子,有帽子,还有一样六月不认识,问大姐,
大姐说叫旋阑。六月问,啥叫旋阑?大姐指着衣样说,这就是旋阑。
六月仔细把旋阑和棉袄棉裤对比了一下,其实就是把上衣和裤子连
在一起,只不过裤子只有一条腿,却有两条腿那么宽,又短了半截。

这旋阑咋穿到身上呢?

大姐说,从头上直接套下去。

那是女人穿的?

过去男女都穿。

你咋知道过去男女都穿？

爹告诉我的啊。

这个"过去"有多"过"？

那你要问爹。

六月因为爹刚才驳了他，不想问。

不想爹却说话了，其实我们现在穿的衣裳，都是过去胡人穿的衣裳，包括这旋襕，都是为了打仗方便。正儿八经老祖先的衣裳是汉服，就像老戏上人们穿的那种。

那为啥不恢复成老祖先的呢？五月问。

这正是六月要问的话，不想五月替他问了。

爹说，这就是世道，说不定啥时候又会变回去。当年你太爷问我知道人们为啥要改穿裤子吗？

为啥？五月问。

你们猜。

五月和六月的眼仁就转起来，但最终没有转出答案。

你太爷说这叫勒紧裤带过日子，说明人要挨饿了。

结果呢？五月六月齐声问。

结果被你太爷言中了。

说话间，大姐已把衣样全部画好了。然后拿起一张黄色的放在一张白纸上面顺着胡墼画的印儿剪。

像是知道大姐已经把衣样剪好似的，娘从厨房拿来一个洗得明油油的簸箕。

大姐就把剪完的衣面衣里放在簸箕里。六月问,这是给谁的?大姐说,祖太爷的。大姐接着拿起一张红色的剪。六月问,这是给谁的?大姐说,太爷的。大姐剪蓝色的时,六月说,这是爷爷的吧?大姐说,六月真聪明。

接下来是女式的。不用问,六月知道是祖太奶奶、太奶、奶奶的。

之后,大姐还剪了一些,六月问这些是给谁的?

大姐说,给邮差关卡的。

给邮差关卡剪完,六月原以为可以结束了,不想大姐还在剪。

还给谁剪?

大兄弟咋忘记了,爹一再说不能忘了那些断子绝孙的人家。

六月就不好意思地拍了拍自己的脑瓜盖。

总算剪完了。大姐打开一个小包,里面是一团白得晃人眼睛的新棉花。五月说,这么白净的棉花,留一些咱们正月十五做灯捻。大姐说,好啊,你早些拿过。五月就从棉团里撕了一些出来,又撕了一些出来,然后用一块剪下来的彩纸边角料包了,跳下炕给爹。爹接过,从地柜上拿出香盒,拉开盒盖,放在里面。

五月就觉得爹把一片光明提前放在盒子里了。

大姐开始往剪好的衣里上铺棉花时,六月问,人死了也会冷吗?

大姐说,大概是吧,要不然咋要送寒衣。

这时,娘又进来了,说,你们谁去帮我烧一下锅?爹看了看炕上的五月,说,我去吧,让他们姐弟给先人缝寒衣。说着出去。五月就一脸的感谢。六月心里升起的却是一种责任,就像爹把一件天大的事委托给他似的,要不爹怎么会说"他们姐弟","姐弟"是两个字,两个姐姐才占了一个,他一人就占了一个。

娘到炕头看了看大姐拿来的棉花,说,真白啊,雪一样。

大姐说,就是,很难碰上这么暄白的棉花。

你爷爷奶奶穿在身上不知该咋高兴呢。娘说着,转身往外走。

六月的问题又来了,我大姐来给我爷爷奶奶缝寒衣,娘你咋不回去给你爷爷奶奶缝寒衣?一句话把娘问得怔在门槛上。

娘的娘家太远了。大姐看着娘的后背说。

娘在这儿缝也一样的。大姐接着说。

那你为啥要来咱们家缝,你在你们家缝不也一样吗?

大姐在六月额头上点了一指头,笑着说,姐离咱家近啊。

娘就把后面那个步子从门槛上迈出去了。

大姐在里子上铺好棉花,盖上面子,和五月一起合缝子,只听得她们手里的针从彩纸上穿过时彩纸发出的不同于布的清脆响声。

六月的眼前就出现了各种各样的脸,就像爹戏箱里的那些脸谱,但又比脸谱薄。那是他没有见过的祖太爷、祖太奶奶、太爷、太奶,还有各种各样的亲房邻居,还有那些断子绝孙的人,等等。

这些脸柳絮一样飘在空中,越来越多,越来越多。

天就阴了。

就下起了地溜子。

两个姐姐缝得特别快，不一会儿簸箕里的衣裳就冒出簸箕沿儿了。花花绿绿的彩色衣裳堆在一起，让人心里既温暖又踏实，而且富有。

如果人也能穿纸衣就好了，那他想穿什么样的衣裳就可以随便穿了。

六月的眼前就出现了一个街道。家家户户的祖先们正在给自己挑选着过冬的料子，这料子是花花绿绿的彩纸。突然，他从层层叠叠熙熙攘攘的祖先中看到了一个人。怎么这么面熟啊。仔细一看，原来是六月同志。

什么时候本大人才能变成祖先呢？

现在，做了祖先的六月穿着彩纸做的衣裳大摇大摆地在街上行走。

一不小心被地溜子滑了一下。

哈，彩纸做的衣裳咋能防寒，一场透雨不就完蛋了？

六月向大姐提出这个问题。

大姐说，说不定一烧就变成布的了。

六月想不通，纸的一烧怎么会变成布的，但他又努力给自己做工作让自己相信起来。

六月再次看到，在那些花花绿绿的彩纸中间，队伍一样行走着家家户户的祖先、亲房邻居、游魂野鬼，大姐夹杂在中间，有些危险。

明年的彩纸该让爹去买才是。爹会咒语,游魂野鬼是不敢近身的。看来本大人也得学一些咒语,好将来到街上给祖先买彩纸。

那么我死了呢? 该谁到街上给我买彩纸?

我女儿啊,我儿子啊。

六月就着急起来。

得快快地生一些女儿和儿子出来啊。

六月有些等不及了。

六月想把这十万火急的大事告诉大姐,但大姐和五月正十分专心地给衣里子上铺棉花,又没好意思打扰她们。

我可以帮你们铺棉花吗? 大姐说,当然可以啊。五月说,先洗手。六月就往脸盆里倒了水,迅速地洗了手帮两位姐姐铺棉花。一铺,他才知道自己的水平跟两位姐姐差远了。她们能够把棉花铺得像纸一样薄,但又特别匀称。

这等于没有铺嘛,这么薄,还不把老先人冻死。

他们已经死了,还怕冻死吗?

这死真是好啊,只有死了才不怕死,那么死了也不怕饿死,不怕淹死,不怕烧死,不怕打死,不怕病死,不怕……

六月想马上把这一重大发现告诉两位姐姐,但她们的专注再次拒绝了他。他觉得在她们如此专注时说话有些可耻,就强忍住了。

六月就在心里数着等两位姐姐忙完要给她们说的话,甲乙丙丁戊己庚辛壬癸,已经到"丁"了。

当一件件棉衣摞在簸箕里时,六月就知道鬼有多大了。现在簸箕里放着十件寒衣,那就是说簸箕里至少能放下十个鬼。

有一个问题突然冒出六月的脑海,既然爹说人在六道中轮回,如果太爷和爷爷现在在人道呢?这些衣裳不是白烧了吗?

六月终于没有忍住,问大姐,大姐答不上来。

六月就到厨房去问爹。正在灶前烧火的爹说,你的这个问题提得好,但是你的太爷和爷爷很多呢?

我的太爷和爷爷咋能很多呢?

这就说来话长了,因为你很多呢。

六月有些不懂了,我怎么会很多呢?

当你像目连那样时,就知道为啥你很多呢。

佛唤阿难而剃发,衣裳便化作袈裟。

登时证得阿罗汉,后受婆罗提木叉。

罗卜当时在佛前,金炉啪啪起香烟。

六种琼林动大地,四花标样叶清天。

千般锦绣铺床座,万道珠幡空里悬。

佛自称言我弟子,号曰神通大目连。

……

六月的耳边响起了目连的唱词,但他还是无法想明白为啥自己很多呢。

六月你现在哪里？六月甲问六月乙。

问话的这位可是六月甲？

正是，你可见到六月丙？

刚刚见过，他正在给祖上缝寒衣。

哈哈，哈哈，六月的面前就出现了一个队伍，那是六月的甲乙丙丁戊己庚辛壬癸。

六月向爹提的第二个问题是，谁能保证这些寒衣能到爷爷奶奶的手里？爹说，当你用心做时，你爷爷你奶奶已经穿在身上了。

六月虽然不懂，但觉得这个问题事关重大，就跑到上房，给两位姐姐说，一定要用心做，只有用心做，爷爷奶奶才能穿在身上。就像这个道理是他发明的一样。

大姐就笑。

一定要用心，用心是关键，懂吗？六月像个掌柜的一样重复。

对，六月讲得对。爹和娘进来了。娘在脸盆里洗了手，脱了鞋上炕。大姐问，娘你忙完了？娘说，忙完了。爹给炉子里添了两块炭，把茶罐架上了。

六月发现，娘缝起寒衣来果然比两位姐姐更用心，就像平时给他和五月缝似的。

为啥只有用心做时，我爷爷我奶奶才能穿上呢？爹和娘没有想到六月把厨房的问题移到上房里，一齐笑了。

爹说，叫你娘给你解答吧，一边从地柜上把砚台拿下来，用清水洗。

我咋能回答得了六月同志提出的问题。

爹就不谦虚了，说，这天地间，既有吃喝拉撒的俗人，还有不吃喝拉撒的真人，还有一种心想生人。当你想着给一个人缝寒衣时，那个人已经从想生了，当你不想时，他又从不想灭了。

六月觉得爹的这个理论和从前讲的有些不一样，但他倒愿意支持今天的。

娘说，你爹说得对，就像娘，就觉得你奶奶和外奶奶一直没有过世，还在这世上，你奶奶还在这院子里，娘每天早上起来，都能听到她的咳嗽呢。

六月说，我咋听不见？

娘说，等娘将来死了，你就能听见了。

六月心里突然一惊，又一个十万火急的问题生在心里，要问爹，爹却出去了。

六月撵了出去，爹正在往后院的垫圈土堆上倒刚才洗了砚台的脏水。

你得赶快给我找个媳妇。

为啥？

我得让她趁我娘还活着把这缝寒衣的技术学会。

为啥？

不然等我娘死了就没人教了。

爹的鼻子就没了，接着眼睛没了，接着嘴没了，最后脸也没了。

六月耐心地等着它们从爹的脸上恢复。

爹努力收拾了残笑，问六月，你给爹说，要一个啥样的媳妇？

首先得手巧。

为啥？

手巧才能学会缝寒衣啊，才能让您老人家到阴间不受冻啊。

真是个孝子。

还有啥条件？

还有嘛，孝顺。

再？

再就是心疼（漂亮）。

这样吧，你先在咱们庄找找，看有没有符合你的条件的。

六月就想，想了半天，觉得都不满意。

没有看上的？

没有。

别庄的呢？

六月又想，想了半天，还是没有他满意的。

那爹给你到哪儿找去？

这我不管，反正你得给我想办法。

寒衣缝好，天已黑了。娘让大姐收拾炕上，她去厨房烙馍馍。

不多时，一股钻人骨头的香味就窜了过来。六月被这香味黏过去。娘正从锅里起麻麸馍馍,麻麸馍馍油汪汪的。六月在锅边旋,但娘像是一点都没有发现六月在身边。平时,六月还没有从门里进去呢,娘就知道他到了,但是今天他像蜜蜂一样在地上旋,娘就是看不见。娘是装作看不见还是真看不见?

就在这时,娘不小心把一个铲坏了。

娘举着锅铲,回过头来,突然看见六月,我说这锅铲咋不听话,原来是有个馋猫在背后念经呢。娘右手执铲,左手托在下面,小心地移到六月面前。

还没有供呢。六月没有想到他会说出这么一句话。

娘也没有想到。娘的脸上出现了惭愧,像是为小看了六月道歉。

铲坏的馍馍不能供神的。

我爹说就是喝一口水也要供呢,不然就是偷吃。

娘说,没错,你可以在吃前供一下啊。

那我不是吃在会供前面了吗?

是啊,那就等会供完再吃吧。

娘就又把锅铲小心地移回去。

六月又觉得后悔,假如刚才自己不要说这一番大话,现在就可以品尝美味了。但六月立即否定了这一想法,爹说君子就是要在平时不好的念头才冒出来时就一棒把它打下去,就是要狠斗私字一闪念。

六月就连着在自己刚才的后悔上又打了几棒。

六月不知道为啥要单等到十月一才吃麻麸馍馍。其实麻八月十五前就收了，麻秆爹都剥了麻衣拧了好几把绳子了，娘都用爹拧的绳子纳了好几双鞋底了。可是麻籽一直放着，昨天娘才把它炒了，在石磨上推成麻麸，今早拿它烙麻麸馍馍。说是麻麸馍馍，其实是麻麸馅饼。

这麻麸刚进锅时还乖乖地待在面皮里，一烙就出油了，让人觉得不是面皮包着麻麸，而是黄璁璁的油包着麻麸。

等最后一个出锅，娘让六月到大门外泼散，然后上饭。

说是饭，其实就是馅饼。

一家人总算全坐在炕上了。六月的目光在大家的脸上扫来扫去，觉得十月一的味道总算全到了。

自然先是会供。一家人闭着眼睛，请天地君亲师享用美味。

六月听见，天地君亲师一边品味，一边议论着娘的好手艺，一边商量着该如何奖赏娘才对，另外还要捎带着奖赏一下六月，因为六月同志今天成功地战胜了自己好几次，包括拒绝了娘让他先吃铲坏的那块馅饼。

等众神吃完，用袖子抹嘴的时候，爹让他们动手。

但哪里能动得了手，麻麸馍馍汪得人手不敢往上面放。娘早就料到这一点，在每人面前放了一个小碟儿，爹就用筷子给大家往碟里夹。

一吃，六月才知道，说是麻麸馅，其实大多是萝卜丝儿，但这已经很香了。

十月一的味道，原来是麻麸馍馍的味道。

一家人静悄悄地吃着，没有谁说话。

六月更是千品万尝，因为他知道这麻麸馍馍一年只能在十月一吃一次，如果因为说话或者想事情错过这香这味，就太可惜了，就是罪了。爹常给他们说，错过是罪错过是罪，真是太对了。

六月知道，如果他们一家吃，那麻麸还够吃两顿的，但剩下的娘已经做了安排，大姐和公婆家各一份，哥和丈人家各一份，就没了。

娘也太开舍了，如果给大姐和哥家，他没有意见，把他们的公公婆婆丈人丈母算上，就让人想不通。

六月猛然发现因为想这一句话把一口麻麸白吃了，没有尝来"这一口"的味道，就把这一口白白地葬送到肚子里去了。就在心里狠狠地拍了自己一巴掌，同时努力专注在每一次咀嚼时牙的感受上、舌头的感受上，严防死守，不让一丝丝味道轻易滑脱。

六月吃惊地发现，这舌尖和舌根"碰"到的味道是不一样的，这门牙和后牙"碰"到的味道也是不一样的。如此，六月把自己的舌头分了十等份，把自己的牙分了十等份，一份一份地对比着"生"在它们上面的味道到底有什么差别。

当六月成功地把一个麻麸馍馍品完，终于没有一丝杂念闪过时，他的开心就像汪出面皮的麻油，真是汪得没法说。

这样，再想起娘要把剩下的那些麻麸送给哥的丈人丈母和大姐的公公婆婆时，就不觉得特别心疼了。他想，即使娘再给他们烙一次,也不过是这个味儿。

吃过麻麸馍馍,爹净了手脸,开始缝包冥纸。爹把冥纸包成一个大银锭,在外面糊了一层白纸,压得方方正正,恭恭敬敬地放在供桌上,然后从笔架上拿下早晨就已用清水洗好的小楷毛笔,在砚台里蘸了新倒的墨汁,开写——

中线:乔氏门中三代宗亲俯启。

右上:敬献。

左下:儿占林,媳月英,孙三月、四月、五月、六月、重孙小满谨具。

"儿占林媳月英"在上并排,"孙三月、四月、五月、六月"在中并排,"重孙小满"在下,再下面是"谨具"二字。

六月问爹,"俯启"是啥意思?

爹说,是弯腰开封的意思。

为啥要弯腰开封?

这是古人尊敬别人的话,表示开封包裹的人很高大,要弯下腰才能开封信物。

自家人还这么客套干啥?

这不是客套,是礼。

对,君子就要讲礼。五月说。

六月转脸斜了五月一眼，意思是你就知道拍爹马屁。

接着问，我们咋能知道我爷爷奶奶收到了呢？

爹说，当你觉得心上不冷时，你爷爷奶奶就收到了。

接着，爹拿过一张白纸，折成竖格，提笔在右上方写道：

焚往乔氏门中寒衣清单。

然后让大姐逐一报告寒衣款式和名下。

六月本来还要追问爹为啥当我心上不冷时爷爷奶奶就收到了，但大姐已经开始报告了：

祖太爷棉袄棉裤一套，旋阑一件，鞋一双，棉帽一顶。

祖太奶棉袄棉裤一套，旋阑一件，鞋一双，围巾一条。

太爷棉袄棉裤一套，旋阑一件，鞋一双，棉帽一顶。

太奶棉袄棉裤一套，旋阑一件，鞋一双，围巾一条。

爷爷棉袄棉裤一套，旋阑一件，鞋一双，棉帽一顶。

奶奶棉袄棉裤一套，旋阑一件，鞋一双，围巾一条。

游魂野鬼棉袄棉裤三套，旋阑三件，鞋三双，棉帽三顶。

邮差棉袄棉裤一套，旋阑一件，鞋一双，棉帽一顶。

水陆关卡棉袄棉裤一套，旋阑一件，鞋一双，棉帽一顶。

又让六月数一共多少件。

六月就数，棉袄棉裤十一套，旋阑十一件，鞋十一双，帽八顶，围巾三条。

爹问,一共多少?

六月的眼珠子转了转,说,四十四。

爹说,四四得八,大吉。

爹接着写:

因寒节之期,兹有乔氏后人焚寄祖先寒衣棉袄棉裤六套旋阑六件鞋六双冠三顶巾三条共十一套四十四件,烦请冥府邮差速递,劳请冥府水陆关卡放行,敬请仙界三代宗亲验收。另备三份由本村游魂野鬼认领。

儿占林,媳月英,孙三月、四月、五月、六月、重孙小满谨具。

六月想提醒一下爹还有嫂子,但想爹已经写好了,再写还要费一张纸,就把要出口的话压在了舌头下。

天黑尽时,一家人开始到村头送寒衣。

四面山坡上已经有星星点点的灯火。

六月不由得把身子往爹身边靠了靠,他仿佛能够听到近处就有鬼的脚步声。他看了五月一眼,五月几乎贴着大姐的腿行走。

这时,他发现娘没有来。

我娘咋没有来?

娘在后边呢。大姐说。

六月回头,娘真在后边,六月想娘的胆子可真大。

六月说,娘你快些。

娘就加快了脚步。

六月看见娘身后有许多游魂野鬼也加快了脚步,就像娘的尾巴一样。

莫非这鬼就是人的尾巴?

爹找了一块净地,跪了下来。大家跟着跪了下来。爹在面前的地上画了一个圈儿,向爷爷奶奶坟的方向留了一个门,把寒衣放在里面。在圈左圈右各画了一个圈儿,分别把邮差关卡和游魂野鬼的放在里面。

开始上香。爹先把三炷香给六月,自己擦火柴。爹把火柴擦着,两手背风捧了火,把六月手中的香点着。六月举着香十分恭敬地作了个揖,一炷插给天,一炷插给地,一炷十分小心地插在自家的圈儿里。

爹又把三张黄表给六月,他擦火柴。

六月把黄表伸向爹捧着的火焰,黄表就哗地一下着了起来。

六月就觉得爹用一根火柴把另一个世界的门一下子打开了。

爹先拿过寒衣边角料,向六月手中的黄表引了火。

然后拿过祖太爷的寒衣,放在边角料燃起的大火上,然后是祖太奶,然后是太爷,然后是太奶……

看着两位姐姐和娘精心缝制的寒衣在火中化为灰烬,六月心里有些可惜,但马上又觉得自己的这一想法是错误的。

为啥只有烧了我爷爷奶奶才能收到呢？

因为只有烧了才能变为无，只有变为无才能生出一个有。

六月不懂，六月担心爹也不懂装懂。

但六月比较相信爹的那句话，当你觉得心上不冷时，你爷爷奶奶就收到了。

现在，他在努力地体会，他的心上是不是已经不冷了。

冬　　至

　　从坟上回来，已是掌灯时分。六月没让爹提醒，就进屋把五月早已洗干净的供桌抱到当院，左挪挪，右挪挪，放在院子的当心。然后跑回上房。爹已经把米酒、奠茶和两碗清水放在供盘里。六月跃跃欲试地要端，但爹没有放口话。就在六月有些不知道该干啥时，爹把三炷香和几页表递到他手里。六月十分庄严地接过，双手举着，心里充满了神圣。爹端了盘子出门，六月随着。到了院里，五月早已站在供桌边，胸前也是一个盘子，里面是刚刚出锅的两碗一碟扁食。

　　三人在供桌前向南跪着，爹先把盛着清水的蓝边碗放在供桌的最南边，中间是香炉，左边是一碗扁食，右边还是一碗扁食。爹照例上了香，焚了表，奠了米酒，然后磕头。

　　第一个头磕完，爹让五月和六月背诵祭文，五月和六月就齐声背诵：

　　　　黄土生时百姓生，
　　　　清水生时恩情生。

二磕头毕，姐弟俩又背：

世人若把恩情忘，
择良留种到时辰。

三磕头毕：

天时人事日相催，
冬至阳生春又来。

作揖毕：

人言福在水中藏，
今日为我现真身。

五月和六月从爹的神情中看到，他对他们的背诵很满意。但让五月和六月惭愧的是，他们还是忘了一句话。

爹紧跟他们的话尾巴补充：

冬至时节，谨献扁食两碗，清水一皿，伏惟尚飨！

一皿？一皿是啥意思？

就是碗的意思。

碗就说碗嘛，为啥要说成皿？

传统如此。

接下来爹从盘子里端了素边水碗，放在供桌下面。去年六月已经问过爹，知道这叫陪水，是给那些受不起头的众生饮用的。然后爹把五月刚端来的一小碟扁食放在供桌下面的陪水旁边，不用问，六月知道这还是给那些受不起头的众生吃的。和前几个年节不同的是这次把它们放在供桌前面，而不是到大门外泼散。

六月要问爹为啥，不想娘喊他去端献饭，就把这个问题给忘了。

六月到了厨房，说，已经献在院子里了还端啥献饭？娘说，你忘了还有先人呢。六月就噢了一声，把两碗献饭端到上房里，端端正正地放到地桌上，十分恭敬地磕了三个头，起身说，各位祖宗吉祥，冬至时节，谨献扁食两碗，伏惟尚飨。

六月对自己的发挥很满意，回头看爹，爹一脸的开心。

然后一家人坐在炕上吃扁食。

六月隐约记得，去年爹讲过这扁食其实是一种药，好像是上古时候，一个姓孙的医仙看到冬天人们的耳朵都给冻掉了，然后大发慈悲心，用百草制出一种药，让人们服用，人们的耳朵就再也没有冻掉过，从此每年冬至，人们都用吃扁食来纪念这位好心的医仙。

明明是饺子，今天却偏偏叫扁食。

六月这样想着，一个扁食已经下肚了。就有些后悔刚才不应该想这些名词，错过了扁食的味道，太可惜了。好在吃第二个时他就意识到了。

接着回到专心。

爹还说这饺子过去不叫饺子，叫煮角子。

讨厌，这个"想"过来，又让一个饺子滑到肚子里去了。看来这"想"真不好对付，得想个办法。有什么好办法呢？有了，每个扁食到口，本大人把它嚼个一百遍，看你能不能错过。

不想这招也不灵，因为当自己数数时，"想"又黏在数上，依旧把味道给错过了。

天啊，该咋办呢？

爹、娘和五月一齐把目光投向他，问他咋了？

六月拉着哭腔说，这"想"老是管不住。

哪个"想"管不住啊？吃饭时就专心吃饭嘛，还管个啥"想"。娘说。

你儿说的就是专心，我爹说只有啥都别想吃饭，才能品尝到真正的味道，可是这"想"老是赖皮一样缠人。

对，爹说过多少遍，只有啥都不想吃喝才能对得住吃喝，才能对得住美味，不然就是错过，而错过是罪。

六月就更着急了，自己觉得错过是可惜，好不容易吃一次扁食，却屡屡错过味道，不想爹又把它上升到罪，就更恨这"想"了。

不用急，爹刚开始时和你一样，这得慢慢训练。

你平常吃饭时咋没事，偏偏今天吃扁食，"想"就来了。五月说。

六月觉得五月说得对，还不是自己太重视这扁食了，一重视，反而"想"就来了。

六月就放轻松继续开吃下一个扁食，成功了。

但就在咽的时候，还是有一个"想"出来了，这个"想"是——看来今后得少学些知识，知识一多，"想"就多，思想就容易抛锚。

哎呀天，又上当了，原来这不让自己抛锚的思想也是抛锚。

六月开始深呼吸，把全部的"锚"都清理掉，然后全心全意地吃下一个扁食。

终于成功了！啊，终于成功了！本大人终于成功了！

下一个。

可是下一个扁食怎么到舌头上的，还是没跟住。哎呀妈，自己又上当了。原来这总结自己成功的"想"，也是抛锚。

不怕念头起，但怕觉来迟。我十月一那天不是告诉过你吗，要想把"想"堵住是不可能的，关键是它一来你就要识破它，发现它，时间一长，它就知趣，就不来了。爹说。

为啥识破它就不来了？

因为"想"是来跟你捉迷藏的，它藏在哪儿你都能找见，它当然就不跟你耍了。

六月把一个扁食举在空中，定定地看着爹，觉得爹太能了。就按照爹说的办，果然有效果。他的心里猫一样出现了无数"发现"，专等着"想"的老鼠来临。

六月把最后一个扁食吃完,觉得问题的关键还是节太少了,如果天天过节,天天有迷藏可捉,那他就能够巩固住了。

脑海里就冒出了下一个节:腊八。

吃完,姐弟二人到院里收供桌上的扁食,不想天已经黑得很了。

但正是这黑,让供桌上的一点红格外动人。等五月把扁食端到厨房回来,六月还盯着那点红看。五月知道,那是正燃着的香头。难道香头上有戏不成?

六月没有回答,仍然专注在那点红上。五月就意识到自己刚才多话了,打扰了六月的安静。就悄悄地顺着六月蹲下来,和六月一起守着那一点红。守着守着,就觉得那一点红里有一个世界。

二人终于冻得发抖了,眼前的那点红也回到香炉里睡觉去了。六月说,回屋吧,把人冻成扁食了。五月说,我有些舍不得水。经五月这么一说,六月也觉得舍不得。再说,天这么冻,他们回到屋里有热炕,水却要在院里受冻,怪可怜的。要不把它端回去吧?

端回去怎么出字?

是啊,只有受冻才能出字,那我们陪着它?

陪着它? 陪一晚上? 还不把你瓜蛋给冻扁。

那咋办? 把火炉端出来?

这倒是个办法。

二人就进屋端火炉。

爹问,你们端火炉干啥? 五月说,不干啥。说着端了往外走。

六月猫腰端了炭匣子,跟着。

五月把火炉放在供桌旁边。六月把炭匣子放在火炉旁边。然后围着火炉蹲了。五月看着六月笑笑,六月看着五月笑笑,然后二人同时抬头看天,天蓝得就像一碗清水。

你说天上有水吗?

肯定有啊。

你凭啥肯定的?

这还用问,如果天上没水,雨水从哪里来?

你说天上咋那么多的水,年年下,也下不完?

鸡年年下蛋,也没见下完。

一说鸡,六月就觉得屁股蛋有些冰凉,就到屋里拿了爹的皮袄出来。五月受到启发,到后院取了羊毛驴垫背,放在火炉边。二人坐在上面,然后披了皮袄,守着杏木供桌。

五月的右胳膊把六月的左胳膊暖热,六月的左胳膊把五月的右胳膊暖热,皮袄把他们的后背暖热,炉子把他们的胸膛烤热,接着把他们肚子里还没有消化的扁食烤热,五月和六月就感到,他们的心是热的,肠子也是热的,冬至也是热的。

老子手指黄河,对孔子曰:"汝何不学水之大德欤?"

孔子曰:"水有何德?"

老子曰:"上善若水。水善利万物而不争,处众人之所恶,此乃谦下之德也；故江海所以能为百谷王者，以其善下之，则能为百谷王。天下莫柔弱于水，而攻坚强者莫之能胜，此乃柔德也；故柔之胜刚，弱之胜强坚。因其无有，故能入于无间，由此可知不言之教、无为之益也。"

孔子闻言，恍然大悟道："老君此言，使我顿开茅塞也。众人处上，水独处下；众人处易，水独处险；众人处洁，水独处秽。所处尽人之所恶，夫谁与之争乎？此所以为上善也。"

老子欣然曰："汝可教也！汝可切记：与世无争，则天下无人能与之争，此乃效法水德也。水几于道：道无所不在，水无所不利，避高趋下，未尝有所逆，善处地也；空处湛静，深不可测，善为渊也；损而不竭，施不求报，善为仁也；圆必旋，方必折，塞必止，决必流，善守信也；洗涤群秽，平准高下，善治物也；以载则浮，以鉴则清，以攻则坚强莫能敌，善用能也；不舍昼夜，盈科后进，善待时也。故圣者随时而行，贤者应事而变，智者无为而治，达者顺天而生。"

孔子道："老君之言，出自肺腑而入弟子之心脾，弟子受益匪浅，终生难忘。弟子将遵奉不怠，以谢先生之恩。"

姐弟二人演完《孔子拜教》折戏，一时不知干什么。六月的目光在火上。五月的目光在水碗上，你猜我看见了啥？

你先猜我看见了啥？

五月说，火。

六月说，水。

五月说，我看见蓝边水碗里有个福像小鸡一样从蛋里出来了。

六月说，真的？

五月说，当然是真的。

六月就欠起身子看蓝边水碗，却什么也没有看到。

五月就笑，你用眼当然看不见。

那你用啥看见的？

姐用心看见的。

嘿，那是想见的，不是真正看见的。

爹说真正的看就是不用眼，用眼看到的全不是真的。

那爹每天看着你和我，难道我们不是真的？

五月觉得六月说得有道理，但她又不愿意怀疑爹的话。

六月说，我觉得火炉里的火也是一碗水，只不过它们是红颜色。

是吗？你说火炉里的火是水？在六月手心掐了一下，你总不是在说梦话吧？

你才说梦话呢，我现在就是这种感觉，红颜色的水。

经六月这么一说，五月再看火炉里的火，还真有些像是水。

你说，火能还是水能？六月问。

五月想了想说，当然水能。

为啥？

水能把火扑灭。

可是火却能把水烧开啊。

火烧开水还要靠木柴。

看来还是水能。

要不咋冬至偏偏要敬水。

那二十三还敬火呢。

爹说世界都是地水火风组成的，人也是地水火风组成的，因此地水火风是平等的。

我咋看不见你脸上有地水火风啊？

五月就噗地向六月脸蛋上吹了一口气，这是啥？这不是风吗？

那水呢？

五月说，你的眼泪不是水吗？

那火呢？

你发火的时候不是火吗？

地呢？

五月回答不上来了，接着说，爹说这水不但是最能的，还是最高尚的。

为啥？

孔子观于东流之水。子贡问于孔子曰：君子之所以见大水必观焉者，是何？孔子曰：夫水，遍与诸生而无为也，似德；其流也埠下，裾拘必循其理，似义；其洗洗乎不滠尽，似道；若有决行之，其应佚若声响，其赴百仞之谷不惧，似勇；主量必平，似法；盈不求概，似正；淖约微达，似察；以出以入，以就鲜絜，似善化；

其万折也必东，似志。是故君子见大水必观焉。

五月一口气背完，流畅得让六月惭愧。他清清楚楚地记得这一段在爹的本子的哪一页，但就是背不会。六月觉得荀圣的文章不如《弟子规》《朱子家训》《太上感应篇》和戏词儿好背。但他记住了爹的解释，那就是水是天下最软弱的东西，但它又是最能的东西。能到可以把火浇灭，能到可以滴水穿石，能到可以把人淹死，能到可以把脏东西洗净，能到可以让人当镜子照，能到可以上天入地，能到可以钻到人钻不到的地方去，能到可以把散土聚成块，能到人离开它就活不了，树离开它也活不了，庄稼离开它也活不了，等等。总之一句话，它就是一个能字。

但爹把这不叫能，而叫水德。爹说，水一辈子都在想着别人。而心里只有别人没有自己的人就是上善之人，就是圣人。

大公无私是圣人，公而忘私是贤人，公私兼顾是常人，私字当头是小人，徇私舞弊是罪人。水当然是圣人了。

　　到江送客棹，出岳润民田。

六月突然记起了一句爹常给他们讲的诗句，现在，对着冬至的供水吟诵出来，别有一种味道。

还记得爹的解释吗？五月问。

当然，就是水在哪儿都行好事，在江里运送客船，到田里生长庄稼。一想到田，六月又想到土，那你说，水能还是土能？

当然是水能啊。

水能它咋成不了山？

五月想了想说，咋成不了，大海就是倒着的山，底朝下的山，就像碗里的水，如果冻住，把它翻个个，不就是山吗？

六月觉得五月回答得棒极了，让人都佩服到骨头里了。

可是爹教他背的这段话分明在说山是最能的：

> 夫山者，岿然高，岿然高，则何乐焉？夫山，草木生焉，鸟兽蕃焉，生财用而无私为，四方皆伐焉，每无私予焉。出云雨以通乎天地之间，阴阳和合，雨露之泽，万物以成，百姓以食。此仁者之乐于山者也。

六月背完，五月说，可是太上老君又说上善若水啊，索性连腔带调地背起来：

> 上善若水。水善利万物而不争，居众人之所恶，故几于道矣。居善地，心善渊，与善仁，言善信，政善治，事善能，动善时。夫唯不争，故无尤。

六月问，水为啥不争？

因为水是君子啊。

啥是君子啊？

君子就是不争的人啊。

那孔子的七十二位弟子都是水做的？

哈哈，应该吧？

那就是说，水也有鼻子有眼睛？

应该吧。

有心有肺？

应该吧。

这样一想，六月不由打了一个寒战，平时喝了那么多水，原来进到肚子里的全是君子，全有鼻子有眼，有心有肺。原来这人的肚子就是一个大杀场啊。看来，这人只要吃饭，就是作恶。人要真正行善，除非不吃饭。六月觉得自己发现了一个天大的道理。这才是老天爷造的最大的理呢。就翻起身往上房跑。

五月说，要当逃兵？

不想六月却折回来了。

原来爹和娘已经睡了。

六月钻进皮袄屋子，把这个发现告诉了五月。五月同样大吃一惊，觉得自己的肚子里堆满了君子的尸体。赶紧念《往生咒》：

南无阿弥多婆夜，哆他伽多夜，哆地夜他，阿弥利都婆毗，阿弥利哆悉耽婆毗，阿弥唎哆毗迦兰帝，阿弥唎哆毗迦兰多，伽弥腻，伽伽那，枳多迦利娑婆诃。

　　六月从五月发出的声气知道，她在念《往生咒》，但他自己却一直没有背会，一出《目连救母》他都背会了，但这个咒子他就是背不会。看来非得背会不可，不然自己杀了这么多生，结了这么多冤家，却不能打发他们走，怎么得了。

　　六月感到脊梁骨有些寒。

　　接着好寒。

　　接着好寒好寒。

　　但一直咬着牙没吭声。五月给炉子里添了一块炭，六月借吹火把身子向炉边靠了靠，但又觉得自己这样投机太不男子汉了，就又回到原位，坚持着。

　　不想就在这时，发生了一件让六月一辈子也忘不了的大事——

　　五月转过身，把背靠在他的背上，双手抱了膝盖。六月感动得心里全是君子。只觉得后背哗地一下热了起来，直热到心里去了。不对，是心先哗地一下热了起来，直热到后背去了。不对，是后背先哗地一下热了起来，直热到心里去了……

　　六月一下子明白了什么是"庭前垂柳珍重待春风"，什么是"春泉垂春柳春染春美，秋院挂秋柿秋送秋香"，什么是"试数窗间九九图，余寒消尽暖回初。梅花点遍无余白，看到今朝是杏株"。

　　二人静静地品味着来自对方后背的温暖，好长好长时间，直到静得不能再静，长得不能再长。

恍惚间，六月觉得两个人变成了一个人。

如果两个人变成一个人，娘就可以少缝一套衣裳，还可以省一份饭出来，当然，五月背会的东西也就是我背会的了。还有，我的高兴就是五月的高兴，我的幸福就是五月的幸福了。

老天爷为啥不把全世界的人变成一个人呢？六月终于忍不住说话了。

五月说，你咋又想到了这么一个奇怪的问题？

如果老天爷把全世界的人变成一个人，就没有爹常说的分别了，当然也就没有仇恨了，人们也就不会吵架了，不会打仗了，不会……总之好处多多。

那有啥好。如果老天爷把全世界的人变成一个人，那世界上要么只有一个爹，要么只有一个娘，要么只有一个姐，要么只有一个弟，有啥好。如果老天爷把全世界的人变成一个人，你连媳妇都没办法占，有啥好。

你就单说你连女婿都没办法瞅吧，哎哟，你掐人干啥。

你看那对联，只有对，才好听，只有上联没有下联就不好听。

那当然，只有左眼没有右眼，只有左胳膊没有右胳膊，只有左腿没有右腿，都不好看，也不好劳动。我是说假说，假说老天爷把全世界的人变成一个人，你说该是一个啥样儿呢？

肯定是老天爷的样儿吧。

六月觉得五月回答得棒极了。

六月感到寒气又从脚上来了。这倒好办，只要把脚伸到炉子边就行了。六月就在想象中把脚伸到炉子边。就真想伸到炉子边。可是如果把脚伸到炉子边，这后背就要从五月的后背上离开。这当然是他一万个不愿意的，那就让脚受些委屈吧。

继续在想象中把脚伸到炉子边。但又立即缩回来，因为他马上意识到这对供水不恭敬。

就强忍着。六月突然想到爹说过，当你哪儿疼痛的时候，你就看着那个疼痛，一直盯着它看，看到熟时，就不痛了，那么现在脚上冷，是不是盯着它看，也会不冷呢？

开始实验。心里就有一个"看"开始和冷较量。看着看着，看着看着，到了那么一个火候，噌地一下，那冷果然就断掉了。

六月无比激动地把这一成果告诉五月。

五月说，真的？

六月说，当然是真的，不信你可以实验啊。

五月就实验。但是五月发现，她的"看"老是抛锚，不能永恒。问六月是咋回事。六月不解地说，咋会抛锚呢，自己的"看"咋会抛锚呢？

五月说，不知道，大概就像你吃扁食吧。

六月就一下子同情上了五月。对啊，怎么吃扁食时那么容易抛锚，看着冷时却没有抛锚呢？看来这幸福容易抛锚，痛苦不容易抛锚。六月一下子明白了爹常说的话，任何好里都有一个不好，任何不好里都有一个好。

这样想时，冷又来了。六月就继续"看着"那个冷。看着看着，看着看着，同样，到了那么一个火候，噌地一下，那冷再次断掉了。六月第一次体会到"看住"的美妙，也第一次体会到了"看住"的威力，原来老天爷创造下这冷和热，痛和疼，吃和喝，火和水，等等，都是为了让人们体会这个"看"。如果不吃，你怎么会知道吃？如果不喝，你怎么会晓得喝？如果不冷，你怎么会知道冷？如果不热，你怎么会晓得热？

而这个"知道"，这个"晓得"，不就是爹常说的那个"看"吗？

哎呀哎呀，这冬至就是神气啊，让本大人像破竹子一样连连开悟啊。

哎呀哎呀，原来这世界上最美的事情就是开悟啊，难怪佛要哄难陀离开漂亮媳妇。比漂亮媳妇还美，想想看，到底有多美。

那么，五月的问题该如何解决呢？六月的脑子在飞速运转。接着，就发生了一件让五月一辈子也不能忘记的大事——

六月把双手伸到身后，抓住了五月的脚丫儿，用力捂着。

五月就觉得她的脚丫上不是两只手，而是一对君子。

五月和六月醒来，发现自己躺在被窝里。

我们明明在院里守水，怎么到的被窝里呢？

两个瓜蛋，如果不是你爹把你们抱进来，早都成了冰人了。娘说。

才知他们昨晚居然坐在院里睡着了。六月呼地从炕上翻起来，几下子穿上衣裳，腾地跳到地下，奔到后院撒了尿，冲进屋倒了清水洗脸，然后飞到当院，盯了蓝边碗里的冰看。

啊！真神！真神！果然有个福字！

然后把桌下没供的那碗水端到供桌上看，果然没有福字。

五月应声也从被窝里出来，迅速穿上衣裳，同样净身净脸，然后凑过去看。

却从两碗水里看不出什么区别。

六月就有些吃惊，怎么爹教他们同样的方法，在五月这里就不灵呢？

你眯上眼睛，闭着气，从眼睛缝里看。

五月就眯上眼睛，闭住气，把眼睛挤成一把刀，向水碗里的冰捅过去。

果然！果然！果然！

上香吧上香吧。六月说。

磕头吧磕头吧。五月说。

一磕头：

　　黄土生时百姓生，
　　清水生时恩情生。

二磕头：

世人若把恩情忘，

择良留种到时辰。

三磕头：

天时人事日相催，

冬至阳生春又来。

作揖：

人言福在水中藏，

今日为我现真身。

揖毕，六月学着爹的腔调说，冬至时节，谨献扁食两碗，清水一皿，伏惟尚飨！

五月说，错了，早都献过了，还扁食两碗清水一皿呢。

六月的口水就出来了。他想到了昨晚收回去的那两碗扁食，就麻利了手脚收拾供桌。

一股香气从厨房里出来，五月和六月知道娘在热扁食，就到厨房去端。

娘揭开锅盖，一边往碗里铲扁食，一边说，这可是冬至神吃过的，你们要用心品尝。

二人从娘手里接过炒得黄璁璁的扁食，挪着碎步小心翼翼地到了上房里。

六月问爹，还用供吗？

爹说，供过的东西不能再供了。

二人就脱鞋上炕，把腿伸进被窝享用扁食。

五月夹起一个要吃，突然想起《弟子规》上说"或饮食，或坐走，长者先，幼者后"，就先夹了一个给爹。爹也没有推辞，张开嘴十分开心地吃掉了。六月再夹，爹就摇头，说供过的扁食，你们多吃一点，好开智慧，长记性。

六月就腾地跳下炕，端着碗，到厨房里，夹了一个扁食，给娘喂。娘也没有推辞，张开嘴享用了。六月再夹，娘却十分坚决地摇头，示意让他快回去吃。

六月就回到上房，复又脱鞋上炕，和姐一起，品尝冬至神吃过的扁食该是一种什么味道。

牙还没有搭到扁食上，一股神的味道已钻到嗓子眼了，接着，六月就觉得整个身子都被冬至充满了。

二人吃完扁食，把碗筷送到厨房，回到上房里，爹正从地柜上往下取老宣。五月六月知道，爹要制《九九消寒图》了。

六月就把炕桌抱上炕，双膝跪在一旁，目光热切地望着爹收拾墨汁和毛笔。

娘也回来了。

一家人就坐在炕上，一边看爹制《九九消寒图》，一边等待蓝边碗里的供水在地桌上慢慢融化。

爹伏在炕桌上，手里是一支非常纤细的毛笔，用双勾描红法画字。五月和六月知道爹要画什么字。爹画好前一个，二人就背后一个，就像他们的"背"是那字的笼头似的，一个个字的黄牛被他们牵出来。最后落在纸上的是"庭前垂柳珍重待春风"九个正体字。爹说，这九个字每字九画，共八十一画，从冬至开始每天按照笔画顺序填充一个笔画，每过一九填充好一个字，直到九九之后春回大地，一幅《九九消寒图》才算大功告成。填充每天的笔画所用颜色根据当天的天气决定，晴则为红，阴则为蓝，雨则为绿，风则为黄，落雪则填白。

还记得爹教给你们的《填色歌》吗？

五月抢先背出上句：

上阴下晴雪当中，左风右雨要分清。

六月跟了下句：

九九八十一全点尽，春回大地草青青。

　　爹制完字版《九九消寒图》，又开始制画版。只见他在老宣上绘制了九枝寒梅，五月和六月也知道，九枝寒梅代表九个九，然后每枝上面还有九朵梅花，代表九九八十一天。这些寒梅，和上九个字一样，同样只勾了边，里面是空心的，供他们在今后的九九八十一天填色。

　　制完版图，爹又开始制联版。一边绘，一边给五月六月说，你们背背看。

　　五月就抢先背：

　　　　春泉垂春柳春染春美。

　　六月也没落下：

　　　　秋院挂秋柿秋送秋香。

　　爹说，先人们常常用这个对联推测这一年的雨水多寡和丰歉。

　　六月问，咋推测？

　　爹说，我记不大清了，但你爷爷会。

　　六月就觉得太遗憾了，爹当时应该把它记在本子上才对。我可一定要记牢，到时传给我儿子，再让我儿子传给我孙子，再让我孙子传给我重孙，子子孙孙，孙孙子子……我可不愿意让他们遗憾。

　　正遗憾着。五月又背了：

试数窗间九九图,余寒消尽暖回初。

梅花点遍无余白,看到今朝是杏株。

爹说,这诗说的是妇女晓妆染梅。过去大户人家,冬至后,妇女会贴梅花一枝于窗间,早上梳妆打扮时,用胭脂点一朵梅,八十一朵点完,就变作杏花,说明春回大地了。试看图中梅黑黑,自然门外草青青。

六月想,爹小时候一定吃过无数供过的东西,不然他怎么就能记下那么多古诗呢?可是他怎么偏偏就把爷爷教的推测雨水和收成的秘招给忘了呢?不然,每年他们专拣那些能成的庄稼种,那不天天有扁食吃了,那不天天过年了?

但他又隐约觉得,爹之所以记住了这么多在他看来无用的东西,却独独把这件他看来最有用的秘诀给忘掉,肯定有他的道理。

试看图中梅黑黑,自然门外草青青,多好的句子,爹重复道。六月能够感觉到这句诗从爹嘴里出来爹心里的过瘾,简直比他吱儿吱儿品罐罐茶还过瘾。

爹吟诵时,五月想,如果我是大户人家的女儿就好了,就可以晓妆点梅了。

又立即否决了这一想法。因为《朱子家训》中的话从她脑海里冒出来了:

见富贵而生谄容者最可耻,遇贫穷而作骄态者贱莫甚。

　　　　头九初寒才是冬,三皇治世万物生,

　　　　尧汤舜禹传桀事,武王伐纣列国分。

一直没有说话的娘背开了:

　　　　二九朔风冷难当,临潼斗宝各逞强,

　　　　王翦一怒平六国,一统江山秦始皇。

　　　　三九纷纷降霜雪,斩蛇起义汉刘邦,

　　　　霸王力举千斤鼎,弃职归山张子房。

　　　　四九滴水冻成冰,青梅煮酒论英雄,

　　　　孙权独占江南地,鼎足三分属晋公。

　　　　五九迎春地气通,红拂私奔出深宫,

　　　　英雄奇遇张忠俭,李渊出现太原城。

　　　　六九春分天渐长,咬金聚会在瓦岗,

　　　　茂公又把江山定,秦琼敬德保唐皇。

　　　　七九南来雁北飞,探母回令是延晖,

　　　　黍夜母子得相会,相会不该转回归。

　　　　八九河开绿水流,洪武永乐南北游,

　　　　伯温辞朝归山去,崇祯无福天下丢。

　　　　九九八十一日完,闯王造反到顺天,

　　　　三桂领兵下南去,大清皇爷坐金銮。

呵呵呵,娘一口气背完,不好意思地笑起来。

娘背得真好啊,五月六月齐声夸赞。看爹,爹也一脸的自豪。

六月问,娘你啥时候学会的啊?

娘说,小时候你外奶奶教的。六月就觉得外奶奶真有学问。

这是你外奶奶家的《九九歌》,你爷爷教的和你外奶奶教的略有不同,爹说。六月让爹背一下,看哪儿不同。爹就背:

> 头九初寒才是冬,三皇治世万物生,
> 尧禅舜位禹得桀,武王伐纣列国分。
> 二九朔风冷难当,临潼夺宝各逞强,
> 子胥力举千斤鼎,一统江山秦始皇。
> 三九纷纷降雪霜,斩蛇兴兵汉刘邦,
> 霸王自刎乌江死,辞职归山张子房。
> 四九滴水冻成冰,青梅煮酒论英雄,
> 孙权独占江南地,鼎足三分属晋公。
> 五九迎春地气融,红拂私奔出深宫,
> 英雄奇遇张忠俭,世民出现太原城。
> 六九春分天渐长,咬金聚会在瓦岗,
> 骣马单鞭胡敬德,扶主明君小秦王。
> 七九南来雁北往,精忠报国是岳飞,
> 秦桧本是奸丞相,假传金牌解公危。

八九河开绿水流，洪武设宴火焚楼，

伯温辞朝归山去，崇祯自叹化作尘。

九九八十一日完，闯王造反到顺天，

三桂领兵下南去，大清皇爷坐金銮。

爹背完，六月听出来确实有几处不同，最明显的是娘背的没有岳飞，爹背的有岳飞。就问爹，那到底哪一个正确呢？爹说，两个都正确。六月问，那我和五月姐该学哪一个呢？爹说，两个都学啊。娘说，你就和你姐分开学，你姐学娘背的，你学你爹背的。六月就觉得还是娘体贴人。

午时，那碗福水融化了。六月端着它，让爹先喝，爹，你喝一口福吧。

爹说，好，喝一口福。

娘，你喝一口福吧。

娘说，好，喝一口福。

姐，你喝一口福吧。

五月说，好，喝一口福。

六月看见一个个福仙气一样到了爹和娘的嘴里，也到了五月的嘴里，接着把屋子充满，把院子充满，把天地充满，也把九九充满，把所有的日子充满了。

剩下的是自己的。六月把嘴搭在碗边，有些不忍心下口。

最后极小心地呷了一口，让它先到舌尖，再到舌面，再到舌根，再到嗓门，再到嗓子眼……嘴里一下子"春泉垂春柳春染春美"，一下子"秋院挂秋柿秋送秋香"。

六月不停地咂着嘴。

难怪关公要"志在春秋功在汉，心同日月义同天"，原来关公是尝到福了啊，原来"志在春秋功在汉，心同日月义同天"快乐啊。

喵——低头，小猫花花正蹲在炕沿上看着他。六月就找了一个小瓶盖，极小心极小心地往里面倒了一杯"福"，展到花花嘴边，让它舔。

花花舔完"福"，跳到炕上，躺在炕角，无比温柔地"念起了经"。

六月就开悟了。原来花花天天都在念《福字经》：

福福福，福福，福福福，福福……

腊　八

五月换了一个脖子。

吃过晚饭，炉上铁壶里的水已经冒气了。爹从厨房提了一桶水来，往澡盆里倒了一半，使劲捅了一阵炉子，又往里面添了几块炭，然后往盆里掺热水，一边让六月脱衣裳。

六月说，你先洗。

爹神情专注在从壶口挂出来的那弧水柱上，加强了语气说，脱！

六月就唰唰唰地几下脱掉衣裳，嘴里嗞嗞嗞地吸溜了几声，钻进水里。

六月蹲在盆里，抱着身子。

爹的手就过来了，先是在他的屁股上拍了一巴掌，然后左手握了他的脖子，右手抓了他的两只脚，把他抻展在水里。

六月只好顺了爹的劲，乖乖地躺在盆里。

目光就正好和爹的对上了。六月心里不由感动了一下。和平时不同，此刻爹的目光是笼罩下来的，宽大的，温热的，就像盆里的水。

六月觉得五月的脖子像一个白萝卜，不像是田里的，也不像是窖里的，而是佛国的。

　　看着六月用两手捂着小鸡鸡，爹扑哧一声笑出声来，一边把一片麻织的搓布给他，说，自己动手。六月用一只手接过搓布，另一只手仍然捂着小鸡鸡。不想爹又递过来一块搓布。六月就把手里的放在水里，伸手来接。

　　爹说，抓紧时间，一只手一片，把前身赶快搓完。

　　六月说，那你走开。

　　爹又扑哧笑了一声，果然走开，谁想却隔了窗户叫娘来取六月换的衣裳。

　　六月说，不，不，我知道衣裳在哪儿。

　　爹却没有阻止娘。

　　六月着急地说，我娘一来，我姐肯定就跟来了，她是个随屁风。

　　咋能这么说你姐？一边从他的棉袄上往下扒外套。

　　六月就从盆里跳出来，冲到门边，插上门栓。

　　不想爹不但没有生气，反而欣赏地看了他一眼，说，为啥这么怕你娘和姐呢？

　　六月怔了一下，心想是啊，为啥这时这么怕娘和五月呢？

五月把脖子一换,整个人也换了。

爹过来给他搓背。爹蹲在盆边,左手托了他的胸脯,右手拿了搓布从下往上搓,一茬一茬的,有些痛,但可以忍得住。爹似乎能够感到他的痛,手又轻了一些。到脖颈里时,爹把手掌变成两个指头,在两个颈窝里推动。六月看见随着爹的动作,垢痂一片一片地落在水里,但是平时他却没有意识到它们的存在。而它们就潜伏在他的身上,每天跟他吃,跟他喝,跟他睡,这是多么危险的一件事情。如果没有腊八,就没有腊七澡;如果没有腊七澡,就没有炉边的这个木盆,也就没有木盆里的这盆水;如果没有这盆水,这些垢痂就下不来。六月再次感到水的不可思议。

六月想看看自己的脖子,可是够不着。

搓完后背,爹拿过炉上的水壶,先倒在自己的手里试了一下,好像有些烫,又提起桶子,往壶里添了一些,再试,再添。这让六月想起《弟子规》中的一句话,"亲有疾,药先尝,昼夜侍,不离床"。爹试水的样子,就是水先尝吧,只不过爹不是用嘴尝,而是用手尝。爹一手抓了六月的下巴,把他托起来,一手悬了水壶,从他的头上往下浇水。一股来自水的爽就把六月融化了。

六月闭上眼睛，细细地体会这种来自水的爽快。

就有一条鱼在眼前游来游去，就有无数的鱼在眼前游来游去，他仿佛能够看见，这无数的鱼中，有一条是自己。

五月的脖子这样好看，身子一定更好看。
六月的心里就有了一个预谋。

抓住六月的胳膊冲两个腋窝时，参发现六月的小鸡鸡叫鸣了。就放下水壶，用食指从六月的小尾巴尖上压了一下，然后顺着后脊梁往上滑，一直滑到头顶，再从头顶滑下来，经过鼻梁和下巴，一直滑到肚脐眼那里，说，再次小鸡鸡叫鸣时，就按这个路线想。

六月问，为啥？参说，当你能这么把小鸡鸡想着卧回去时，相当于你往银行存了一百万。六月睁大了眼睛，不相信地扭过头看着参，真的？参说，当然是真的。六月看见参的神情是认真的，不像是骗人。

那你呢？你存了几百万？参就嘿的一声笑了。说，参存了一万万了。六月哇的一声叫出声来，那咱们就是世界上最富的人了。那我娘呢？我娘存了多少万？

参就笑得闭过气去。

还有我姐呢？

　　六月突然想到，爹让他把小鸡鸡想着卧回去，五月怎么办？五月拿什么卧回去？

　　问爹。不想爹正在和笑老鼠较量呢，爹用牙把笑老鼠咬住，可是笑老鼠却从鼻子里出来了。

　　想笑你就放开笑嘛，还要装个不想笑。

假如我将来做了大官，一定给五月单独造一个澡堂，让她天天洗，那样，五月就是天底下最好看的了，就一定是佛最喜欢的了。

　　六月没有穿衣裳，而是光着身子钻进被窝里，趴在热炕上，看着地下的爹。六月看见爹进入那盆黑水的时候表情中没有任何嫌弃，又感动了一下。六月同时发现，爹进入澡盆的时候是穿着裤头的。六月问，你为啥不脱掉裤头？爹说，我是爹啊。

　　六月跳下炕扑过去扒下爹的裤头，说，在你儿子面前还怕羞吗？爹嘿地笑了一声，就索性脱掉了。但背对着他蹲在盆里。

　　六月再次回到被窝里，看爹擦洗身体。六月突然发现，蹲在盆里的爹，不像是爹，而是一座山。

五月拿什么卧回去，爹还没有回答我的问题呢。

　　完了吗？五月在门外喊。还早呢。六月大声回答。这样回答时,六月有一种无法言说的优越感,看看,我和爹是一派,你现在只能在门外边。但六月马上意识到这时的五月有些可怜,就想放她进来。就给爹说,可以让我姐进来吗?爹说,不可以。如果我放她进来呢?那爹就赏你两个饼吃啊。嘿嘿,咱们两个一派,我姐和娘一派,一人一个兵,可是不打仗,只把曲儿唱。爹笑着回头看了六月一眼,说,想打仗啊?还不下来孝敬老爹。

六月就跳下炕,接过爹手里的搓巾,学着爹的手法,给爹搓背。近里一看,才发现爹的背上有许多伤疤,问爹这是咋来的。爹说,往大背你背来的。六月想了想,爹背过他那么几次,但没见哪次流过血啊。就小心地绕过那些伤疤,一茬茬推进。

搓着搓着,就扑哧一声笑了。爹问六月笑啥。六月就在爹的尾巴尖上按了一下,然后顺着后脊梁往上滑,一直滑到头顶,再从头顶滑下来,到肚脐那里时,被爹抓住了。六月以为爹会让他吃饼,谁想爹不但没有让他吃饼,反而表扬他是个好学生,一次就记住了,长大一定是个好管家。六月问,啥叫管家?爹说,管家就是保管家里财产的人,看守家里财产的人。六月说,他也管那一万万吗?是啊,那一万万是最值钱的,比什么家产都值钱,你可要给咱管得严严的。

假如世界上没有水呢,姐怎么变得好看起来?六月被自己的这个想法吓了一跳。假如没有水,人都无法活,更别说洗腊七,更别说好看。

六月的心里就再次升起对水的感激。

一次,他问爹泉里的水是从哪里来的。爹说从地底下来的。他又问爹地底下的水是从哪里来的。爹说是老天爷造的。他问老天爷拿啥造的。爹说拿金子造的。他问为啥偏偏是拿金子造的。爹说因为金生水。他就不懂了。难怪金子那么值钱,原来它可以生水。

那么金子又是拿啥造的呢?

土。

土又是拿啥造的呢?

火。

啊,土是火造的?

是。

那么火是啥造的呢?

这你还要问,去到灶膛看。

你是说木柴?那么老天爷厉害呢,还是佛厉害呢?

都厉害。

六月有些提不动水壶,但还是努力提起来了,双手颤颤巍巍的。爹就曲着身子,让他从头上往下浇。这时,六月就巴不得自己能够一下子长大,好把水壶提到足够高,让水高高地挂下来,像水帘洞那样挂下来。

　　五月觉得六月今天的目光怪怪的，糨子似的，老黏着她的脖子看。

　　穿戴一毕，爹端了盆里的脏水往茅厕里走。六月说，倒在院里算了。爹说，脏水咋能往院里倒？明天就是小年了，记住啊，从今天开始，任何脏水都不能往院里倒了，更不能在院里撒尿啊。六月问，为啥？爹说，因为一进入小年，这家就不是家了。六月问，为啥一进入小年，这家就不是家了？爹说，一进小年这家就成了诸神海会的地方。六月问，为啥一进小年家就成了诸神海会的地方？爹说，因为要过大年了。六月问，过大年就这么牛吗？爹说，那当然。六月问，是因为过大年才有诸神海会还是因为诸神海会才有大年？爹就回头看了六月一眼，想说个啥，却停住了。爹的一只脚已迈出大门，另一只脚正在往外迈，不想被这个问题卡住了。六月看到爹的目光就像裆下的那个门槛。

　　你这个问题问得好。

　　把另一只脚也迈出去。

　　你这个问题问得真是好。

　　六月说，那当然，我是谁。

　　你是我儿子。

爹说佛一天只吃一粒米，这是真的吗？

那是在修苦行的六年里。

六年时间每天只吃一粒米，他就不饿吗？

肯定饿，但他忍着。

他真能忍啊。

爹不是说一个人只有忍人所不能忍，才能行人所不能行，成人所不能成吗。

为啥只有忍人所不能忍，才能行人所不能行？

因为忍是心上一把刀。

这是爹的话，我在问你呢。

五月笑了一下，说，爹说如果韩信当年不忍就成不了大事。

还是爹的话，你就会热剩饭。

再问你一个问题，是因为你是我爹我才是你儿子呢，还是因为我是你儿子你才是我爹呢？

爹手里的澡盆就突然坐在门道，爹也跟着坐在门道。盆里的水扑淹扑淹，爹也扑淹扑淹。

六月绕到爹的面前看爹，爹的脸一半在哭，一半在笑。

可是，他为啥后来又要喝牧羊女的乳糜呢？

因为只有喝了牧羊女的乳糜才能悟道。

那他为啥早不喝呢，为啥一直要等到六年后呢？

爹说，这六年苦行把他心上的垢痂都洗干净了，只有把心上的垢痂洗干净才能悟道。

苦行咋能洗垢痂，苦行是水吗？

大概是吧。

他为啥偏偏要选腊月八这天喝牧羊女的乳糜呢？

大概是因为腊月八是小年吧。

那今天也是小年，我们能悟道吗？

爹说佛是腊月八这天坐在菩提树下悟道的，咱们到哪儿去找菩提树。

六月的眼仁就翻到迦毗罗卫国去了。

悟道很美吗？

肯定很美吧，要不他为啥放着国王不做，放着一国的漂亮女子不亲，放着一国的银钱不花，放着一国的好吃的不吃，放着一国的好喝的不喝，放着……而要翻墙逃走，去做苦行僧，去悟道。

那我们也去悟道啊。

五月的目光就蜂一样叮在六月脸上，好半天，你能做到一天只吃一粒米吗？

六月想了想，觉得是个难题。有没有既可以吃饱，又可以悟道的办法？

爹说脑满肠肥，肠肥脑满，当一个人吃得太好时，脑子就废了。

悟道后会非常聪明吗？

那肯定。

悟道后会长生不老吗？

那肯定。

再次回到院里时，觉得这院已不是平时的院了，六月能够看到诸神从四面八方涌来。抬头看天，天黑压压的，却又光明无比。低头看院子，院子里满是神仙的脚印。

你说，佛真会吃我们的供粥吗？

那肯定吧。

既然他能吃我们的供粥，说明佛还活着？

爹说佛一直不会死，佛就在我们每个人的心里。

那我们为啥还要来庙里供佛，我们把粥放在心里就好了。

粥能放在我们心里吗？咋放进去呢？

六月想了想，觉得又是一个大难题。

过了会儿，他又说，可是，我咋在心里看不到佛呢？

五月说，你能看到你的心吗？

六月指了一下自己的胸脯说，心不就在这里吗？

五月说，是在那里，但是你能看见吗？

六月使劲看了看，觉得既看见了，又没有看见。

既然你连你的心都看不见，咋能看见心里的佛？

六月的脑门就响了一下，那是对五月的佩服。对啊，只有先看见心，才能看见心里的佛。看来，得首先设法看见心。

你说这心的门该在哪里呢？

五月停下脚步,吃惊地看着六月,心咋会有门？

如果心没有门,佛是从哪里进去的？

回来,爹用清水冲了盆子,又往旺里捅了一下炉火,往炉上热了一大壶水,然后往脸盆里收六月换下来的脏衣裳。六月问爹,你说衣裳过腊八吗？爹把眼仁顶到额头盖上看了他一眼,你说呢？

我问你呢。

当然过啊。

那它明天也会到庙里去供佛吗？

当然啊。

这次你老人家上当了,它明明连脚都没有,咋能到庙里去供佛？

你就是它的脚啊。

六月没想到爹会这么回答他。是啊,衣裳虽然没有脚,但它却能把人当它的脚。

这么说,衣裳也有手,有嘴,有鼻子,有眼睛,有心？

六月这样说时,看见爹手里的衣裳依次有了手,有了嘴,有了眼睛,有了心,有了呼吸,有了面孔……六月一下子有些紧张,但又想,反正现在我已经沐浴过,爹说沐浴过的身体佛喜欢呢,既然佛喜欢,我还怕什么呢？

如果佛在我们的心里，那我们每个人都是一座庙？

五月觉得六月的这句话棒极了。假如爹的话是真的，那每个人真是一座庙啊，一座会走路的庙。

会走路的庙，六月觉得五月的这句话更棒。可是，四方一社的人为啥要到沟对面盖一座庙呢？

收完衣裳，爹又开始扫地，爹平时是不扫地的，都是娘和五月扫，但现在爹却突然扫起地来，这让六月既新奇又感动。六月想问爹为啥今天突然想起扫地，却又着迷于爹扫地的样子，就忘了要问的问题。爹扫地的样子真好看呢。六月看见，刚刚还在他和爹身上的垢痂，被爹手中的笤帚赶得跑呢。

你说庙里的神平时能看见我们吗？能知道我们干啥吗？能知道我们想啥吗？

那当然，因为神是千里眼顺风耳。

人为啥就没有千里眼顺风耳？

爹说人原来也有千里眼顺风耳，后来被老天爷收了。

老天爷为啥要收呢？

因为人学坏了，不可靠了。

人为啥要学坏呢？

因为——你说呢？

你说千里眼是不是爹说的一目了然？

大概是吧。

你说为啥人不能一目了然？

爹说人们用着两个目，就不能了然，只有佛能够一目了然。

看来，还是要修行，还是要悟道，假如能够对啥都一目了然，那该多过瘾啊。

爹说要一目了然，就得先做到《弟子规》，再做到《太上感应篇》，再做到《朱子家训》，然后还要背《孝经》《论语》，最后佛才能让你修成正果，否则，就等于在空中盖房子。

为啥？

因为只有做到这些，佛才放心你，佛不放心你，就不会让你一目了然。

为啥？

爹说一个一目了然的坏人比没有一目了然的人还可怕呢。

说到这里，六月觉得有了希望，因为他和五月已背会了《弟子规》，背会了《朱子家训》《太上感应篇》，背会了《孝经》，正在背《论语》呢。

等炉上的水噬噬响时，爹让六月到厨房叫娘和五月。六月问，叫我娘和姐干啥？爹说，沐浴啊。嘿嘿，明明是洗澡，还叫沐浴。

六月往厨房跑时，心里就映过一个娘和五月沐浴的场景。

六月的小身子里不由涌过一阵感动，没有缘由的感动，像娘把锅盖揭开，白面馒头从雾里露出来时的感动。

出村，对面沟岸上的庙哗地进入他们的眼睛，让五月六月觉得沟岸不再是沟岸，而是爹说的净土。庙门口已经有红旗飘舞。六月紧张地搜寻四面沟坡，终于没搜见人，心里才踏实下来。

今年本大人总算抢了个头粥。

房门夸张地响了一声，六月回头一看，关严了。六月能够听出来，这是五月关门的声音。接着听到娘和五月在房里说话。说个话还把门关住干啥。就轻手轻脚地过去，隔了门，六月听到水的声音。六月突然意识到，娘和五月要洗腊七了。嘿嘿，不就洗个腊七嘛，还把门关这么严干啥。

哼，还是我给炉子里生的火呢，还是我叫你们来沐浴的呢。当沐浴这个词跳出脑瓜盖时，面前的屋子一下子不同寻常了，面前的窗户一下子不同寻常了，六月能够感觉到这屋子、这窗户、这门正隐隐往外放射着七彩祥云。

还是爹说的沐浴好，洗澡不但让人觉得平常，不神气，还有些恶心。

沐浴，沐浴，木鱼，木鱼。

传来一种声音，像鸟翅膀一样的声音。

六月竖起耳朵，却是一阵沉默。

接着，那沉默就伸出一双胳膊，把他抱了起来。

谁想佛台上已经有人供了粥了。五月六月原以为他们是最早的呢，没想到有人还比他们早，心里就有些懊丧。

这些扫店猴真扇得早，六月嘟哝。

在庙里可不能起恶念，再说"见人之得，如己之得"呢。

六月的心里就惭愧了一下，也暗暗嫉妒着五月像爹一样把《太上感应篇》中的话巧妙地用到这里来，看来光背会还不顶事，还得会用。

六月没有来得及叫一声，就被爹抱到上房里了。

爹让他洗香盘，六月手在洗，心还在东厢房，他想象不出来娘和五月沐浴的场景该是什么样子，娘是否也按着五月的尾巴尖说，要把鸡鸡卧回去，要做一个好管家，把那一万万管得严严的。

啊，你已经洗香盘了啊。抬头，是改弟。改弟接着给爹说，太爷，我娘说你们的澡盆用完了吗？

六月抢先说，白云家借……

嗯——爹鼻腔重重地哼了一声。六月忙说，等一会儿，我娘和我姐正洗呢。

六月后悔刚才又犯了悭吝的毛病，但他心里确实不想给改弟家借，改弟家借所有的东西都可以，唯独澡盆他有些舍不得，为啥呢？

六月这才发现，他昨晚之所以不愿意给改弟借澡盆，是怕她洗得比自己更干净，六月后悔自己不该这么小气的。

改弟的脖子今天该是个啥样儿呢？又后悔走时没有叫上改弟，五月本来是要叫改弟的，他说那样又得好一会儿工夫，会耽误了抢头粥的，再说也会把粥放凉的，爹说这粥最好要趁热供，凉了会把佛肚子吃坏的。为此爹专门买了一个带盖的新瓦盆，在里面放了三块炭，把粥碗放在炭中间。

要是叫上改弟就好了。

六月突然记起刚才的那个预谋，侧脸看五月，五月刚把手里的蜡烛点燃，六月就看见心中的那个预谋变成一尊佛，在烛光中向他微笑。

接着，佛的目光落在五月的脖子上，一挥笔就打了一个二百分。

今天佛真是开心死了，五月一个人的脖子都让他这么喜欢，待会全村的脖子到来，还不把他老人家给喜欢炸。

六月没办法想象那个喜欢。

六月非常想做佛。

灶前是一个小炕桌，炕桌上是一簸箕豌豆，娘让他和爹拣豌豆。六月说，拣豌豆是女人的事啊。娘说，熬腊八粥的豌豆要沐浴完才能拣呢，反正你爷儿俩现在闲着，还不如做点功德。

六月和爹就坐在小凳子上拣。

爹告诉他,熬腊八粥的豌豆要挑最圆的最饱的最好看的,破的秕的形象不好看的,都不能要。说着,给他做拣的示范,先是一排一排,后是一个一个。

六月没有想到,腊八粥还这么路数多。也就随了爹去拣。拣着拣着,心就哗地一下开了,六月发现,这猛一看差不多的豆子,其实是千姿百态的,六月觉得自己一下子进入了另一个世界。

上香。磕头。

当额头挨到地面上的时候,六月的心里爽了一下。

六月哈哈大笑。

六月觉得他悟道了。

大　年

　　爹挑水回来,五月和六月已经把炉子生着,把茶罐架上了。爹笑着在他们两人的头上抚了一下。五月说,今年早点写,争取到中午写完。六月说,中午晚了。五月说,对,中午以前。爹说,那你们就赶快准备纸墨。五月和六月齐声说了一句戏词"高台已筑就,单等东南风"。惹得爹笑起来。

　　爹看了一眼后炕,他们果然已经把要准备的都准备好了。炕桌上放着碟子,碟子里倒了墨汁,墨汁里泡着毛笔,大红纸也裁好了。

　　爹说,五月和六月到底是长大了,今年的对子就你们写吧。五月搓搓手,笑笑,六月挠挠耳朵,笑笑。爹说,那样的话,爹就单等着过年了。五月说,如果对联能拿钢笔写,我就给咱们写。爹说,为啥不学毛笔? 我像你们这么大时,都拿毛笔给人写状子了。五月说,那时没有钢笔嘛。爹说,也有,可是你爷爷不让用,老师也不让用。六月说,那么现在呢,现在老师咋让用? 爹说,现在的人都图个快么。

　　爹见五月和六月站在地上不停地搓手,就让他们先到炕上暖着。可是五月和六月都说不冻。说着,五月给炉子里添了一块木炭。六月歪了头噘着嘴从炉眼里往进吹气,吹得木炭叭叭响。就按你们的意思,今年我们过个早年。爹脱鞋上炕。五月说,可是你还没有喝茶呢。爹说,等开了再喝。六月就呼地一下跳到炕上,压了纸的天头,等爹开写。

爹提笔想对联。五月说,天增岁月人增寿,春满乾坤福满门。爹欣赏地看了五月一眼,开写。五月和六月跟着毛笔念:天,增,岁,月,人,增,寿。几乎在爹毛笔离纸的同时,五月已经把对联接过,顺墙放到地上。

从五月能记事起,全村的对联都是爹写,年三十写一整天,直写到天麻麻黑,还写不完。别人家都在吃年饭了,他们才忙着贴对联,请"三代"(家神牌位)。今年他们决定早早地动手,争取过个早年。

五月接过"春满乾坤福满门"往地上放时,六月抢先说,向阳门第春常在,积善之家庆有余。爹高兴地说,六月出息了,去年写的对联,今年还记着,上学肯定是个好学生。五月说,六月还记下哪一句?六月想了想说,还有"三阳开泰从地起"。五月问,下一句呢?六月咬了嘴唇想,没有想起来。是个啥呢?刚才还记着呢。五月说,算了吧,刚才还记着呢,咋就这时记不起来了。六月说,就是么,刚才还记着呢,都怪腊月八吃了糊心饭。五月说,那是迷信,咱们都吃了,可是我咋记着呢?六月说,那你说是啥?"五福临门自天来",五月拨算盘珠子似的飞快地说。可是六月还是从"自天来"跟上了。

这时，爹哎哟了一声，提了笔看着对联。五月就知道爹把字写错了。看时，爹果然把"在"写成了"来"。五月念了一遍"向阳门第春常来"，说，可以的。爹没有肯定，也没有反对。又看了一会儿，说，通是通，可是别扭。五月说，只要通了就行。爹说，不行，别人看了要笑话的，尤其是你舅舅。五月说，我舅舅说今年不来，堆堆要来呢。说着，拿了对联去地上放了。爹说，堆堆也识字呢。六月说，要不重写吧。爹说，那不白白地把一绺纸浪费了。六月说，要不等一会儿给别人家。爹说，那不行，咋能把一个错对联给别人家呢，六月你这点不好。说着，写下"积"字。六月说，那就给瓜子家，反正他家没人去。不想爹陡地停了笔，定了神看六月。五月知道爹生气了，忙说，马上就要过年了。

五月的提醒见了效，爹把刚才端得很硬的架子放下来，一边写"善"字，一边给六月说，正因为是瓜子家，就更不能给他们，知道吗？五月和六月不知道，却屈从地点了点头。爹说，只有小人才欺负瓜子，知道吗？五月和六月又点了点头。五月说，六月年一过就长大了。爹说，我说的小人，不是没长大的人，而是那种品德不好的人，有些人即使活到一百岁，还是小人，知道吗？

五月看见六月的脸色一时转不过来，就接着刚才的话题说，堆堆肯定不看，堆堆只爱要枪。五月说这话时，爹的笔落在

"家"字上。爹好像没有听到五月说的话，而在端详那几个字，在里面寻找什么似的。五月和六月突然觉得这对联不单单是对联，就不再多说话，只是默默地配合着爹，爹写完一个字，六月把纸往前拽一下，写完一个字，把纸往前拽一下。写最后一个字时，五月已经右手把天头拿在手里，左手等着地角了。

茶开了。五月迅速提起茶罐，悄悄地倒在茶杯里。她想等再开一罐，倒在一起再叫爹喝。可是爹却像长着后眼似的，把手伸到后面来。五月就把一块馍馍塞在爹手里，可是爹长时间地不肯接受。五月无奈，只好把茶杯给爹。爹接过茶杯，手里的毛笔果然就停下来。爹放下毛笔，直起腰喝了一口。爹的茶罐很小，一罐茶完全可以一口喝完，可是爹却把它喝成了猴年马月，好像端在手里的不是一杯茶，而是长江黄河。五月和六月就急得抓耳挠腮。

六月睁开眼睛，眼前没有爹，当然也就没有长江、黄河，当然也就没有抓耳挠腮的五月和他，只有一片漆黑。六月的心里就轻松了一下，但轻松过后又是着急，日子仍然像老牛车一样磨蹭着。六月把胳膊从被窝里伸出来，展在空中，十个指头掐来掐去。

干爹，起来了吗？是葵生的声音。他们已经来了！六月急得差点要尿裤子了。葵生一来，地生就会来，地生一来，金生肯定跟着，金生之后还有德全、德成、回缠……而他们一来，爹就会放下自家的给他们写,等给他们写完,天就黑了。

爹果然放下自家的,给葵生写。葵生把裁好的对联往炕桌上一放,让五月和六月压着,他自己则坐在茶炉旁吹火喝茶。把人忙的,连喝口茶的时间都没有。说着,一连往炉子里添了三块木炭,噗噗噗几下把火吹旺。

爹让六月去厨房看馍馍熟了没有,给葵生端些。

六月到厨房里,娘正把锅盖揭开,一锅的白面馒头气腾腾地冲他笑。六月的口水都要下来了。伸手拿时,被娘挡住。娘说,灶爷前还没有献呢,大门上还没有泼散呢。说着,给碟子里抓了三个,放在锅后面。六月说,灶爷还没有贴上呢。娘说,贴不贴心里要有呢。六月想,灶爷本来是一张纸么,怎么能在心里有呢。接着,娘拿起一个馒头掐了几小块,让六月去大门上泼散。六月问,为啥要到大门上去泼散?娘说,过年时有许多无家可归的游魂野鬼会凑到村里来,怪可怜的,就给他们散一些,毕竟在过年嘛。六月的眼前就出现了五花八门的游魂野鬼,队伍一样排在大门口。

六月把手里的馍馍又往小里分了一下,反手向门两边扔去,然后迅速跑回厨房。娘正把馒头往簸箕里拾。六月向娘脸上看了一下,娘就拿了一个小些的给六月。六月掌在手里看着,一时不忍心下口,直到口水把嘴皮打湿。娘说,你咋不吃,一年到头了。六月说,一年到头了,你也吃一个吧。娘说,我的肚子里现在全是馒头气。娘又问,五月呢?六月才记起自己是爹差来端馒头的,就压低声音给娘说,葵生来了。娘问,领改娃着吗?六月说,没有。娘就拾了几个馒头让六月端过去。六月想不通娘为啥和爹一样开舍,就说,等下一锅吧,下一锅黑面的出来再端吧。娘说,要端就端白面的么,过年呢,咋能给人家端黑面的呢?

为啥一定要等到腊月三十才过年呢?腊月初十不是很好吗?或者腊月十一也行。如果腊月初十过年,那么今天就是腊月三十了。如果今天是腊月三十,哈哈,那该多好啊,叭叭叭,先美美地放几个炮再说。

六月想说话,但爹和娘都在鼾声里。

葵生到厨房,给娘说,干娘,年做好了么?娘说,好了。葵生揭起上衣下摆,捉虱子似的从腰里掏出五角钱给娘,我提前来把你看一下,初一我就不来了,我和别人走不到一块。娘推让着,不拿那五角钱。葵生就生气了,干娘你不拿这五角钱,就是看不起干儿。如果你看得起干儿,就拿上,现在干儿没有多的,等将来干儿日子过好了……娘说,好着呢,一家人只要平平安安、吉吉利利,就是好,就是福,这五角钱你拿回去,就当我给改娃的,让他上学买本子吧。葵生说,本子有呢,上次他干爷爷送的还没用完呢。最后葵生竟然无礼到自己动手揭起娘的上衣襟子,把那五角钱装在娘的棉袄口袋里。

六月再看娘时,娘已经伸手抹眼泪了。不知为何,六月的眼睛也潮起来。六月过去拉了娘的手。葵生说,等年过完,我来接干娘到我那里去浪。娘说,你知道,这家里离不开人,闲了我自己会去的。说着放开六月,往碟子里抓了三个白面馒头、三个黑面馒头,让葵生端回去。可是葵生却无论如何不拿。娘说,我这不是给你的,是给你媳妇和改娃的。最后,葵生从头上摘下破暖帽,拿出帽里子,往里面放了一个白面的、一个黑面的,一拧,提在手里。娘拿起另外四个,坚持让葵生装上,可是葵生却无论如何不装了。

过了初十,十一就不远了。过了十一,十二就不远了。过了十二,十三就不远了。过了十三,十四就不远了。过了十四,十五就不远了。十五一过,前半个腊月就过了。前半个腊月一过,就还剩后半个腊月了,后半个腊月等起来就容易多了。

人越来越多,屋里坐不下了,就蹲在房台子上。爹让五月把旱烟放到院里,把火炉也端到院里。今天没有工夫招呼你们啊。大家说,你把毛笔招呼好就行。德全说,五爷把年写红了。爹就笑。德成说,五爷你也到过手的时候了,不然,你这一百年(过世),谁还能提得起笔啊。爹说,村里的大学生多着呢。大家说,现在的大学生,哪个能往红纸上写字。爹就写得更加起劲,好像大家的好日子就在他的笔头上,点金是金,点银是银。

写成的对联房地上放不下了，房墙上挂不下了，五月就放到院里。不多时，就是一院的红。五月能够感觉到，满院的春和福像刚开的锅一样热气腾腾，像白面馒头一样在霭霭雾气里时隐时现。大家看着满院红彤彤的对联抽烟，说笑，五月和六月幸福得简直要爆炸了。

常生等了一会儿，院里的对联迟迟不干，就拿了对联到炉子上烤。大家就笑，你这么急，咋还没有把孙子抱上。常生说，我给你们腾地方呢。大家说，怕是急着回去给媳妇烧锅呢。常生说，烧锅咋了？烧锅又不犯法。常生烤好一对，折了，烤好一对，折了。一边说，趁太阳好，赶快贴上，不然天一冷，糨子还没有抹到墙上就冻住了。

经他这么一说，有人也跟了烤。院里十分整齐的对联就显出参差来，让五月和六月觉得可惜不说，心里更加急起来。五月和六月心里的急传到手上，给爹按着对联天头的六月明显用了劲，让爹不得不加快速度，否则那字就要身首两处。而五月往往还等不到爹把最后一个笔画写完就把对联从爹手里夺走。

十五一过，就是十六了。十六一过，就是十七了。十七一过，就是十八了。十八一过，就是十九了。十九一过，就是二十了。二十一过，就还剩少半个腊月了。剩下少半个腊月就离年只有十个指头了，十个指头掐起来就快了。二十一，二十二，二十三，二十四，二十五，二十六，二十七，二十八，二十九，哈哈，大年三十到了。本大人先放一个炮再说，叭叭叭，叭叭叭。

人们陆续把对联拿走，家里渐渐安静下来。爹放下笔，坐在炕头抽烟，抽得十分狠，就像是一头渴急了的牛一猛子扎进泉里喝水。抽了一会儿，爹问，谁家的对联还没有写？五月掐着指头算了算，说，全写完了。爹说，现在干啥呢？五月说，别人家的都贴好了。五月说这话时，六月跑到院里把火炉抱进屋内，又添了几块炭，埋了头拼命吹火，屁股一撅一撅的，不一会儿就吹开了一罐茶。

五月往茶罐里添水时，爹说，行了，有一杯行了，叫你娘在小锅里弄些面来，把糨子打上。六月哎了一声，一丈子跳到门外，很快端来一口小锅。

五月打糨子时，六月已经拿了老刃子站在凳子上刮门上的旧对联。六月刮得十分卖力，小身子一屈一伸，有种披荆斩棘的豪迈气概。

五月把糨子打成，六月已经把几个门框刮完，把炕桌放在地上，把对联翻过放在炕桌上，手里执着一个老笤帚，不停地捯着步子，准备随时出击的样子。

五月把锅端到地上，看了一眼六月，哈的一声笑起来，六月的头上脸上全是灰尘。五月突然止了笑，抱了六月的头噗噗地吹，把六月吹成一个炸弹。

硝烟尚未散尽，六月已经把老笤帚伸进锅里，蘸了糨子往对联上抹。五月找了新笤帚，夹在胳膊下，两手提了抹好糨子的对联到大门上。

爹见状，把一摞对联搭在肩上，端了锅提了炕桌跟了出去。

对联讲究要从大门开始向里贴。爹从五月手里接过"天增岁月人增寿"和新笤帚，左手拿了"天"，按在门框上边，右手里的笤帚搭在"增"字上往下一扫，"天增岁月人增寿"就乖乖地趴在门框上。五月一下子觉得右边的这个门框有意思起来。接着，爹又把"春满乾坤福满门"贴在左边的门框上。

整个门洞哗地一下红了起来。五月看了看爹的脸，爹的脸红彤彤的；看六月的脸，六月的脸也是红彤彤的。五月想，这也许就是年的颜色吧。

无边无际的炮声中，六月的嘴里长出了一棵树，嗖嗖嗖，嗖嗖嗖，几下就蹿到天上去了。

贴好对联，爹让五月和六月帮娘抬一桶水，他收拾供桌。

五月和六月把水抬来，爹让他们赶快洗脸准备上坟。

五月和六月就倒了盆水在院里洗。五月和六月比任何一天都洗得认真，一副陈年旧账一起算的架势，一副不从脸上揭下一层皮绝不罢休的架势。六月甚至连脖子都洗了。平时六月洗脸总是洗个脸面子。

洗完脸,六月问,现在可以穿新衣裳了吗?五月想了想说,可以把上身穿上,裤子穿上磕头时就跪脏了。

五月本来还要说一句什么话,却被一声炮响炸断了。六月喊,爹快点,别人都到坟上了。说着,一跃到上房里,帮爹收拾好纸钱香表、奠酒奠茶。

出门时,山上已经布满了人。大大小小的炮在山上开花,庄稼一样。五月说,快点走,不然太爷叫三爷爷家请去了。

五月说这话时,六月已经掏出一个炮拿在手里端详,五月说的什么,他根本没有听见。

坟院到了。爹在爷爷的脚下跪了,五月和六月跟着跪了。太阳懒洋洋地照着,让坟院有一种特别的温暖,既像家,又像梦。有风,爹把上衣襟子揭起,在里面擦着火,捧在手里。五月把一页黄表折成条状,接了火,再把纸钱点燃。

六月急着点燃一根香去放炮,五月喊了一声,六月,头还没有磕呢。可是六月不理她。而爹也没有让六月回来磕头的意思,任由六月去放炮。

在爹和五月磕头的时候,六月把炮点响了。六月高兴得就像一个响了的炮。五月看了看爹,爹也很高兴。五月想,六月没有向爷爷磕头,爹怎么不呵责,反而如此开心?

六月的肚子饿了，但他已经合不上嘴。

树还在长，咯巴咯巴的。

　　回来，娘已经把上房打扫干净了。爹站在地桌装备成的大供桌前点香行礼。五月和六月跟在后面。大红纸"三代"坐在桌子后边的正中央，前面的红木香炉里已经燃了木香，木香挑着米粒那么大的一星暗红，暗红上面浮着一缕青烟，袅袅娜娜的，宛若从天上挂下来的一条小溪。左右两边的红木香筒里插满了木香，像是两个黑喇叭花，又像是两支就要出发的队伍。香炉前面已经摆好了献饭，献饭当然是最好吃的东西做的，是五月和六月平时望想不到的。但是现在，五月和六月却一点没有生出馋来。献饭左前是一叠纸钱，右前是一个蜡台，上面已经插了蜂蜡。黄黄的蜂蜡顶着一朵狗尾巴花一样的火苗，让五月觉得爷爷如果不在那缕香烟上，就在这烛火苗上。

　　点完香，二人竟不知道接下来要干什么，就从厢房到上房，从上房到厢房地跑。天色暗了下来，院里像是泊着一层水，新衣裳发出的光在院里留下一道道弧线，就像鱼从水里划过，五月能够听到鱼从水里划过时哗哗的响声。六月跟在五月身后跑着，有点莫名其妙。但他没有理由不这样做，他想五月之所以要这么跑，肯定有她的道理。

　　五月在上房停下来，六月也在上房停下来，影子一样。坐在炕头上抽烟的爹微笑着看了他们一眼，没有说话，只是看了他们一眼，一脸的年。桌子上的蜂蜡轻轻地响着，像是谁在小声地咳嗽；炕头的炉火哗哗飙着，映红了爹的脸膛……

那个美啊！

娘喊五月端饭。五月哎地应了一声，跑出屋去；六月噢地叫了一声，飞出屋去。娘正把筷子伸到锅里往出捞长面。五月和六月的目光跟着娘手里的筷子划出水面，上，上，上，然后落在碗里，前折一下，后折一下，再前折一下，最后由臊子苫面。五月问娘，现在可以端了吗？娘说，先去泼散吧。五月这才看见娘早已把散饭舀好了。

六月说，我去。话音未落，已端了碗飞到大门口把散饭泼出去。大概泼出去的散饭还没有落地，人已经站到厨房地下。声音先进去，现在可以端了吧？娘说，先去献了。六月又端了一碗在供桌上献了。

下一碗五月端给爹。爹说，等你娘来了一块儿吃。五月六月就到厨房去叫娘。娘说，我正忙呢，你们先吃吧。六月一把拽了娘的后襟子，把娘拽到上房里。娘说，我刚才把些馍馍渣子吃了。爹说，年三十么，一块吃吧。爹说这话时，五月端了一碗饭给娘，娘不好意思地接过，看了看，给爹说，我给你拨一些吧，我吃不完这些。爹说，你就吃吧。五月和六月跟上说，你就吃吧。说着，一人端起一碗长面，预备赛跑似的等爹和娘动筷子。

只听嗵的一声，树就穿进天里去了。

树梢上传来一阵炮响。哎呀，天那边已经开始过年了。爹呢？娘呢？五月呢？回头一看，身后一个人都没有。还有哥，不是早就说过今年要回来过年吗？咋一个人都找不见呢？他们莫非要存心扔下本大人不成？他们莫非在背着本大人分年不成？

吃完饭，爹开始分年。当爹把炕柜上锁着糖果的抽屉拉开的时候，五月和六月的眼睛同时变成探照灯。爹手里的糖纸被点燃，叭叭地响着，包在其中的水果糖开始融化，刹那间整个屋子就被糖的味道充满。爹开始分类，把核桃归到核桃里，把枣归到枣里，把水果糖归到水果糖里。然后凝神计算。五月和六月就觉得爹的眉头上有一个仓库。等明年一定给你们每人一百个。爹说着，把糖果分成七堆。其中三堆少四堆多。六月知道，多的四堆，两堆是他和五月的，两堆是哥和大姐的。大姐正月初三会来，哥虽然今年在天水过年，但娘说等嫂子生娃娃时会回来。假如等哥回来，糖化了该咋办？六月问。糖又不是冰，咋会化？五月说。假如等哥回来，枣子生虫了该咋办？六月问。怕是你的心里生虫了，五月说。经五月这么一说，六月觉得他的心里真有一个虫，忙一笤帚把它扫去了。

少的三堆，一堆是三代宗亲的，一堆是娘的，一堆是爹的。五月先把三代宗亲的献了，然后把娘的拿到厨房里。六月跟着。娘说，我就不要了，你和六月分了吧。五月说，一年到头了，你就吃一个吧。六月说，对，一年到头了，你就吃一个吧。说着，五月给娘剥了一个水果糖，硬往嘴里喂。娘躲着，我又不是没吃过。六月抹了一下口水说，娘，你就吃一个吧。娘看了六月一眼，就张开嘴接受了五月手里的那枚水果糖。六月的心里一喜，口水终于流了下来。娘看见，弯下腰去给六月擦。一边擦着，一边把嘴里的水果糖咬成两半，一半给五月，一半给六月。五月和六月不接受。娘说，娘吃糖牙疼呢，再说，我已经噙了半天了，都已经甜到心上去了。可是五月和六月还是不要。

这时，爹喊五月。五月一边答应着，一边揭起娘的上衣下摆，把糖果装给娘，然后跑出厨房。

六月就按了一下翅膀的气门，倏地一下飞起来，一直飞到树顶。不想却从树根处传来一串炮声。哎呀，本大人刚离开，地上的人们就开始过年了。六月回头，看见爹果然在分年，爹的面前是一个大年场，山一样堆满了各种年货。

今年爹给五月和六月每人分了三十个糖果，分别是十枚枣、十颗水果糖、十个核桃。五月和六月翻来覆去地数着，从未有过地感觉到数数的美好。他们本来已经把糖果装进兜里，可是等上那么一会会，又掏出来数。如此反复了差不多一百遍。他们只有在这样不停地数着时才感到心里踏实，才觉得这些糖果是真实的,就像它们随时可能趁他们不注意飞走似的。

突然,五月发现爹看着她,脸一下子红起来。给你留的太少了,明天拜年时不够散,五月不知自己为啥要说这句话。爹说,差不多了。六月说,永生媳妇又生了一个,明天永生肯定会抱上他来挣核桃的。五月说,还有德全媳妇,也生了一个。爹说,这不要紧,生的生着,老的老着,添一个小的,就去一个老的,总数不变。爹的话让五月的心里开了一个窍,大大减轻了她心里的负担。看来谁家娃娃多谁家就占便宜,六月说,让娘给咱们多多地生些。五月说,就是,娘总是给别人接生,自己却攒着。爹就笑起来,笑得像核桃一样。

六月接着说,我们明天一早就去拜年,不然一迟,有些人家都散完了。五月说,那不太丢人了。六月说,那有啥丢人的。爹说,看来五月已经出息了,六月你要跟着你姐学。拜年是要早些,但不要一心想着挣核桃,那样即使挣来的核桃也是坏瓢子。六月想,核桃就是个核桃么,怎么是个坏瓢子呢?五月说,明年过年时专门买些小核桃,这样就够散了。六月说,把糖也买成小的,最好买成豆豆糖。豆豆糖咋能给人散?五月笑笑说,关键是爹的辈分太大了,一庄的人都要来给爹拜年。说着,掏出一个糖,剥了纸,给爹。五月把糖给爹时有些舍不得,这样自己就只剩下八颗了,就比六月少一颗了。年还没有过呢,就只剩八颗糖。不想爹却说他不爱吃糖。五月的心里就出了一口气。六月说,那就吃个核桃吧,说着要给爹砸核桃。爹说他也不爱吃核桃。五月说，那就吃个枣子吧。五月想，是给爹呢又不是别人，怎么能有舍不得的想法呢？这样想时，五月从自己兜里往出掏枣子时就不那么吝啬了。五月很大方地把枣子给爹，可爹照样说他不爱吃枣子。

五月无法把属于自己的糖果散给爹，就到院里拿了几块木炭，放在炉子里，给爹炖茶。到厨房里舀水时，五月问娘，家里还有白糖吗？娘问，要白糖干啥？五月说，用一点。娘犹豫了一下，大概想正是年三十，终于决定取给五月。可是五月突然改变了主意，复又到上房里拿了爹的茶罐，用勺子往茶罐里舀了两勺子糖，然后把糖袋还给娘。娘才知道五月是什么意思，心里生出许多感动来。五月想，这次爹再也推辞不掉了，等他知道，糖已经化在水里了。

给爹炖好茶，五月和六月每人剥了一颗水果糖，含在嘴里，到当院站下。五月问六月，甜吗？六月说，甜。五月问，在哪里甜？六月说，在嘴里甜。六月问，你在哪里甜？五月说，我在心尖尖上甜。六月问，怎么个甜？五月说，像糖一样甜。五月问，你怎么个甜？六月说，我就像过年一样甜。

六月就沿着树往回溜，却发现天的门已经关上了。

六月同志，你就不用回去了，留在我们这里过年吧。黑白无常非常友好地说。六月想了想，觉得也行。

黑白无常噗地吹了一口气，天就暗了下来，暗得让六月有些害怕。又是一口气，那暗里就透出点点灯光。接着那灯光又哗地一下开成了花。

那花开得呀，就像是无边无际的福。

夜色落下来时，一家人坐在炕上给灯笼贴窗花。五月要贴"喜鹊戏梅""五谷丰登"和"百鸟朝凤"。可是六月不喜欢，六月挑的全是猫狗兔。五月说，猫狗兔有啥看头呢。六月说，我就觉着猫狗兔心疼。爹说，把你们二人挑的各样贴一些。说着，六月已经把挑好的猫狗兔贴在爹裁好的白纸上，然后再把白纸往灯笼上贴，不想给贴反了。爹说，贴窗花的那面应该在里面。六月说，在里面人咋能看得见？爹说，灯一打就看见了。六月说，灯咋这么能。五月说，灯就是光明么。

把油灯放在里面，灯笼一下子变成一个家。坐在里面的油灯像是家里的一个什么人，没有它在里面时，灯笼是死的，它一到里面，灯笼就活了。五月和六月把灯笼挂到院里的铁丝上，仰了头定定地看。灯光一打，喜鹊就真在梅上叫起来，把五月的心都叫碎了。而猫狗兔则像是刚刚睡醒，要往六月怀里扑。

一丝风吹过来，灯花晃了起来。就在五月和六月着急时，灯花又稳了下来，像是谁在暗中扶了一把。就有许多感动从五月和六月的心里升起。在灯笼蛋黄色的光晕里，五月发现·整个院子也活了起来，有一种淡淡的娘的味道。

五月和六月在院里东看看，西看看，每个窗格里都贴着窗花，每个门上都贴着门神，门神顶头粘着折成三角形的黄表，爹说门画没有贴黄表之前是一张画，贴上黄表就是神了。

现在，每个门上都贴着门神，让五月觉得满院都是神的眼睛在看着她，随便一伸手就能抓到一大把。

这位官人，请用天官所赐年糕。一位比嫦娥还要漂亮一百倍的仙女，端着一大盘仙桃一样的年糕，另一位比嫦娥还要漂亮一千倍的仙女，举着一樽琼浆玉液。六月拿了一块年糕，往嘴里一送，却被一棵大树挡住。

这个简单，拔掉不就行了。说着黑白无常抱住六月嘴里的树，憋了气拔起来。

谁想那树却纹丝不动。

黑白无常就去找天官大人。

天官大人过来一看，把牙都笑掉了，这分明是人家六月的门牙，你们为啥要拔掉啊。

五月叫六月去外面。家家门上都是"天增岁月人增寿，春满乾坤福满门"，家家门墙上都是"出门见喜"，"出门见喜"的下边钉着一个用红纸折的香炉儿，里面插着木香。

五月和六月挨着家门看了一遍，最后在村头的一个麦场里停下来。五月似乎有些累,一屁股坐在场墙上。六月说,把裤子弄脏了。五月像触了电似的站起来。可是五月的腿有些软,就往起提了提裤管蹲在场墙上。六月见五月蹲了,也蹲了。六月不知道五月蹲在这里干啥,却不好意思问,他想五月蹲在这里肯定有她的理由。

五月说,多美啊。

六月才知道五月蹲在这里是为了看美。六月把眼睛睁成铜锣,也没看出什么美来,可是他不得不随着五月说,真美啊。

不想一说话,嘴里的水果糖掉了。六月腾地一下跳到地上寻起来。五月问,咋了?六月打着哭腔说,我的糖掉了。五月说,你是七十(岁)了还是八十了,咋就敞门子着呢?六月说,都怪你,我说了这么多话它都没有出来,就一说"美啊"它就出来了。

六月在地上摸了半天,终于把糖摸到手,可是糖上面已经沾了土。他在手背上擦了擦,然后放进嘴里,皱着眉头嗍了一口,吐出来,把唾沫吐掉,再嗍,再吐,不几下,那土味就可以忍受了。复又嘬了。

这时,五月说,我们回家吧,到坐夜的时候了。六月说,回就回吧。

到了巷口,五月突然站住。六月问,咋了?五月说,你看。六月顺着五月的手指看去,就看到了小巷的腰身处有两排红米，一直红到小巷的尽头，像是两排悄悄睁着的眼睛，像是谁身上的两排纽扣，又像是两列伏在暗处的队伍。

那是巷里人家插在大门墙上的香头。

六月就觉得这巷道不再是一个巷道，而是另一个世界。

六月问黑白无常，玉皇大帝在哪里？

请问大人问玉皇大帝作甚？

告状。

请问大人状告何人？

年。

告年，为啥要告年？

因为它把我的牙等长了；不但把我的牙等长了，而且等成了一棵树；不但等成了一棵树，而且撑破了天；不但撑破了天，而且天上已经过大年了，天门都关了，都要开始守夜了。

一家人坐在上房里，静静地守夜。

守着守着，五月就听到了蜡烛燃烧的声音，越来越大，越来越大，最后就像糜地里赶雀的人甩麻鞭一样，叭叭叭的。

守着守着，六月就听到了自己的心跳，越来越大，越来越大，最后就像是上九社火队的鼓声一样，咚咚咚的。

守着守着，五月就看到了爷爷和奶奶，爷爷和奶奶也在守夜，静得就像是两本经书。

守着守着，六月就看到了太爷和太太，太爷和太太也在守夜，静得就像是两幅年画。

守着守着，五月就觉得时间像糖一样在一点一点融化。

守着守着，六月就觉得时间像雪一样在一片一片降落。

守着守着，五月就觉得那化了的糖水一层一层漫上来，先盖过她的脚面，再淹过她的膝盖，现在都快到她的腰了。

守着守着，六月就看见一个穿着大红衣裳的女子款款从雪上走过，留下一串香喷喷的脚印。

守着守着，五月就发现那糖快要化完了，心里不由得紧张起来。

守着守着，六月就看见那女子就要走出他的视线了，心里不由得惆怅起来。

带五月和六月走出紧张和惆怅的是一声惊天动地的炮声，五月六月知道，那是地生用差不多一腊月时间制造出的土炮发出的声音。

你说人们为啥要守夜？六月问爹。

刚才你们没有体会到？

我就是想考一下你老人家，看你能说对路吗。

哈哈，这个考题出得好，守夜守夜，顾名思义，就知道为啥要守夜。

啥叫顾名思义？

就是从名称知道这个词的含义。

那就是守着夜嘛,我是问,夜为啥要守呢?咋不守白天,偏偏要守夜呢。

因为一夜连双岁,五更分两年。五月说。

谁不知道一夜连双岁,五更分两年,我是问,为啥要守夜?

爹说,六月的意思我明白,你看那个"守"字咋写?

五月和六月就在炕桌上用手比画。

爹说,你看这"宝盖"下面一个"寸"字,就是让你静静地待在家里,一寸一寸地感觉时间。

一寸一寸地感觉时间,这正是他们刚才的感觉,不想被爹说出来了,而且是借"守"这个字。"守"这个字一定是造字先生在腊月三十晚上造出来的。六月想。

其实爹的老师讲,这个"寸"字代表法度,意思是做官要守规矩,但是在爹看来,最大的规矩就是光阴,如果一个人懂得了光阴,他就不会犯法了。

五月和六月有些听不懂,但他们特别赞同"静静地待在家里,一寸一寸地感觉时间"这个解释。他们觉得这造字先生真是不简单,难怪爹说他造字时都要天地震动,鬼哭狼嚎呢。

如果大人真告了它,玉帝就会把它关起来。

六月想,这倒是个问题,如果人间没有大年,还是人间吗?

得饶人处且饶人,还是放过它吧,六月说,但是你要告诉它,如果再把本大人的牙等长,那本大人就不客气了。

明白大人! 我们天上天天都在过年,你这么喜欢过年,为啥不留在天上?

莫非你们天人连"出必告,反必面"的道理都不懂? 即使留在天上过年,本大人也得先回去禀报爹娘一声。

太爷我给你拜年。改弟一进门就跪在地上给爹磕了一个头。改弟平时总和五月六月在一起,天天见爹,今天一来就给爹磕头,让人觉得可笑的。可是改弟磕得十分庄严。改弟给爹磕了头,又去厨房给娘磕。爹把糖果拿在手里,喊改弟,可是改弟却像没听见似的。改弟肯定听见着呢,五月想,改弟真是志气。改弟家比她家还穷,平时上山铲草时,她总是偷偷地给改弟拿一个馍馍,可是好多次都给不到改弟手里。

改弟给娘磕了头。娘掏出糖果给改弟,不想改弟却一死不要。娘就掰开改弟的手把一个核桃一个糖硬塞给改弟。六月想,自己怎么没有想起来给娘磕头呢,或者去给改弟娘磕头?

出乎五月和六月意料的是改弟竟然要给他们磕头。

蕈爷,我给你拜年。改弟都把一个头磕在地上了,六月才回过神来。六月一把把改弟抱起,说,你咋胡来呢。改弟说,你是大辈么。

爹要给改弟糖果。改弟说,我太太给过了。爹说,你太太是你太太的,我是我的。可是改弟却再也不肯伸出手。

爹问改弟，你爹干啥着呢？改弟说，睡觉着呢。爹说，大年三十咋能睡觉呢，你去告诉他，叫他起来糊灯笼。说着，让五月和六月拿了些窗花过去。

六月回到人间，发现日子还在腊月初十停着，身边仍然是爹和娘的鼾声。

就把手伸到席下面，抽掉一个纸条，初十总算过去了。六月把指头压在十一上，开始了新一轮计算。既然今早已经是初十，那么就已经不算一天了。不算一天，当然可以抽掉它了，抽掉它席下面的纸条就少一张了，少一张隔着年的时间就薄一层了。

五月和六月到了改弟家，同样趴在地上要给改弟爹磕头。改弟爹惊得一骨碌从炕上滚下来，一手提起五月，一手提起六月。你们咋胡来呢，这不是让我造罪么，哪有大辈给小辈磕头的呢。五月和六月才知道还有这一说。可是他们每年都给小乔老师磕头，如果按辈分，小乔老师是他们的孙子，可是爹不但没有阻止他们，反而每年让哥带了他们去拜年。

五月掏出兜里的窗花说，我爹让你起来糊灯笼哩。改弟爹说，他老人家还有心思糊灯笼？要啥没啥的，还糊个啥灯笼。

五月和六月回去，爹问，改弟爹真在睡觉？五月说，真在睡觉。爹问，把窗花给他了？五月说，给了，可是他肯定不会糊的，他说还哪里有心思糊灯笼，要啥没啥的，还糊个啥灯笼哩。

爹说，你和六月去取他们的灯笼，我们糊，一个年轻人，也太没有精神了。

五月和六月出门时，又被爹叫住。爹说，叫你娘给包上几个馒头。

六月昨晚在炕席下悄悄压了二十一张纸条，依次在上面写着"初十""十一""十二""十三""十四""十五""十六"……直到腊月三十。他想一天抽掉一张，等把这些纸条抽完，就到过年的时候了。只有在每天抽掉一张纸条的时候，他才觉得这一天确确实实过去了，不然，他总觉得过去的那一天又会变回来。

假如时间像纸条一样就好了，本大人就可以把它们团起来，装在兜里面，等腊月三十一到，再把它们掏出来。

可是时间不是纸条，时间到底是个啥呢？

五月和六月到改弟家时，改弟爹果然又睡下了。五月说，我爹叫你把灯笼给他，他给你糊。改弟爹就呼地从炕上翻起来，眼睛潮潮地说，这是五爷打我呢。说着，眼里噙了泪，惹得改弟娘和改弟也抹眼泪。五月把几个馒头放在炕头。改弟爹就定定地盯了五月和六月看，看得五月和六月心里直发怵，他们担心改弟爹会突然向他们扑过来。好在改弟爹马上收起了目光，十分和气地说，五月，你能不能给老任帮个忙？五月说，那还用说。改弟爹说，你回去给五爷说，就说我早已把灯笼糊好了，正和改弟娘唱《华亭相会》呢。

五月不明白改弟爹的意思，却分明觉得自己接受了一个无比光荣的任务，决心再加一些令人高兴的事情，说给爹。

时间就像一堵比天还高比地还厚的墙，把六月挡在一边，让他一点办法都没有。假如本大人能够把沉香请来就好了，他就可以一萱花神斧把这时间之墙劈开，本大人就可以直奔腊月三十了。

交过夜时，有人喊着去庙里。五月和六月问爹去不去。爹说，去啊，抢头香去啊。五月说，我看这神还是不灵，去年给它戏也唱了，愿也还了，谁想今年它却连一点雨都不下。爹笑了笑，说，那是人们心里没有雨，一旦人们心里没有雨，神也没办法，巧妇难为无米之炊。五月有些听不懂爹的话。正要问爹啥意思，不想六月说，去吧去吧，去庙里很欢的。爹说，这就对了，错过欢是有罪的。说着，拉开炕柜抽屉，取了一个核桃、一个枣、一颗糖，用一块红纸包成"县官帽"，放进香匣里。不用爹说，六月知道这是献给神的。神也吃核桃枣？六月问。爹说，祭神如神在啊。说着，出去从房檐上的蜡座上抽了一根蜂蜡，放在"县官帽"旁边，然后把香匣给六月。六月正要问啥叫"祭神如神在"，不想爹传授衣钵似的给他说，君子主敬，今年你就给咱们当掌柜的吧。

六月看了五月一眼，五月不但没有不高兴，反而十分欣赏地看着他。六月就从爹手里接过香匣,庄严了神情,转身出门,步伐里充满了掌柜的气派。

掌柜的,手脸还没有洗呢。娘笑着说。

六月噢了一声,回屋,和五月洗了手脸,然后提了灯笼抱了香匣去叫改弟。

一出大门,五月和六月的眼睛猛地一亮,一庄的灯笼在动,就像在梦里一样。改弟家的院顶头也亮了,看来改弟爹真的把灯笼糊好了。

五月六月进门,改弟爹和改弟正在贴窗花。五月问改弟去不去庙里。改弟爹说,去去去,替我给土地老人家磕个头。五月问,关圣呢? 改弟爹说,也磕一个吧。五月问,九天圣母呢? 改弟爹说,见神就磕。六月说,一下子捎带这么多头,咋捎得动。

走庙里——门外传来金生悠长的一唤。三人就迅速出门,紧步跟上大部队。

庙在几个村子中央的沟台上。远远地就看见,那边的天已被灯光映得透亮。

一出庄,只见四面山上的灯笼都往沟台上涌。

五月的心里一下子被感动充满,同时责怪自己刚才不该抱怨神的。那是人们心里没有雨,一旦人们心里没有雨,神也没办法，巧妇难为无米之炊。那么，人的心里咋样才能有雨呢？

这时，改弟问，今年喜神在哪一方？五月向四面天上看了看，说，在西方。六月说，你咋知道在西方？五月说，西山里今年考上了两个大学生，那还不是说明喜神在西方。六月又向西方看了看，觉得西边的天真比其他几方的天要亮。可又马上反驳说，爹说，喜神到处转着呢，它专往那些善人家的房上落。喜神落在谁家房上，谁家就要出状元，说不定今年就落在咱们房上。

可是爹又说，命由我作，福自己求，种瓜得瓜，种豆得豆，你肚子里没有装上东西，喜鹊咋会找上门来呢？五月说。改弟说，对，天上下乌纱帽，还要自己把头展出去呢。六月觉得五月和改弟说得对，就在心里暗暗下着决心，一定要把爹说的那些经背个滚瓜烂熟，好让喜鹊落在自家房上，最好是落在自己肩膀上。这样想时，再看五月手里的灯笼，就能闻到腊梅的香气，听到腊梅上喜鹊无比动人的报喜。

庙墙上已是一片红：

山门不锁白云封，古寺无灯明月照。

金炉不断千年火，玉盏常明万载灯。

志在春秋功在汉，心同日月义同天。

保一社风调雨顺，佑八方国泰民安。

天上行云驱魑鬼,人间作雨济苍生。

……

红红的对联让六月觉得眼前的庙不是庙,而是一个新郎。

一进庙院,六月就觉得他们来晚了。

庙院里已经站满了人。

六月拉了五月和改弟,从人缝里往前钻。但是钻到一半处,就钻不动了。

这时,只听社长说,子时到,信士行礼。

众人就应声跪到地上。

一叩头。

二叩头。

三叩头。

礼成。

接着是惊天动地的炮声。

众人散去,六月仍然不愿意离开。改弟说,咱们跟上他们回吧,要不一会儿路上没人了我们不敢回去了。六月说,下庄还有好多人没来呢,咱们等他们来了一起回吧。改正每年抢头香,都要给我三个两响炮呢。五月说,原来你是等炮啊。六月就笑笑。五月说,那就等下庄里人来了一起回吧。改弟问五月,你说下庄里人咋不来抢头香?五月说,咱们上庄以子时到来为头香，下庄以十二点到来为头香。改弟问，啥叫"子时"？五月说，"子时"就是晚上十一点到交过夜一点钟。六月接上说，"午时"是中午十一点到下午一点。看着改弟十分羡慕地看着他们，五月和六月心里美滋滋的。改弟问，为啥上庄和下庄的头香不一样？五月说，上庄人古，下庄人新嘛。古了好么新了好？当然古了好，五月说。各有各的好吧，如果没有下庄人的新，我们跟谁回去啊，六月说。

　　五月想想也是，各有各的好，但她还是喜欢把时间说成"子丑寅卯辰巳午未申酉戌亥"，觉得有一种特别的味道，和几点几点相比，觉得"子丑寅卯辰巳午未申酉戌亥"暖乎乎的，就像是一个个小人儿或者小动物，有鼻子有眼，伸胳膊展腿儿，会听话，会出气儿，会说会笑的。

　　那日，吕祖正在蒲团上闭目静坐，忽觉心中翻腾，屈指一算，沉香要来华山救母。心想这是一桩义事，我定要助他一举成功。吕祖便亲身前往山下等候。

沉香来到山下，迎面走来一位道长，急忙施礼：

请问道长，这山可是华山？

这位官人问华山做什么？

拯救母亲。

你母何人，现在何处？

我母玉帝之女三圣母，被舅父杨戬压在华山，故到此来救。

去不得！去不得！杨戬乃是天上凶神，心毒手狠，武艺高强，你小小年纪，岂是他的对手，劝你罢了此念！

为了救出母亲，哪怕粉身碎骨！

有志气！有志气！如不嫌弃，我愿收你为徒，授你武艺，不知意下如何？

沉香听罢，欢喜满怀，急忙跪拜师父。

五月仰着脖子看大殿两侧悬挂的献匾，和外面墙上的对联一样，上面的字不少是爹写的，五月能够认识的有：

道济群生，孚佑下民，慈航普度，黎庶沾恩，神恩浩荡，威灵显应，仁慈远被，有求必应，求子灵应，护我顺产，佑我出行……

五月看到"佑我出行""护我顺产"时，想到了哥和嫂子，还有大姐和姐夫，应该替他们也供一下。手就伸进棉衣兜里，摸了一个核桃，接着又变了主意，换成糖，接着又变了主意，换成枣，十分恭敬地献在神案前。

为了确保神能够享用，她又上了一炷香，磕了三个头，敲了九下磬。

六月问，为啥还要加献？五月说，给哥和大姐他们带一个啊。六月的心里就哗地热了一下，接着好一阵惭愧。觉得自己今天虽然被爹任命为掌柜的，但境界仍然差五月十万八千里，就说，那我也加一个吧。说着从兜里掏出一个核桃，献在神案前，上香，磕头，作揖。

作揖时,心中默念十殿阎君九天圣母八大金刚北斗七星南斗六郎五皇五帝四海龙王三宵娘娘二位灵官一元始祖等等等众神众仙保佑哥哥嫂嫂大姐姐夫吉祥如意!

念完,又在心里念了一遍《祈雨歌》:

> 天上没有一丝儿云,
> 半年没下个雨星星,
> 火土烫得人脚面疼,
> 已经两年(者)没收成。
> 跪请玉皇生怜悯,
> 也请我佛发悲心,
> 降旨龙王把雨下,
> 普降甘霖润群生,
> 来年为你塑金身。

这样念过,觉得能够对得起爹给他的这个掌柜的了,五月再周全,料她也没有想到在神前求雨,为哥和大姐他们加献是不错,但是私,而为众人求雨则是公,爹说一个人只有存公心,才能吉祥如意,因为上苍不喜欢私心的人。六月为自己一下子从私跳到公上得意扬扬。

从此,沉香便在吕祖门下学艺。他每天起早贪黑精心学练,十八般武艺样样精通。这天吕祖外出，嘱咐沉香在家好好习艺，等他回来做饭。沉香便闭了庙门舞枪弄棒，用心非常。天色向晚，仍不见师父回来，但他没有停止练习。就这样练了又练，等了又等，直到太阳偏西，肚子实在饿得不行了，才去厨房做饭。进了厨房，发现笼里蒸好了九头面牛两只面虎，觉得有些奇怪，但饥饿难忍，便顾不得许多，吃了起来。不觉间，就把"九牛二虎"给吃完了。一时全身充满了力气。来到院中，拿起平时用的武器，竟然轻得像鹅毛一样。转身，见墙角放着一根碗口粗八尺长的铁杵，用手一抓，不轻不重，挥舞起来，很是得心应手。

好了好了！师父哈哈大笑着回来了。

沉香收住铁杵，双膝跪下。师父对他说，你的武艺已经学成，可以上山救母了，开山的钥匙在你舅父杨戬那儿放着，他有一鹰一犬，十分厉害，师父赐你药丸二枚，圆的伏犬，长的降鹰，到时自有用处。

一阵风吹进来，三烛蜂蜡晃动了一下。

五月忙关上庙门。蜡烛就又静了下来。三烛蜂蜡中，右边的一烛是爹腊月里亲手灌的，是她刚才亲手点的。在这么一个安静的地方，有这么几烛蜂蜡在静静地燃着，多好啊。五月问改弟，你看这些烛光，像个啥？改弟想了想，说，像神。不想六月说，像娘。

像娘？五月吃惊地问，你咋想到这个"像"的？

我也不知道，就是觉得像，现在又觉得像爹。

哈哈，五月在六月的头上抚了一下，你的个脑瓜就是和人不一样，经你这么一说，还真觉得像爹和娘呢。

接着，五月找了一个笤帚扫起地上的炮皮和纸灰来，表情恭敬端庄。六月的心里就又添了一个敬佩，同时多了一个惭愧。目光就在四处搜寻，寻找着自己能干的活儿。

六月看见，有两格窗纸被炮炸破了，就找了个空香盒拆开，在窗格上比画了一下，折成同大，裁了，镶在窗框里，香盒上九天仙女的彩袖就在窗格里挥舞起来，倒是别有一种味道。往另一个窗框里镶时，六月想，神也辛苦，一年四季住在这里，刮风下雨的，冬天更不好过，连个炕都没有。可是马上改变了想法，神才不辛苦，定定地坐在这里，就有这么多供献享用。六月的目光又往那些供献上跑，却被五月挡着。

天呀，五月竟然把神案抱起来擦上面的土，这个举动大大地出乎六月的意料。五月的神情无比专注，她甚至连那些刻字上的灰都擦掉了。随着五月的手指移动，六月看见了一行字：四海龙王之神位。

沉香听罢，拜别师父，提着铁杵，迈步上山，去找杨戬。到了天门，看见许多天将簇拥着一位威风凛凛、傲气十足的大神，便躬身问道：

请问大仙，杨戬在哪里？

你是何人，问他作甚？

我叫沉香,前来救母,问他要开山的钥匙。

那天神听了,双眉竖起,两眼圆睁,吼道:

胆大畜生,竟敢放肆,早早滚开,免你一死!

沉香看他那股神气,料是杨戬,以礼相待:

舅父息怒! 请把开山钥匙给愚甥。

孽障! 看来你是有备而来,那就给你点颜色看看!

说着拿起三尖两刃枪,朝着沉香的脑前砍来。沉香举起铁杵,奋力一扬,只听当啷一声,三尖两刃枪断为两截。杨戬又气又急,一声咆哮,叫来了哮天犬。哮天犬张着血盆大口,腾空扑来。沉香抛出圆形药丸,哮天犬张口吞下,霎时间牙关紧闭。杨戬看见哮天犬死去,又放出神鹰。神鹰双翅一展,遮天掩地,两只利爪,犹如尖刀。沉香又抛出长形药丸,把那神鹰的两只翅膀钉在半空。

威风一世的二郎神杨戬满脸紫青,扑通一声,坐在一块石头上。

对面传来一阵人声。五月知道抢第二茬头香的人来了。就给六月说,现在放炮吧,不然他们一来,又淹在声海里了。六月就拿出香匣里的炮,从香炉里拔出一根香,到外面去放,一边放一边说,看一下今年是个响炮么还是哑炮。

六月点着炮,看见五月和改弟捂着耳朵,就倏地上前,一把把五月和改弟的手掰开,就听着个响声,你们还把耳朵捂住,这不等于白放了。五月和改弟觉得六月说得有道理,就把手放开,同时往远里跳了一下。

是个响炮。三人的心里都乐开了花，好像把一年的日子都点响了似的，好像把雨都点下来了似的，好像把白面馒头都从地底下点出来似的，好像……

沉香向前，索要开山钥匙，二郎神只得命天将取来。沉香一看，原来是一柄闪闪发光的萱花神斧。沉香提着萱花神斧，娘啊娘啊地喊着，从北峰喊到南峰，从南峰喊到东峰，这边叫那边应，却始终找不见娘在哪里。沉香心想，纵然有了开山钥匙，不知娘在何处，也是枉然。于是放声大哭，直哭得天昏地暗，日月无光。何仙姑听见沉香的哭声，深受感动，近前说，好一个孝子，去西峰寻找你娘。沉香这才抖擞精神，迈步登上西峰，大喊一声"娘呀"！惊天动地。

为娘在此！

沉香朝着顶峰，高举萱花神斧，奋力劈下。只见万道金光一闪，霹雳之声震天，峰顶裂开一道缝子，三圣母徐徐走了出来。

一觉醒来，院里的灯笼还亮着，五月的心里疼了一下，做了一件对不起人的事似的。五月下炕，到灯笼下面。灯里的油已经着下去了一半。我竟然睡了半盏油的时间，我怎么就给睡着了呢？灯笼该是多么伤心啊。五月决定守着灯笼。五月把爹的红泥小火炉抱到房台子上，在上面添了些木炭，一个人坐在房台子上守着灯笼。

不觉间，身边坐了一个人，一看，是六月。五月说，你咋不去睡觉呢？六月说，三十晚上睡觉太可惜了。

鸡叫头遍时，五月和六月张罗着开门。五月含了一嘴蒜末，六月拿了一串鞭炮。五月猛地开开大门，把蒜喷出去，嘴里大声念，过新年开新门，过新年开新门。接着，六月的炮响了。

五月开开大门，念：

> 炮响三声吾门开，
> 明灯蜡烛点起来；
> 增福财神当中坐，
> 二位仙姑两边排；
> 西山有人来呈祥，
> 和合二仙跟着来；
> 东山有人来进宝，
> 珍珠玛瑙献上来。

六月接着念：

> 哎——
> 天官赐福来也！
> 这是一家善人家，
> 本官到此有五赠：

一赠金，二赠银，

三赠骡马成了群，

四赠人烟多兴旺，

五子登科跳龙门。

话音刚落，爹从大门外进来，后面跟着花花。六月说，爹咋这么巧。五月说，爹是新年的爹么。爹笑笑，一边往进走一边问五月，还有红纸吗？五月说，没有了。爹怔了怔，向粮房走去。

五月和六月没有想到爹会把粮房门上的对联剥下来。五月和六月心里可惜着，看爹把剥下来的对联夹到胳膊下，到上房里端了糨子盆，拿了笤帚，向大门外走去。

五月和六月跟着。

爹到瓜子家的门上停下来。六月要说话，爹做了个手势，五月就捂了六月的嘴。原来瓜子家门上没有贴对联。没有贴对联的门看上去不像个门，就像个死人一样。五月的心里就一阵惭愧，昨天爹让她算还有谁家没有写，她说全写完了，谁想把瓜子家偏偏给忘了。

五月和六月给爹帮忙把对联贴好，"死人"就哗地一下活了起来。

三阳开泰从地起,五福临门自天来,是哪五福呢?往回走时,五月问。

爹说,第一福长寿,第二福富贵,第三福康宁,第四福好德,第五福善终。

那就等于把我们的五福给瓜子家了?六月说。

对啊。

那我们家没有五福咋办?

哈哈,忘了爹说的"命由我作,福自己求"了?

那为啥对联上说"五福临门自天来"?而不是"自我来"?

哈哈,这个问题问得好,明年你就给咱们改过来。

三阳开泰从地起,五福临门自我来,六月念了念,觉得还是"三阳开泰从地起,五福临门自天来"对仗。

六月定睛一看,这徐徐向前走来的三圣母,不是别人,正是大年三十。

过年喽。

回到家,爹把糨子盆和笤帚给娘,自己却向粮房走去。六月想,上次爹到粮房是剥对子,这次又来干啥呢?就随着。只见爹打开粮房门,从仓架上把大鼓端下来。一看见鼓,六月的手心就往外冒火。没等爹把鼓放到地上,六月就迫不及待地在鼓面上拍了一巴掌。不想那鼓却像感冒了一样,嗓子哑哑的,发不出响亮的声音来。

爹把鼓提到上房，放在炉子旁边。六月的心里就生出一个佩服，爹总是把事情想得这么周到，如果现在不烤，出行的时候就来不及了，迎喜神的时候该咋办喽？

不想这"喽"字一出口，嘴却合不拢了。六月咬了咬牙关，发现前门牙长出了一大截。

天亮了，五月和六月出去，看见天也过着年，地也过着年，山也过着年，树也过着年。年像一个大面包一样，把人都香懵了。二人一口气跑到对面山头。站在山头朝下看，村子静静地躺在村子里，就像一个睡着的年。五月说，到咱家的阳坡地里看看吧。六月说，看就看看吧。

二人又一口气跑到阳坡地里。五月问，好吗？六月说，好。五月说，你听，地下面好像有人在说话呢。六月倾了身子听了半天，什么也没听出来，可他不愿意表现出没听出来的样子，说，真的，就像是爹和娘在拉闲呢。六月的话把五月震了一下，她觉得地下面有人说话只是一种感觉，而六月却把它说得这样具体，这很让她感到意外。

五月又说，咱们去老戏台上看看吧。六月说，看就看看吧。二人又向老戏台跑去。戏台当然也过着年。二人蹲在戏台下，仰首静静地看了一会儿。然后又蹲在戏台上，静静地看了一会儿村子。

一家两家的烟囱里开始冒出烟来，如同一根根大白菜，又像是刚刚睡醒的村子在打哈欠。

六月说，我们回家吧，五月说，回就回吧。

娘点亮灯盏，让爹给六月看看。

爹就下地拿过针箱，取出干针，给六月扎。

这一扎，果然就不那么痛了。就把刚才梦游天堂和救年的经历给爹和娘讲了一遍。爹和娘笑得差点没把身上的被子颠到天上去。

你说大年为啥不能跳过来？

咋跳？

从腊月三十跳到明天来，就像我们跳房子一样。

老天爷造下时间，就是让人一天一天过的，如果能像跳房子一样，那就不是时间了。

回到家里，娘在扫院。刷，刷，刷。初一早上的娘是多么好啊。五月要从娘手里往过接扫帚，娘说，你们去耍吧。六月说，娘，你也耍吧。惹得娘笑起来。娘说，娘还耍啥呢。六月说，我们跳房子吧。娘的脸上掠过一层光彩，说，好，等娘扫完了我们就跳。五月说，我还没有见过你跳房子呢。六月说，我也没有见过。娘说，娘小时跳房子总是赢。五月和六月就想象着娘小时跳房子的样子。接着，六月就要在院里画房子格。五月一把拉住六月说，把院弄脏了，要跳我们到大门外去跳吧。六月说，大门外有啥跳头，别人看见，肯定也要来，大过年的，应该自家人关起门来跳——我们还是打牌吧。五月说，对，就打牌吧。二人就帮娘快快地收拾了院子，把娘连推带搡地弄到上房里。

爹已经把火生着了，炭烟弥漫在屋子里，有一种湿湿的年的味道。五月到厨房给爹端了些馒头，然后和六月上炕坐定。咋分家呢？六月说，我和爹吧。五月说，那就我和娘。六月问，赢啥呢？五月说，就赢核桃枣吧。六月想了一下，反正是自家人，核桃枣就核桃枣。

就打起来。

大红被子在他们腿上绵绵地苫着，花花在他们身边静静地卧着，炭在炉子里叭叭地响着，木香在供桌上袅袅地飘着，火炕在屁股下暖暖地烙着，牌在四人手里你一张我一张地揭着，不怕输，赢也无所谓，只是这么一张一张地揭，一张一张地出。

那个美啊，真能把人美死！

你说老天爷为啥要造时间？

因为人们有妄想。

为啥人们有了妄想老天爷就要造时间？

讲给你也听不懂。

你没讲咋知道我听不懂？

如果人们能把妄想除尽，时间就消失了。

六月真不懂。

给你讲个故事吧。唐朝有一位智者大师,有一天诵《法华经》,诵到《药王品》时入定了,在定中他看到释迦牟尼佛还在灵山讲《法华经》。智者大师出定之后告诉弟子,灵山一会至今未散!这时离佛灭度已经一千五百多年。

真的?

当然是真的啊。

那就是说我们还在过年?

是啊。

那你说我们是在过去年的年呢还是前年的年呢还是上前年的年呢还是上上前年的年呢?

当然都过啊。

那我们为啥还要年年过新年?

因为人们无法超脱时间。

那就是说,过去的每一天都还在?

对啊。

那不都堆成山了,都满得没地方放了?

要不为啥世界上有那么多山。娘说。

刚刚放下饭碗,金生和地生就来取锣鼓,不一会儿巷道里就是一阵猛烈的打闹台,五月六月知道,这是他们通知大家出行。

六月端了早就准备好的供盘，站在大门口，一边欣赏着锣鼓，一边等爹和五月到后院赶了大黄和咩咩过来。到了门口，五月朝院里喵地叫了一声，花花就跑了出来。头上绾着黄表花的大黄和咩咩喜气洋洋的，比平时一下子精神了许多，而花花则在他们面前扭起了秧歌。

一出巷道，只见一庄的人和牲畜正往西方涌。五月说，我说今年的喜神在西方，没错吧？六月就觉得五月还真有两下子，说，看来你能接班了。

接啥班？

爹的班啊，做大先生啊。

五月说，那你呢？

六月说，我嘛，就做喜神吧。

五月惊得睁大了眼睛，看爹，爹不但没有生气，还是一脸的开心。

爹注意到了五月的神情，宽慰她似的说，其实每个人都是喜神。

那为啥要迎喜神？

因为人们的心里已经没有欢喜。

人们的心里有了欢喜就能成为喜神吗？

对，当一个人的心中全是欢喜时，他就成了喜神了。

全是欢喜？一点烦恼都没有？

对，就是任何事情都不能影响他心里的欢喜。

任何事情？假如没饭吃没衣穿呢？

如果一个人心中全是欢喜，真的全是欢喜，他就不会没饭吃没衣穿，他走到哪儿哪儿就是吉地，他任何时候出行都是吉时，任何人见到他都会心生欢喜。

为啥任何人见到他都会心生欢喜？

因为他会随处结祥云。

那你教大家啊，让大家都成为喜神，我们就不用出行了，就可以省下时间在家里打牌了。

好啊，这个任务就交给六月吧。

六月没想到爹会让他去教，做喜神的老师，那该背多少经呢？

众人在一块名叫"大地"的地里停了下来，围成一圈，把香表统一交给爹。爹便撮土插香，供奉了食物，奠了酒茶，然后高声念道——

吉年吉月吉日吉时，全体乡亲，同声共祝：

新春元旦，迎喜接福；风调雨顺，国泰民安；一社吉庆，万户安康；五谷丰登，四季平顺；全村和合，四邻和睦；一籽下地，万石归仓；贼来迷路，狼来封口；大的无灾，小的无难；好人相逢，坏人远避；瘟疫消散，百病不生；空怀出门，满怀进门；东干东成，西干西成；千祥云集，百福并臻；骡马成群，牛羊满圈；祥光永照，大吉大利！

喜神已到，众人恭迎！

大家齐呼：

恭迎喜神！

向喜神行礼！

一叩头！

二叩头！

三叩头！

向四面行礼！

一叩头！

二叩头！

三叩头！

向八方行礼！

一叩头！

二叩头！

三叩头！

礼成，鸣炮！

"大地"里顿时一片炮声，让五月觉得这炮声早就埋伏在地里，就像种子一样，单等着这天出苗。牛羊不知是被炮惊了，还是因为欢畅，满山满洼地狂奔，又像是比赛谁更威风，直踏得黄土飞腾，喜气冲天。

接着，爹拿过各家供奉的酒水和泥，在每个小孩的额头上点了一点。轮到六月,他让爹多点一下,爹说,多了就成了贪了,喜神是不喜欢贪心的,但还是在他头上多点了一下。

接下来,大家相互拜年,互换年点。

最后,每人铲了半篮脚下的黄土,提着回家。六月知道,这些黄土大家会分成几份,撒在当院、灶前、炕角、牛圈、羊圈、鸡栏、麦田菜地、桃前李下。

六月的眼前就涌现出无数的山。接着,六月的目光就飞了起来,像目连一样从海一样的山上飘过,飘啊飘,飘啊飘。六月想找到过去的那些年,还有上九、正月十五、正月二十三、二月二、三月三、四月八、五月五、六月六、七月七、七月十五、八月十五、九月九、十月一、腊月八……

出行回来,一家人继续坐在炕上打牌。

没打几轮,就听到德成在大门外喊,去给三爷爷拜年了!

五月说,这德成也扇得太早了。爹说,他辈分小,早些也应该。六月说,再早也不能刚出完行就动身。爹说,还不快去!

五月和六月就极不情愿地下炕,去给三爷爷拜年。

岚萍公主睁眼看,
我面前跪倒包爱卿;
开封府外忙放赦,

包爱卿莫跪将身平。

叩一头,谢恩情,
谢过公主把臣容;
问公主不在木墀宫,
驾临臣府因甚情?

从三爷爷家房顶大喇叭上传来的秦腔《三对面》,像一阵清风把五月六月的不开心拂去了,五月六月的步子踩着板眼,往三爷爷家小跑。

驸马今早过你府,
却怎么不见转回宫?

为臣未见御驸马,
有一个犯官受法刑。

犯罪官儿是哪个?
包爱卿讲来皇姑听。

犯罪之人陈世美,
秦香莲本是原告名。

她告驸马因何故？
从头至尾说分明。

欺公主，瞒圣上，
后婚男子招东床；
生身父母不孝养，
要杀发妻害儿郎。
……

六月找到腊月八上，眼皮就掉了下来。

不过掉下来也好，就索性由了眼皮，正好再次进入梦乡，好让时间过得快一些。老天爷为啥要创造瞌睡，原来是为了让时间过得快一些，不然，这世界上的人大概都是满嘴的树，咋哈，想想吧，每个人的嘴里都有一个树林，想想吧。

德成一进三爷爷家的门就说，三太爷尓咋还活着呢？不想三爷爷不但没有恼，反而乐呵呵地说，就是，又要费你一个头。

好一大胆秦香莲，
敢和公主论正偏；
常随官儿一声唤，

先打泼妇四十鞭。

德成点完香，趴在地上磕头时，屁股上挨了两脚。挨这两脚时德成正把第二个头往地上磕，就是说整个身体正在往前下方送，往前下方送的身体再加上这两脚，情景就十分美妙。直听砰的一声，德成的头重重地磕在地上。

上前忙把官人拦，
莫要打来一旁站，
问公主打她为哪般？

回头，六月已经跳到院里。六月骂，德成你个小人，我三爷爷又不靠你们家养活，你盼着他死干啥？

她言说先娶她来她为正，
后招我来为小妾。

秦氏讲话理端正，
你应该和她姐妹称。

德成被骂得哈哈哈笑起来。三爷爷更是笑得栽跟打斗的。栽跟打斗的三爷爷让德成坐了，给他散烟。

我本是金枝玉叶国王女，

怎和她庶民百姓一般同。

百姓也是娘生养，

哪点与人不相同。

六月在一片七彩树林中飞行，好不痛快。不多时，灵山就到了。佛陀果然在那里讲《药王品》，佛说，《药王品》其实很简单，就是教人们如何推倒时间之墙，让六月同志天天过大年。

六月？您是说乔家上庄的那个六月吗？难陀问。佛说，正是。难陀回头，六月果然在他身后站着，背上的两个翅膀还在扇动，脸上沾满了菩提树叶，睫毛上全是露珠，满脸的欢喜下面，掩盖着一点点怨气。

佛说，别看你们跟我多年，六月同志虽然才来，但他最懂时间。过来，今后就常随本僧左右如何？六月说，谢过佛陀，我得先回去告爹和娘一声。佛说，好一个孝子，去吧。

六月回头，院里又进来一茬人。让六月没有想到的是，他们一进门就异口同声地说，三太爷你咋还活着呢。这让六月犯了难，一个德成他还可以对付，人一多，他不知去踢谁的屁股骂谁的娘了。六月急得在大门上哭起来。五月说，娘说过年不能

哭的。六月说，娘也说过年不能说"死"的，可是他们一个劲地
说。五月说，我们去告爹。

开言再问包爱卿，
偏袒秦氏因甚情？

秦氏讲话理端正，
公主讲话理不通。

你向秦氏因何故？

陈世美杀妻害子罪非轻。

你能问他什么罪？

定赴铜铡不留情。

当朝驸马你焉敢？
龙子龙孙依律行。

我要传令把秦氏斩！

为臣在此你不能！

要斩要斩实要斩！

不能不能实不能！

欺君罔上包文拯！

理直气壮为百姓！

你敢和我见国太？

哪怕上殿见主公！

……

六月飞回人间，变了主意。还是在人间过年过瘾。还有上九、正月十五、正月二十三、二月二、五月五、七月七、七月十五、八月十五、九月九、十月一、腊月八……本大人至少还要把这些节再过一遍，不，两遍，不，三遍，然后再考虑是否常随佛陀左右。

爹不在。娘正在后院的牛圈里给牛拌料，一听，笑得拔浪鼓一样。娘说，他们是给你三爷爷说吉利话呢。五月说，明明在咒呢还说吉利话呢。娘说，他们这样说你三爷爷才高兴呢。

五月你咋还活着呢？六月把嘴搭在五月的脸上说。慌得娘忙捂了六月的嘴。这让六月很纳闷，你不是说这样说人才高兴吗？娘说，给老年人这样说意思是说他们寿命长，他们才高兴，对娃娃可千万不能这么说，这么说就是咒人家了。五月就踢了六月一脚，又一脚。六月很大方地笑笑，显出愿意接受这两脚的样子。被人咒了就咋了？六月问。娘说，也不咋。六月说，这么说我把德成错骂了？娘说，新年头上是不能骂人的。六月说，可是我已经骂了。娘说，不知不为错，以后不要骂就行了。六月问，如果骂了呢？娘说，骂了有罪呢。六月问，有多大的罪呢？娘说，这要看你骂了啥话。五月就把六月骂德成的话学了一遍。娘就笑得捂了肚子。五月一边给娘拍着背子，一边问，那么过年要说啥话呢？娘说，要说吉利话。五月问，咋样的话才是吉利话呢？娘说，对联上写的都是吉利话。五月说，我明白了，一边拉了六月往外走。

不想和改改碰了个迎面。改改两手捧着一个洋瓷碗，三爷爷让我给你们端些饺子。六月咂巴着嘴唇说，三爷爷就是好。

吃完饺子往外走时，五月给了改改一个枣子，六月给了改改一个核桃。改改说，美吗？五月问，啥美？改改说，过年啊。

五月说，当然美。六月说，要是天天过年就好了。

你们没去挣核桃？是地地。地地按了一下他的裤兜说，我都挣满了。六月的心里就咔嚓响了一声，怎么把挣核桃的事给忘了。六月什么话也没有说，一把抓了五月就往庄头跑。

睁开眼睛，娘已坐在窗前穿针引线。六月知道，这是给他缝过年的新棉袄呢。顽固的日子再次回到眼前。如果能够永远睡着就好了，那不就是参说的涅槃了？难怪有那么多人要追求涅槃，他们肯定都是为了忘掉时间。

冷了难受，但还没有等待难受；热了难受，但还没有等待难受；被针扎了难受，但还没有等待难受；被狗咬了难受，但还没有等待难受；病了难受，但还没有等待难受……

看来这时间才是苦的根，不然为啥佛一讲《药王品》，时间就消失了。

人们见五月和六月像一对燕子一样在巷道里飞，问出了什么事。五月和六月也不回答，只是飞。一同在飞的还有他们的思想。刘木匠家的核桃大概已经被地地他们挣完了。五月说，六月你慢一点好不好，小心把我们肚子里的饺子抖出来。六月想想也是，他们刚刚吃过饺子，千万不能让它抖出来。可是刘木匠家的核桃催着他，让他的步子慢不下来。六月的大脑飞速转着，终于转出一个办法来，如果你觉着饺子要出来了，就用手堵住。五月想想也对。一只手下意识地举到口边,让人觉得只有半个五月在跑。刘木匠一定把大核桃散给地地一伙了,地地真不是人,每天早上他和五月还没睡醒呢就在大门上嘶哇嘶哇地喊,到挣核桃的时候却独自去。得想个办法,大核桃没有了,小核桃多散些也可以。对了,就按娘说的,见了刘木匠多说吉利话。

六月实在找不到挖掉苦根的办法,但他发现可以借助忘掉暂时从时间里跳出来,好让心里的着急暂时减轻一些,但忘掉也是一件比登天还难的事。

娘说,你可以背经啊,背经就把时间忘掉了。

六月觉得这倒是一个好办法。

就从《朱子家训》开始背。不想背着背着,思想就滑到过年上去了,背着背着,思想就滑到过年上去了。六月有些拿年没办法了。

六月拉着哭腔给娘说,还是不行,年还是从经缝里冒出来。

娘就笑,那娘也没有办法了。

就在六月着急时,爹进来了,一身的白。

下雪了?

下雪了,还不起来看雪去。

六月翻了一个身,把五月捅醒,说,还不起来看雪去。

五月揉了揉眼睛,说,讨厌,人家正在过年呢。

六月就觉得自己犯了一个天大的错误。

那你闭上眼睛继续过吧。

你有这个本事？能够把断了的梦续上？

六月想想也是，断了就很难续上了。

老爹，你说灵山一会真的还没有散？

当然啊，咋又想起这个问题？

你说人如何才能没有妄想呢？

吃饭时吃饭，睡觉时睡觉。

可是我吃饭时也想过年，睡觉时也想过年，你说咋办？

那就想吧。

可是想得人心像猫抓，你说咋办？

那是你还没学会把每一天当成是年，当你学会把每一天都当年过，你就不会想年了。

谢天谢地，刘木匠家总算到了。

六月一进刘木匠的屋就说，三阳开泰从地起，五福临门自天来。五月跟着说，刘伯伯天增岁月人增寿，春满乾坤福满门。刘木匠一脸的稀罕，捏了捏五月的辫子，抚了抚六月的脑瓜，说，两位小先生，快坐快坐。一边拉开炕柜抽屉取核桃。六月又说，刘伯伯向阳门第春常在，积善之家庆有余。刘木匠噢噢应着，往二人棉袄口袋里装核桃。六月做出一副不在乎的样子，继续说，刘伯伯抬头迎春春满院出门见喜喜盈门。刘木匠拍着手说，好好好，再加核桃。说着，又从抽屉里抓了一大把，往六月的兜里装。五月拉了一下六月的衣角，意思是可以了。可是六月已经刹不住车了，刘伯伯第一等好事只是读书几百年人家无非积善刘伯伯种就福田如意玉养成心地吉祥云刘伯伯迎新春牛羊满圈辞旧岁骡马成群。

刘木匠就笑得像供桌上的蜂蜡一样，快要坐到地上了。

五月一边穿衣裳一边说，要是刘木匠还活着就好了。六月问，为啥？五月说，今年拜年时咱们就可以给他背《孝经》啊。六月说，对，咱们把《孝经》编成对联给他说，还有《论语》，整整说它一个时辰。五月笑着说，那他得准备多少核桃啊。六月说，我不要核桃。五月吃惊地问，为啥？六月说，我要让他给我们做一个小书架。

五月的表情就整个变成一个成语：刮目相看。

五月和六月回到家里，院里密密麻麻地站满了人。不用说，他们是来给爹和娘拜年的。出乎五月意外的是，人群中还有不少外村的孩子。

五月的心里紧张了一下，飞速绕过人群，贴到爹身边，两只手插在棉袄兜里，神情警觉而又机敏，如同一个贴身警卫。

五月在等一个时刻的到来。

领头的德全祭奠一毕，跪在供桌前大声说，给五爷拜年了。院里的人都跟着跪了下来，齐声说，五爷，把核桃准备好。

就在大家伏下身去磕头的时候，五月几下子把自己的糖果转移到爹裤兜里,整个过程就像是几次闪电。爹一边哎哎地应酬着大家,说,你们今年的头简直像好年成的麦穗子一样,一边低头看了一眼五月,用目光和五月说了好几句话。

五月的心里就落起雪来。爹说的是什么呢?五月没有去细想,五月只是觉得,被爹看着的那一刻很幸福。五月甚至觉得,那就是年了。

老天下雪花,五月六月剪窗花。二人手里各是一把小剪刀,按照爹给他们的花样剪。

当剪刀在三色纸上噌噌噌地剪过时,六月突然觉得,年是一朵花,已经在他和五月的手上开放了。

上　九

社　火

头戴乌纱官帽，身着大红官衣，耳挂黑色口条的六月像模像样地走在队伍前面，领头羊一样，让五月自豪得脚下直生风。五月突然觉得，眼前的六月已经不是六月，而是一个"大哥哥"了。她的目光蜜蜂一样在六月身上盘旋，最后黏在那双雪白靴子上。加厚的靴子让六月的步伐更有一种"走"的味道，五月一下子明白了爹说戏时常讲到的一个词"步步生莲"。爹说正旦走起路来要有一种步步生莲的感觉，当时她怎么也不明白，走路就是走路么，又怎么能够步步生莲，不想现在她在六月的脚下看到了，虽然六月不是正旦。

正要把这种感受说与六月，听到有人在后面喊她。回头，原来是改改，被"害婆娘"挡在队伍的尾巴上，还有白云、雨雨和改弟。五月就觉得这样把她们甩开怪不好意思的，但出发时爹又特别叮嘱她要一路紧跟着六月，帮他把个场儿。就给六月说，现在还没啥事，姐先到后面去？六月摇了一下官帽的左耳，表示同意。

　　五月闪到路边时,六月看了一眼身后,那是一个长长的彩龙。紧跟着他的是锣鼓班子,锣鼓班子后面是两位无比威严的灵官,灵官后面是两对旱船,旱船后面是高跷队,高跷队后面是总管和香童,总管和香童后面是两位"害婆娘",他们提着锅灰竹篮,拿着老笤帚,脸上涂着厚重的油彩,奇丑无比。如果他们不让道,看社火的人,特别是孩子,就不敢靠近社火队。现在,改弟、改改、雨雨和白云就被他们二位嗷在后面。六月一下子同情起她们来。往年,他也是被他们嗷在后面的,那么,是什么让他今年到了最前面呢? 当然是仪程。如果他平时不背下这么多仪程,现在就不能到前面来。还有勇气,如果背了仪程但不敢接受这个任务,现在也不能到前面来。

　　这样想时,眼前已经是大庙了。按照规程,社火出庄首先要到庙里请神、游庙,六月一下子紧张起来。给神说仪程,可不是一件小事。就快速地在心里复习通常在庙里说的那些仪程。

　　不多时,队伍已到了旗门前。六月按爹教的站了子午相,一挥鹅毛大扇,开句:

　　　　社火来到旗门前,

　　金生和地生的锣鼓跟着,咚咚咚,锵锵锵,咚咚咚,锵锵锵,咚咚咚咚咚咚咚,锵锵锵锵锵锵锵。六月又把扇子一挥,锣鼓歇下。接着说:

二面栽的是旗杆。

锣鼓再起，咚咚咚，锵锵锵，咚咚咚，锵锵锵，咚咚咚咚咚咚咚，锵锵锵锵锵锵锵。六月又把扇子一挥，锣鼓再次歇下：

旗杆上面四个字，

锣鼓再起，扇子再挥，再说：

国泰民安万万年！

社火队员和到庙里敬完神等着看仪程的信众一下子炸开来，纷纷议论六月说得不比水生差。五月和改弟、白云、改改、雨雨、地地不停地鼓掌。六月当然非常在乎他们几人的掌声，就更加进入角色，一句仪程，一段锣鼓，说了下去。

庙门前：

远看雾沉沉，
近看是山门，
香烟闹嚷嚷，
此地有福神。

庙里面：

> 进得庙来雾沉沉，
> 双膝跪倒敬尊神。
> 香在炉里花在瓶，
> 蜡在架上放光明。

正殿：

> 一儒一释又一道，
> 和和气气住一庙，
> 一树不开两样花，
> 三教原来是一家。

> 昔日提刀上灞桥，
> 五关斩将称英豪，
> 虽说兄弟恩义重，
> 桃园结义胜同胞。
> ……

敬完神，请了"三皇爷"出来，队伍先到周庄开锣，接着是李庄。

周庄和李庄因为没有安排对诗，就要得快，晌午时分，永生已经率部开向下庄了。

快到下庄时，五月上前给六月嘴里喂了一个水果糖，六月噙在嘴里，甜在心上。回头看五月，五月的眼睛里有一千张嘴在喊加油。

听到鼓声，孩子们已经在庄头等着了，他们叽叽咕咕地指着六月议论。议论的啥，六月没听清楚，也没心思去听，他的心思在仪程上。下庄虽然没有社火队，但改正的仪程很厉害，肯定要和他对诗，得好好对付。

改正果然反穿皮袄手执鹰扇，威风凛凛地立于大场门口，上庄的社火队一进场，他的扇子就挥起来了：

> 远看旗飘人马动，
> 疑似天神降凡尘。
> 近看原来是年兄，
> 快步上前礼相迎。

六月谦声回应：

> 远看灯火一片明，
> 近看亲戚把我迎。

不要接，不要迎，

咱们都是自家人。

喧嚷的人们一下子闭了口，接着一阵啧啧赞叹。他们都知道六月会唱皮影会背经，不想还会说仪程，简直是神童。

悄着，那是人家爹娘会教育，再神的童，如果碰上你这么一个害婆娘，只会变成饭桶。六月听见根生在骂媳妇。不想根生媳妇一点也没生气，反而为根生的挖苦喝彩似的，一脸的开心。

改正：

理应接，理应迎，

一迎财神和喜神，

二迎远方众亲朋，

三迎年兄要仪程。

六月：

这位年兄有敬心，

财神喜神早进村。

灵官开路天官随，

后有刘海撒钱来。

改正：

> 本官抬头用目观，
> 年兄队伍真体面。
> 老翁划桨摇彩船，
> 船上姑娘赛貂蝉。

六月：

> 本官抬头用目观，
> 年兄队伍不一般。
> 仪程官来尤其帅，
> 潘公见了往后退。

改正：

> 双方的社火对了阵，
> 我把年兄问一问，
> 手执羽扇头戴纱，
> 何人留下的耍仪程？

六月：

> 反穿龙袍戴王帽，
> 惹得娘娘呵呵笑。
> 烽火台上照一照，
> 周幽王留下的这一套。

改正：

> 十字路上莲花开，
> 多日不见年兄来。
> 年兄到来乐开怀，
> 双膝跪地礼相迎。

说着真的单腿跪了下来。六月同样单腿跪了，说：

> 年兄见我双膝跪，
> 我把年兄搀起来。
> 十字路上莲花开，
> 社火到处春如海。

改正：

设的堂是假公堂，

我的人役站两旁。

我把众位年兄请，

众位年兄登大堂。

六月：

榆木桌子四条腿，

四面八方龙戏水，

象牙筷子龙交架，

海菜碟子十三花。

都说九九冰难开，

年兄盛意发春花。

改正：

年兄不必过夸奖，

只是心中一点香。

我把众位年兄请，

再请年兄登大堂。

六月：

> 一股香烟往上升，
> 下官焉敢坐大堂。
> 若要下官登春座，
> 敬过三皇好升堂。

这时，根本点燃一张黄表，交予六月，六月接了，一边烧于香案前，一边说：

> 一张黄表四四方，
> 青龙八卦在纸上。
> 吉时吉地烧一张，
> 保佑一方都安康！

根本又点着一张给六月，六月接了，说：

> 点燃黄表火一团，
> 好像瑶池一蓬莲。
> 莲花开处喜神到，
> 风调雨顺太平年！

六月落扇,改正已经起身,从根本手里接过一杯酒,躬身举在六月面前。六月起身,搭躬行礼之后,接了,说:

> 菜碟层层似鸳鸯,
> 香盘重重摆大堂。
> 年兄费心多费意,
> 理该年兄你先尝。

改正:

> 兄的人马到我村,
> 就像一家亲弟兄。
> 一杯水酒来洗尘,
> 还请年兄莫辞呈。

六月:

> 亲戚给我把酒看,
> 为弟人小不敢端。
> 酒杯在手礼在怀,
> 为官在此有四奠:

> 一奠天长地久，
> 二奠地久天长，
> 三奠国泰民安，
> 四奠四方吉庆。

根本又看了一杯，交予改正。六月知道这是逼他多说仪程，就迅速地在肚子里搜寻一番，发现还绰绰有余，就接过酒杯，接着往下说：

> 酒杯虽小重千斤，
> 为弟量小不敢饮。
> 将酒奠在吉祥地，
> 来年黄土变成金。

改正：

> 春风打得乾坤转，
> 两村社火喜团圆。
> 礼不过三年兄请，
> 不饮薄酒是浅看。

六月就接过酒杯，递与改弟爹，改弟爹一仰脖子喝了杯中酒。

改正知道六月听爹的话，酒不沾唇，也就不再坚持。接着，根本把一个红被面披在六月身上，把另两面披在两位灵官身上。被面长，六月个子小，被面就拖到地上，六月就捞起来，索性作了水袖用。

接着是小演出。演出前，仪程官照例要说一两段要把式的仪程。六月让改正先说，改正就扇子一挥，说起《十字歌》：

> 说个一字一杆枪，张飞站在古城上，
> 关圣勒马回头望，擂鼓三声斩蔡阳。
> 说个二字二根椽，王孙公子到江边，
> 洛阳桥上花世界，洞宾船前戏牡丹。
> 说个三字三圣公，桃园结义三弟兄，
> 要知兄弟名和姓，刘备关张赵子龙。
> 说个四字四四方，女娲庙里去降香，
> 风吹竹帘动神像，将诗留在粉白墙。
> 说个五字五杆旗，十八驾五子都来齐，
> 十八驾五子都来齐，英雄好汉伍子胥。
> 说个六字六句长，刘秀十二跑南阳，
> 江淮太子坐云南，花和尚出在五台山。
> 说个七字七贤良，唐王马灿入泥浆，
> 白袍小将来救主，救主唐王李世民。
> 说个八字两撇开，八洞神仙过海来，

双手掌的月牙板，动起龙须惹祸端。

说个九字九个能，九反天堂孙悟空，

花果山上为元帅，水帘洞里称猴王。

说个十字实在好，倒骑毛驴张果老，

四大名山驴上捎，才把神仙渡过河。

六月承认，改正的《十字歌》的确说得好，用爹的话说，就是满宫满调，既没有冒场，也没有晕场，当然更不要说走场，锣鼓家什也非常合弦。该用哪一段压过他呢？《劝世文》？《朱子家训》？还是《天官福词》？

六月一时拿不定主意，也多少有些紧张，侧脸看五月，五月的眼睛里有一万张嘴在喊加油。五月看见六月的一只眼睛看着她，另一只眼睛像飞轮一样旋转，而改正的扇子放下已经有一会儿了，再不说就冷场了。就索性出口递话，"二十四"。不想她的"四"字还没有落地，六月的扇子就起来了：

正月立春雨水多，春雨相连节气和，

初一初二定分明，临行一时受皇封。

二月惊蛰与春风，冰雪消融杏花红，

一年之计在于春，谁也不愿错时辰。

三月谷雨清明灯，家家门上秧子青，

一粒落地生万籽，家家种地望收成。

四月立夏小满前，家家户户忙锄田，

早出门，晚回家，日后才有余钱花。

五月芒种忙又忙，艾蒿飘香又端阳，

家家门上插青柳，一年四季保安康。

六月大暑和小暑，麦子一夜遍地黄，

夏至三庚伏又到，挥汗如雨连枷响。

七月立秋处暑来，处处财门大大开，

莫说年年多富贵，且看日日广招财。

八月白露和秋风，媒婆才出月宫门，

有缘千里来相会，无缘对面不相逢。

九月寒露刮秋风，风扫红叶满墙根，

家家烧起重阳酒，杯杯相连香喷喷。

十月霜降要立冬，雪花满天风满门，

农民要把庄稼务，皇天不负有心人。

十一月小雪大雪飘，人人袖手站南桥，

寒苦一时春又到，又是来年好征兆。

十二月小寒又大寒，去了今年又来年，

俗人不知新春历，月大月小要俱全。

造下皇历十三本，传与天下十三省，

州传府，府传县，春官进城领路线。

　　鼓声还没有落，人们的掌声已经像炒豆子一样响起。六月一点没有怯场，火候到位，尺寸合卯，既没有荒腔，也没有冒调，锣鼓给他留的气口也非常好，真是既警内行又警外行。六月用一束目光把大家的掌声转送给五月。多亏了五月提醒，假如说《天官福词》，爹年年唱；假如说《劝世文》，家家户户都有；假如说《朱子家训》，他和五月已给人背过多遍。只有这个《二十四节气歌》，才是爹年前教他背会的，大家听来，当然新鲜，当然稀奇了。六月的心里，就全是对爹的感激。如果没有老爹，他拿啥在外面耍人呢。

这样想时，改正走了过来，说，六月你虽然人小，但比老哥有文化，说得真好。六月说，比年兄差远了。把在场的人都惹笑了。改正接着说，你再好好学学，把腔口变硬一些，完全可以说红的。

永生说，对啊，到时咱们到县上去耍他一回。

金生说，我看六月这苗头，不但可以到县上去耍，还可以到省上去耍。

根本说，我看完全可以到天安门去耍。

地生说，我看完全可以到联合国去耍。

大家就笑得一塌糊涂。

接下来是小表演。狮子在舞，旱船在划，高跷在走，特别是德成和德贵装的"害婆娘"，东扭扭，西晃晃，跑跑跳跳，往来穿梭于人群之中，挤眉弄眼，往人身上涂脂抹粉，想着法儿丢丑，简直把大家都笑翻了。

爹说，他们年轻时，社火队要大得多，仪程官对诗仅仅是一个序幕,重头戏在上天官和禳社上。六月问,上天官是不是晚上演的《天官赐福》? 爹说,是。六月想,那该是一个多么大的阵势啊。六月问,禳社是啥意思? 爹说,那是一出大傩戏,要整整演两个时辰。六月说,我们恢复起来啊,像恢复诵经班一样。爹说,好啊,你给咱们恢复啊。六月就在心里暗暗下着决心。

表演之后,六月和改正会师一处,开始串户。下庄第一家是根生家。改正示意六月先说,六月示意改正先说,改正就说了:

> 大门楼子高院墙,
> 两只鸡儿赛凤凰,
> 凤凰展翅人发旺,
> 辈辈儿孙状元郎!

六月扇子一挥,说:

> 双扇门儿大大开,
> 春官送的福到来:
> 一开东方甲乙木,
> 又晋高官又进禄。
> 二开南方丙丁火,
> 招财童子笑呵呵。

三开西方庚辛金，

秤称银子斗量金。

四开北方壬癸水，

天大的是非连口吹。

是非口舌说出去，

金银财宝说进来。

五开中央戊己土，

丁财两旺势如虎。

里添人口生贵子，

外受皇恩状元来。

六月说完，地地双手把"春牛"举在根生面前说，给大人送福来了！根生十分恭敬地伸手接了，迎进家里，供于当院的香案上，伏地行礼。礼毕，二位灵官举着神器在院子里转了一圈，立于六月身后。狮子就在各屋除瘟送瘴。

狮子回到当院，根生媳妇已抱着小儿子等着过关了。那狮子就挺起前身，张了大口，把孩子吃进嘴里。接着就有一串哭声从狮子肚子里传出来。六月忍不住笑出声来，不知双虎和双全在里面把这娃如何作整一番。又马上警觉，爹说仪程官在整个演出过程中要非常庄严，忙止了笑声。看两位灵官，他们果然没有掉角儿，就在心里给德全和回缠送上一个佩服，平时他们嘻嘻哈哈的，不想一进角儿，还真像回事儿。

爹说，过去他和爷爷上九（正月初九）出傩，只要脸一画，行头一上身，就再也不能说一句话，那时游的村子多，往往要整整一天。想想看，整整一天，你不能说一句话，那是一种啥感觉。

六月就想，明年装一次灵官试试吧，可是，谁说仪程呢？永生说孝子三年之内不能说仪程，水生当然还要守孝两年的。真是要感谢水生娘，如果她不死，今年就轮不到本大人说仪程。接着，六月就在心里扇了自己一耳光。"人有喜庆，不可生妒忌心，人有祸患，不可生喜幸心"，怎么又忘了呢？

那就感谢庄家和永生。

从新年社火开始，社长方长交班，金生把社长交给了下庄的根本，把本庄方长交给了永生。腊月二十三，永生召集一庄人在他们家开社火大会，六月和五月代表爹去领任务。会上，永生说，各位庄家都知道，水生娘过世还没一年，按咱们的老规程，他三年之内不能说仪程，大家看由谁接替他。大家的目光就在人群里扫来扫去，最后一齐落在六月身上。

永生说，既然大家都推举六月，六月同志你就好好准备吧。六月说，我得回去问一下我爹。永生说，不用问，就这么定了。六月说，那不行。说完就跑回家去问爹。爹说，好事啊，当然接啊。六月就接了。其实六月早就想接了，他的心里不但装着水生常说的那些仪程，而且还有许多大家没有听过的呢。

狮子把孩子吐出来，根生媳妇满脸欢喜地接过，两位灵官分别摸了一下孩子的头，神情十分庄严，又十分慈善，就像往孩子的运气里安装吉祥和如意的密电码似的。

　　根生盘子里端着一包花生、一包饼干、一瓶酒,临时总管改弟爹收了。香童地地从"春牛"身上解下一根红线,挂在孩子脖子上,然后把"春牛"收走,走时,把一张红纸黑字的"春帖"压在香炉下。

　　春帖的主要内容就是刚才六月准备在官场耍把式的《劝世文》。六月早已背得滚瓜烂熟。爹说,如果不背熟,万一到时有人问,你这个仪程官可就丢人了。春帖的正面是一个小孩骑在牛背上,爹说那就是人皇伏羲,下面是二十四节气,再下面是八个大字:

　　不惹天地,便得吉祥。背面就是《劝世文》:

　　　　兄弟同居忍便安,莫因毫末起争端,
　　　　友悌之道要力行,留与儿孙作样看。
　　　　财物区区莫认真,一家到底是天亲,
　　　　万般要看爹娘面,骨肉同胞有几人。
　　　　都受爹娘养育恩,桃花千朵本同根,
　　　　莫将姊妹来轻薄,十指咬时总有痕。
　　　　酒肉之朋不可亲,结交须结正经人,
　　　　善良自有芝兰气,缓急相依见性真。

　　　　省识家和万事兴,夫妻勤俭等良朋,
　　　　存心各把名声爱,稍有差池互劝惩。

劝人朝闻夕死性天真，圣域贤关万古春，
莫待老来方学道，孤坟多是少年人。

年少光阴最足珍，都缘两字误因循，
毕生事业知何限，哪得工夫走市尘。
清早黎明便起身，家庭内外费艰辛，
君看败产倾家者，都是贪眠懒惰人。

处世持家年复年，总须虑后更思前，
有钱常想无钱日，莫待无钱想有钱。

钱财有命古来闻，理欲关头一念分，
识破此中原有数，自然一笑等浮云。
不结良缘与善缘，若贪财利日忧煎，
岂知在世金银宝，借尔权看数十年。

二八佳人体态酥，腰间仗剑斩凡夫，
虽然不见人头落，暗里催人骨髓枯。

背到"劝人朝闻夕死性天真"时，六月问爹，"朝闻夕死"啥意思？
爹说，这是孔老夫子的话，原话是"朝闻道，夕死可矣"。意思是早上
闻道，晚上即使死了，也不遗憾了。六月问爹，"闻道"是啥意思？爹

说，就是……怎么说呢，就是明白人到底是咋回事，宇宙到底是咋回事。六月说，人就是人嘛，宇宙就是宇宙嘛，为啥还要明白个咋回事？爹说，这可不一定，比方说，这小孩子刚生下来，你知道他是先呼了一口气呢还是先吸了一口气？六月就真不知道了。六月想了想，说，肯定是先吸了一口气啊，不然哪儿来的气呼出来呢？爹说，看看看，你正好答错了，正确答案应该是先呼了一口气，要不为啥叫"呼吸"。六月的心里就咔嚓响了一声，原来"呼吸"这个词是这么来的。爹接着说，对于人来说，这才是一个小秘密，大秘密就可想而知了，而人和宇宙比起来，又是一个小秘密了，因此，孔老夫子说的这个"道"啊，可不是一件简单的事。六月问，为啥早上明白道理，晚上就要死呢？爹就笑，不是说早上明白了道理，晚上就要死，孔老夫子的意思是说，这人就是为明白道理而来，如果明白了道理，那就意味着你可以毕业了，如果你没有明白道理，这辈子就是一个错过，一个浪费，一个辜负。六月问爹，那如何才能明白道理呢？爹说，孔老夫子一辈子就是教人明白道理，你按他的话去做，就会明白的。

六月这样想时，根壮家的鞭炮已经响起，根壮家做生意，改正先说：

说到有，真个有，

金砖银砖装枕头。

说到富，真个富，

掌柜开的倒金铺。

倒一倒,翻一翻,

富贵大发千千万。

十个儿孙九个官,

还有一名考状元。

接下来是根缠家,根缠是刘木匠的徒弟,六月先说:

过了一户又一户,

碰见木匠老师傅。

一根梨木过不长,

长在昆仑山顶上。

枝对枝,叶对叶,

乌鸦过来不敢歇。

根对根,盘对盘,

狼虫虎豹不敢旋。

鲁班弟子神通大,

手里钢斧斩脚下。

不要根,不要尖,

两头一截要中间。

一根墨线软如绵,

肯在木郎背上缠。

左缠三转生贵子，

右缠三转生状元。

斧子砍，锛子锛，

一锛锛个方墩墩。

只有师傅手艺巧，

手拿刻刀把花雕。

雕起龙来龙会跑，

雕起虎来虎翻身。

师傅手巧活儿精，

再说三天说不清哎——

　　这段仪程大家从来没有听过，就更加佩服六月，觉得他的仪程水词少，硬货多。五月知道六月为啥要新学这段仪程，也感动于他一字不落地把它说完，上前又给他一颗糖。六月说，留着晚上唱皮影时再噙吧。五月就收回去，说，爹说，如果觉得嗓子冒火，就打开"宝葫芦"，往上调气。六月说他知道了。

　　就这样，六月和改正说完赵家说钱家，说完宋家说李家，一直从下庄说到上庄。

　　上庄最后一家当然是永生家，照例，社火队要在永生家吃卸装饭。仪程官当然要表示，改正让六月说一段，六月没有推辞：

走了一山又一山，

眼看太阳到半天。

春官生来眼儿尖，

看见你家炕上宽。

站了店了没店钱，

吃了饭了没饭钱。

春官吃了你家饭，

明年麦子打万石。

　　大家同样没想到六月会说出这么一段来，觉得非常新鲜。其实是老词儿，是爹给他讲的《春官求宿词》。爹说过去春官走村串户，天黑了，要找人家求宿，就说这一段，讨人家高兴。不想他借过来一说，大家还都喝彩。爹说仪程官其实就是过去的春官，那些春官往往要走村串户半个月，免不了要求食问路，借宿过夜。人家施你饭吃，借你炕睡，你总得给人家一些吉利话儿。爹说，春官有时也会遇到一些不欢迎借宿的人家，他们就唱：

谁家女儿不成人？

谁家男子不出门？

谁家房子背进城？

谁家炕儿背上行？

娘说还有那些特别抠门儿（吝啬）的主，春官就唱：

> 如若给我没盘缠，
>
> 我来给你下黄连。
>
> 春官来了门关了，
>
> 祖祖辈辈穷干了。

爹说这个不要教他。娘就不好意思地笑笑。六月却暗暗记下了。

灯　影

六月在永生家换了行头，和五月回家歇了歇，就跑步来到下庄。新年之后，社会转到了乔家下庄，临时道堂就设在社长根本家。从正月初九开始的皮影草台，也就搭在根本家的老院里。五月六月进台，爹已整好了晚上要演的两场戏的皮影。二人抓紧熟悉了一下影架上的人物和次序，就各就各位。

首先开演的是帽儿戏《天官赐福》。

梆子响起，众乐器争相欢畅。六月的小脑袋摇着想象中的帽耳，两个肩膀一耸一耸，小腰身如同几个孩子同时闹场走台，脚尖点地，脚跟在地上打着拍子，数着点子。五、四、三、二、一。

六月一声"哎"字叫板，勾人心尖的板胡拉起了花音拦头。六月跟板唱了一句"头戴七星宝鼎冠"，然后举着王灵官出场。头戴金将盔，身穿红靠，背插靠旗，胸佩大红花，手执钢鞭和金砖，金面花脸的王灵官好不威风。六月接着一句"西北角上列乾坎"，转入花音二六：

> 洪眼一睁天黑暗，混沌初分没几年。
> 胯下火龙高万丈，左手金鞭右手砖。
> 金鞭打恶不打善，监察御史王灵官。

六月五指抓了签杆，举着王灵官，在灯前幕后来来回回地耍了一阵把式，接着道白：

> 吾当哎！监察御史灵官王，天官下界赐福，命俺前哨开道，这般时候，不免跨上火龙马去去去者！

幕外已是掌声一片。爹赏识地看了六月一眼，接着示意五月出场。五月就举着黑面花脸的赵灵官出场了。赵灵官头戴黑花将盔，身穿黑花大靠，背插四面金龙靠旗，胸佩大绿花，和王灵官一样威风。

> 生吾当天昏地暗，降吾者星斗未全。
> 出世来神鬼皆怕，修炼在峨眉仙山。

伐西岐耆兵鏖战,七箭书正位归天。

灵霄宫排班站殿,手执掌正一玄坛。

吾当哎! 插花财神黑虎赵! 天官下界赐福,命俺前哨开道,待俺执定金斗,跨定黑虎,前哨开道一回了!

五月的假男生唱白听来别有一种味道,把场外的人好生稀罕了一番,更加热烈的掌声中,五月六月举着二位灵官,互相行礼之后,站在台口。

王灵官、赵灵官齐声(白):

天官登台,早来侍候!

一阵锣鼓过后,唢呐响起,爹举着手中的天官出场了,只见天官一身朝服装束,大红官袍,龙绣玉带,手拿大如意,脚蹬朝靴,慈眉善目,五绺长须,好不喜气洋洋,好不雍容华贵。他身边随着五个善童,善童手中分别捧着仙桃、石榴、佛手、春梅和吉庆鲤鱼灯。

天官(唱):

吾在九重做天官,常在玉帝宝殿前,

世人若把阴功满,天官赐福降临凡。

（白）：

　　吾乃上元一品赐福天官中央紫微大帝，人间称为福德星君，所临之地，无不吉祥如意。上九吉日，朝罢玉帝神王，恰值功曹来报，有华夏神州乔家上庄、下庄、周庄、李庄四方一社，在乔家下庄设下祈福道场，祈请上界天神人间赐福。玉帝闻言，说早闻下界福主乐善好施，积德累功，便令吾领众位福神降临下界。

　　那天复习剧本到这里，六月问爹，为啥"下界福主乐善好施"，天官就要下界赐福？爹说，这就是天理，天官喜欢那些能舍的人。六月问，能舍，啥叫能舍？爹说，这个舍字，要说起来，三天三夜也说不完，简单地说，就是拿出财物给别人，拿出力气给别人，拿出智慧给别人。六月问，拿出智慧，智慧怎么往外拿？爹说，比如你白天说仪程，晚上唱戏，就是啊。六月问，唱戏也是舍啊？爹说，当然啊，而且比给人钱物更有功德。先人写下剧本，是大舍，我们唱，是小舍。六月说，那我将来也要写剧本。爹说，好啊，但是要写那些劝人为善的剧本，把人带向正大光明的剧本，如果不是劝人为善的，把人带向正大光明的，那可是要受因果的，要被罚作狐狸的。六月就吸溜了一下舌头。

　　爹接着说，唐朝有一位非常有名的禅师百丈怀海，每天升堂讲演，都有一位老人来听，可是有一天讲完课，众人散去，这位老人却站在道场不走，他问老人有啥事吗？这位老人说，他于五百世前曾住此山，也像百丈禅师一样每天给大家讲法，因为讲错了一句话，被罚作五百世狐狸，现已期满，请百丈禅师以僧礼烧送。百丈禅师就带弟子到后山寻找亡僧，弟子十分不解。不想到了后山，一块大磐石上果然有一只死狐狸，百丈禅师就让弟子以亡僧礼把它火化安葬。

六月问，真的？爹说，出家人不打妄语，怎么会有假呢，等你长大自己去看吧，就在爹常给你说的那本《无门关》里。

六月就觉得说话是一件十分危险的事情。

五月说，那个老人讲错了一句被罚作五百世狐狸，那讲错两句就是一千世，讲错三句就是一千五百世？爹说，是啊，一句话五百世，你想想，那些写下整本书整出戏来诲淫诲盗的人，还有出头之日吗？

六月问，啥叫诲淫诲盗？爹说，就是教人学坏啊，有时教人学坏比杀人还罪重，因为杀人只是杀了他的身体，而教人学坏是杀了他的灵魂，杀人大不了也就杀上一个两个，但是一本书一出戏一杀人就是一大片，因为它们会流传，会世世代代去造杀业，就像洪水猛兽，一旦出笼，就再也难以管束了。

娘说，是不是可以这么比方，教人学坏就是把杂草种子撒在田里，要除尽就很难了。

爹看了一眼娘，十分赞赏地说，对对对，你娘的这个比方打得好，人的心就像是一块田，要四季守护，精心守护。因此，耕也是读，读也是耕，有耕有读才是家。

这时，爹叫了一声"童儿"，五月应，"在"！六月才发现自己走神了。

爹接着说，有请众福神！

六月就和五月齐声说，有请众福神！

五月六月就举着南极老人、五谷牛郎、天孙织女、送子张仙、增福财神"上场"，并按排练时的分工，往下唱念做打。

剧本：

　　南极老人（唱）：

　　　　称觞献寿乐延年！

　　五谷牛郎（唱）：

　　　　五谷丰登喜事全！

　　天孙织女（唱）：

　　　　绫罗绸缎铺满地！

送子张仙（唱）：

桂子飘香沾雨露！

增福财神（唱）：

财源茂盛福绵绵！

齐（白）：

天官在上，吾等参见！

天官（白）：

诸位福神少礼！

众仙（白）：

相召吾等有何台谕？

天官（白）：

是吾领了玉帝圣旨、佛家宝号、王母金牌，道——下界福主阴功浩大，积德累功，特命吾统领诸位福神，前往阶庭，颁赐福禄，以彰积德之报。诸位福神可一同前往！

众仙(白)：

蒙颁上谕，敢不领遵！

天官(白)：

童儿——催动祥云，哎走啊走了！

(唱)：

吉庆堂前禄寿齐，富贵荣华正当时。
年年日尽子香报，天官赐福永不离。
驾祥云奔福地莫可久站！

爹举着天官，五月六月举着五位福神，在唢呐牌子声中绕场，东走走，西走走，前走走，后走走。

众仙（唱）：

则美他功深德浩，则美他功深德浩，因此上赐福天曹。逍
也么遥，一门贤孝，则看这福自天来将官品超。争如为善好，这
的是福缘自造。怎看那寿算弥高，怎看那寿算弥高。

已到福地。

天官（白）：

妙呀！簇簇花香凝画阁，青青瑞草满阶庭。果然好福地也！

众仙（白）：

请天官赐福！

这时，帐外响起一阵鞭炮声，接着，社长根本端着一个盘子走了
进来，里面是三面大红绸子被面、一条卷烟、两瓶酒。六月知道，奠
台开始了。和中元一样，被面给他们三个掌影人披了，卷烟和酒给
响乐班子。和中元不一样的是，上九的奠台名叫"迎天官"。

社长给他们三人披红戴花之后，向台外大声喝唤：迎天官！

外面的观众就齐呼：请天官赐福！

接着叩头行礼。

礼成之后,天官开始赐福:

来在福地,待我抬头一观。观见香烟缭绕,瑞气盈庭,一片
兴隆之地,真乃是宝庄福地一处,待吾展开万卷图,赐福赐福。

天官(唱):

福地福地真福地,福地世代真风流。

周公卜来鲁班修,修在八卦甲字头。

宝庄宝庄真宝庄,青龙白虎列两旁。

前面紧靠龙戏水,后面紧靠卧龙岗。

左青龙,右白虎,祖祖孙孙福满堂。

福如东海长流水,寿比南山不老松。

六月发现,爹今年唱天官格外入戏,格外欢畅,简直就像真天官
一样。平常爹给他和五月讲"四功五法",说"五法"中最关键的还是
心法,就是说,演员演谁,就要变成谁,人戏不分,这样才能出戏。而
祝福戏,就更要如此,只有这样,才能把祝福戏变成真正的祝福。

六月问,如何才能人戏不分?

爹说,要做到人戏不分很难,但有一点你可以检验自己,就是在
演出时,你的心里是否还在想戏之外的事情,如果在想,那就说明你

还没有做到人戏不分。

六月就检验自己心里现在还有没有戏之外的事情。一检验，就大吃一惊，别说是前阵子想过的，就是这一刻，他就在想爹平常给他和五月如何讲戏，在想赐福时让爹给自家多赐一些。

忙忙忏悔。

　　　天官（念）：

　　　福地福地真福地，天官在此把福赐。

　　　赐它个——风调雨顺，国泰民安；一社吉庆，万户安康；五谷丰登，四季平顺；全村和合，四邻和睦！

　　　赐它个——一籽下地，万石归仓；贼来迷路，狼来封口；大的无灾，小的无难；好人相逢，坏人远避；瘟疫消散，百病不生！

　　　赐它个——空怀出门，满怀进门；东干东成，西干西成；千祥云集，百福并臻；骡马成群，牛羊满圈；祥光永照，大吉大利！

　　　赐它个——牛羊马匹低头吃草，抬头长膘；和风细雨下在平川，冰雹冷子下在旷野深山；大吉大利，万事如意！

天官就在爹的手中上布福下布福左布福右布福前布福后布福一番。

　　　（念）：

赐福已毕,世人焉能得知,吾喜之不尽,有诗留在此地——

香在炉中蜡在台,花在瓶内四季开。

年年月月常茂盛,天官赐福下瑶台。

这两段爹用的是"念"。爹说"念"最难把握,懂行的人就听你的"念",它像是唱,又不是唱,像是白,又不是白。六月听完爹的"念",心想幸亏爹没有同意他演天官,不然,乡亲们一听,准拍倒掌。这样想着,六月就专心地听爹唱念白,细心地看爹的做和打。

排练时,爹给六月和五月说,要让幕外人看到皮影活灵活现,关键是掌影人的心要先活起来,如果掌影人的心是死的,那么观众看到的皮影也就是死的。六月问,人的心如果是死的,人不就死了吗?如果人死了,咋还能掌皮影呢?爹有些惊讶地看了一眼六月,说,对啊,大多数人看上去活着,但他事实上是死的。六月不解地看着爹说,我咋听不懂。爹说,这是一个大话头,一句两句说不清,好好排戏吧。六月说,它比闻道还难吗?爹就赏识地看了六月一眼,说,它们其实是一回事。若人识得心,大地无寸土,要想使心成为活的,首先就要识得心。六月问爹,如何才能识得心?爹说,爹让你背的那些经典,唱的这些古戏,都不离这个啊。六月说,可是,我咋还不识得呢?爹说,"终日寻春不见春,芒鞋踏破岭头云,归来偶把梅花嗅,春在枝头已十分",到时候你自然就识得了。

嗨,真是没办法,爹就是爱背诗,就像娘爱做针线一样。爹除过种地,就是背诗,莫非这诗也是庄稼不成?

天官(白):

本官已奉上帝敕旨,为此四方一社男女老少统统晋爵一品,愿长生不老,公侯世代,出门见喜,抬头迎春。诸位福神可一一增之。

南极老人(白):

老人无以为赠,今献《南极百寿图》一轴,愿人寿年丰筹添海屋!

五谷牛郎(白):

小仙今献岁岁平安年年如意,愿麦生双穗五谷丰登!

天孙织女(白):

天孙织女今献天孙锦一端,愿蚕桑茂盛丝帛丰盈!

送子张仙(白):

小仙特送麒麟儿为嗣,愿子孙万代瓜瓞绵绵!

增福财神(白):

俺财神特赠黄金万镒,愿财源茂盛积玉堆金!

天官(白):

妙啊!

众仙(唱):

哎呀,哎呀! 万千春享富贵乐陶陶,庆长生酒泛香醪。看牛郎早报了田丰兆,织女献丝帛鲛绡。积德的一门寿筹添海屋遥,南极星福寿弥高。盈仓廪积米豆谷满仓廒,麒麟儿早登廊庙。佐皇家永享官爵,财源发德行招,财源发德行招。乐善事福禄根苗。恁只看窦燕山五子登科早,又只见半空中魁星现的祥云来罩。

六月就举着魁星上来了。六月举着魁星上场时,心里充满着崇敬,因为爹说魁星就是专管状元和秀才的,专管读书人的。

魁星(念):

一举登科日,双亲未老时。锦衣归故里,端的是男儿。一赐解元,二赐会元,三赐状元。连中三元,喜报登科!

天官(白):

妙呀!你看文星照耀,真乃全福也!

众仙(念):

呀呀呀福分高,呀呀呀福分高。

早早早,早佩着玉带金章把鼎鼐调。

美美美,美文才锦绣好。

看看看,看德门呈祥曜。

贺贺贺,贺百福骈臻妙。

庆庆庆,庆福门千祥照。

道道道,道万民欢天乐。

拜拜拜,拜福主恩荣耀。

俺俺俺,俺将这喜事儿留与后人标。

赐福已全。

天官(白)：

二位灵官！

二灵官同(白)：

侍候天官！

天官(白)：

请将乔家上庄、下庄、周庄、李庄，庄前庄后庄左庄右瘟蝗染疾、冰雹冷子，统统搜检！

二灵官同(白)：

得令！

爹向油灯吹了一口，又一口，外面应声响起吁声。"吹天火"这个技巧六月一直没有学会，既不能把灯吹灭，又要让灯焰随气移动，让幕外人看到"天火"，这就得把出口的气控制到家，六月在家里试过好多次，都没有成功，六月想，这也许就是爹常说的看家本领吧。

跟着爹喷出的"天火"和着紧密的鼓点，五月六月举着二位灵官，挥动手中神器，赶完上庄赶下庄，赶完周庄赶李庄。最后回到吉庆堂前回禀道，搜检已毕！

天官（白）：

搜捡已毕，统在吾的袍袖内边，带在上天，压在一十三天，永世不能下凡。

爹接着调板，六月觉得不对，以前到这里是不调板的啊，想提醒爹，但爹已经开唱了：

世人不知瘟疾因，我把灵丹予百姓——
痛到肠断能耐得过，苦到舌根能吃得消，
烦到心乱能忍得住，困到绝望能行得通，
屈到要死能受得起，怒到发指能息得平，
恨到切齿能消得散，急到燃眉能若无事，
喜到极处能若平常，话到唇边能停得下，
财到眼前能看得淡，色到情动能脱得开！

六月把目光投向五月，剧本上没有这一段啊？不想五月的目光里是同样的问题。六月就一下子开悟了。难怪爹唱这段时，就像拿着刀子一刀一刀在木板上刻字。

爹唱完，才接上剧本：

除瘟已毕，扭项观看，观见南天门首又是一朵红云，不知哪位大仙来也。

六月举着刘海驾云上。

刘海（唱）：

家住周至聚宝村，爹娘生来有仙根。
修成玉帝台前过，封咱福禄和财神。
（念）：

唔——下八仙刘海哎——正在东海岸边路过，戏了金蟾，吸了金钱，忽听天官下界赐福，待俺前去助兴一回了。
天官在上，刘海行礼！

天官（白）：

免礼，请问赤足大仙到此为何？

刘海（白）：

吾来撒钱。

天官（白）：

钱带哪里？

刘海（白）：

聚宝盆内。

天官（白）：

有数无数？

刘海（白）：

怎能无数？

天官（白）：

多少数目？

刘海（白）：

一十万贯有余。

天官（白）：

为何不撒？

刘海（白）：

说撒便撒！

哎吾赤足大仙刘海，是吾炼就了十万贯金钱，五福堂前香烟茂盛之处，天官命我撒钱，说撒便撒。

一撒者风调雨顺，

二撒者国泰民安；

三撒者三阳开泰，

四撒者四季发财；

五撒者五谷丰登，

六撒者六六大顺；

七撒者七子八孙，

八撒者八仙庆寿；

九撒者九常富贵，

十撒者十全十美。

撒钱已毕。等我留诗一首——

刘海携金蟾，步步撒金钱，

金钱落贵地，富贵万万年。

撒钱留诗已毕，天官请来过目。

天官（白）：

好诗好诗！赤足大仙撒钱已毕，留诗亦毕。遍地生黄，遍地诗篇，喜之不尽，降诗一首！

（念）：

发福生财地，堆金积玉门。

怀抱摇钱树，足踩聚宝盆。

（白）：

刘海撒钱已毕，本官观见南天门口祥云缭绕，不知又是哪位大仙来也。

五月举着五福判子驾云上时，六月打开了《调寇准》的剧本，按照规程，上正时月的皮影戏要从上九开始演六个晚上，第一晚的正戏通常演《调寇准》或《将相和》。今年爹决定先演《调寇准》。

五福判子（念）：

哎咳！
青脸红发赛鬼判，腰系宝带镇山川，
手中常拿斩杀剑，咱是赐福一判官。

五福判子哎陶荣，忽听天官下界赐福，待俺前去助兴一回了。
天官在上，五福判子陶荣有礼！

天官（白）：

免礼！请问五福判子到此为何？

五福判子（白）：
听见天官赐福，故来赠送五福方子。

天官（白）：

是甚妙方，何不说与喜庆堂前？

五福判子（白）：

这便说来——
人生五福古难全，若要全时行十善；
长寿原是护生果，富贵来自布施因；
仁义又名康宁药，善终本是好德成。

五福方子说毕，只见四方一社福根已成，喜之不尽，降诗
一首——
一福启开凤凰楼，二福文章贯斗牛，
三福四福生贵子，五福挂印又封侯。
留诗已毕，天官请来过目！

天官（白）：

五福判子植福已毕，遍地五福喜之不尽，降诗一首——
五福挂中堂，万事多吉祥，

天降麒麟子，辈辈状元郎。

留诗已毕，回上灵霄交旨去也。

正是——

（念）：

赐福本是快乐事，积善之家必余庆。

世间本是一福字，只是世人识不得。

福地本是安作土，安心之田谁会耕。

佛说万法心想生，我把道德作籽种。

回首再把人间望，福在大地已生根。

六月就看见，一个世界上最壮的根向大地深处扎去，扎着扎着，唰地一下，发芽，发着发着，唰地一下开花……

那福开得呀，让天官都舍不得离开。

附录：

望

　　因为忙碌，今年的大年是在没有丝毫心理准备的情况下到来的，就像一列飞奔的列车，突然遇到了路障，不得不刹车。腊月三十下午，处理完单位上的事回到家中，妻在洗衣服。我说，总该准备一下吧？妻说，我这不是在准备嘛，如果你愿意就去擦玻璃吧。我说，洗洗衣服擦擦玻璃怎么算是过年的准备呢？妻说，那你说还要怎么准备。想想，也的确没有什么可准备的。就去擦玻璃。但总觉得还应该为年准备些什么。可是几个窗子都擦完了，脑海里除过一副对联要买，还真想不起有什么需要准备的。

　　就上街买对联。一出小区门，发现许多人跪在门口左侧的空地上烧纸，按照老家的习俗，这应是"请祖先"了。不知为何，看着这些"请祖先"的人，我的心里一阵难过。那地方是平时倒垃圾的地方，怎么能够"请祖先"呢。停下来打量，发现他们是那么的底气不足，紧张、瑟缩、局促，小偷似的。细想起来也是，这本来就不是自家的地盘，而且身后是喧闹的车水马龙，一个人怎么可能从容自在呢？思绪就飞到老家去了。"请祖先"的时辰到了，一家或一族的男众向着自家的祖坟走去,远远看去,一串串葡萄似的挂满山坡。阳光温暖,炮声悠扬,在宽阔绵软的黄土地和黄土地一样宽阔绵软的时间里,单是那种不疾不徐地散淡地行走,就是一种享受。一般说来,坟院都在自家的耕地里。宽阔、大方、从容,让你觉得那坟院就是一幅小小的山水画,而辽阔的山地则是它的巨幅装裱。说是坟院,其实没有院墙,区别于耕地的,是其中的经年荒草,还有四周的老树,冠一样盖着坟院,让那坟院有了一种家的味道。坟院到了,一家人跪在经年的厚厚的陈草垫上,拿出香表和祭礼,焚香,烧纸,磕头,孩子们在一边放炮,那是一种怎样的自在和安然。且不管祖先是否真的随了他们到家里来过年,请祖先的人已获得一份心灵的收成。

这样想时,觉得留在乡下的哥不再那么苦了,而且有了一种正当理由,老人坚持住在乡下也有了一种正当理由。物质上他们是拮据一些,但他们却享有另一种富裕。而且因为有他们在乡下,自己就不需要在这个污秽的地方"请祖先"了,这些跪在垃圾场里"请祖先"的人,肯定是从乡下连根拔起了。

街口就是一家卖对联的摊儿。在老家,每年全村的对联都是父亲写的,后来父亲把衣钵传给我。有一年自己因病没有回家,村里人就只好买对联贴了。第二年再回去,乡亲们就又买了红纸让我写。我说,买的多好看啊,也省事。他们说,还是写的好,真。一个"真"字,让我思绪万千。现在,也只有在乡下,老乡们才认这个"真"。其实我知道,我那些蹩脚的字,并没有买的好看。那么这个

"真"到底指的是什么呢？现在，一个平时给大家写对联的人，却来地摊上买对联，心里一阵好笑。但写嘛，一则嫌麻烦，二则连红纸在什么地方买都不知道了。

想想自家能贴对联的门也只有防盗门了，却买了两副。另一副往哪儿贴心里无数，先买上再说。心想，在老家，只有那些特别穷的人才写一副对联，只在大门上贴贴，表示这个家还有烟火。

摊主说，不请门神？我说，不请了。一个"请"字，让我想起小时候请灶神的事来。随父亲上街办年货，发现父亲买别的东西叫买，买门神和灶神却是"请"。问为什么。父亲说，神仙当然要请。我说，明明是一张纸，怎么是神仙？父亲说，它是一张纸，但又不是一张纸。我就不懂了。父亲说，灶神是家里的守护神，也是监察神，一家人的功过都在他的监控之中，等到腊月二十三这天，他会上天报告一家人一年的功过得失，腊月三十再回来行使赏罚。父亲还说，这请灶神是有讲究的，灶神下面通常画着一狗一鸡，那鸡要向屋里叫，那狗要向屋外咬。仔细看去，确实有些狗是往外咬的，有些是往里咬的，就看你家厨房在东边还是西边。还有那秦琼和敬德，一定要脸对脸。我问，为什么一定要脸对脸？父亲说，脸对脸是和相，脸背脸是分相。贴灶神也有讲究，一定要贴得端端正正，灶神的脸还要黄表盖着，不能露在外面，不然将来进门的新媳妇不是歪嘴就是驼背。这样，再次走进坐了灶神的厨房时，一股让人敬畏的神秘气息就扑面而来。

买好对联之后，主意又变了，心想再往里边走走，说不定会发现自己没有想到的年货。

在一家卖香表的摊前，脚步不由自主地停了下来。以往，腊月三十天一亮，父亲让我们干的第一件事是拓冥纸，先把大张的白纸裁成书本宽的绺儿，用祖上留下来的刻着"'中华民国'冥府银行"的木版印章印钱。小的时候觉得非常不耐烦，及至成人，觉得一手执印，一手按纸，然后一方一方在白纸上印下纸钱的过程真是美好。不知从什么时候起，开始有了机印的冥钱，上面的面值是一万元，有的还是华盛顿的头像，显然是来自国际接轨的思路。但父亲还是坚持用手印，有时来不及了，哥就拿出祖父传下来的龙元（一种上品银圆），夹在白纸里用木桩打印纸锭，父亲虽然脸上不悦，但终没有反对。纸锭虽然讨巧，却总要比从大街上买的那些花花绿绿好得多。买不买，要收摊了？小贩说。我说，不买了。他说，过年不给先人送点钱花啊，市场经济社会，哪儿都得用钱的。我说，我们祖先那边还在计划经济时代。

到了炮摊前，花花绿绿的炮群让人眼花缭乱。想买，但一想儿子坚决不让买，就打住了。儿子已经对放炮没有了兴趣，他现在感兴趣的是考重点。而一个不放炮的年还是年吗？小时候，一进腊月，父亲就带着我们做炮了。父亲先用木屑、羊粪、硝石、硫磺一类的东西做火药，然后用废纸卷大大小小的炮仗，剩下的火药装在袋子里，侍候铁炮。铁炮有大有小，小的像钢笔一样细，大的像玉米棒子那么粗，屁股那有个眼儿，用来穿引信。过年了，只见小子们差不多每人手里都有一个沉沉的铁炮。村前的空地里，一排排铁炮对着美帝国主义，整装待发。小子们先把火药装在炮筒里，然后用土塞紧，然后点燃引信，人再跑开，捂着耳朵等待那一声来自大地深处的闷响。父亲还给我们用钢管做"长枪"，用车辐条做"碰炮"。"长枪"大家知道，和当年红军用的那种差不多，只不过腰身小一些。说"碰炮"——把一个车辐条弯成弓形，在弓尾绾上橡皮筋，橡皮筋的另一头拴着半截钢条。这种"碰炮"不用火药，用的是火柴头，把几个火柴头放在辐条帽碗里，用钢条碾碎，然后把系在皮筋上的钢条塞在辐条帽碗里，拉长的皮筋起到了用拉力把钢条撬在辐条帽碗里的作用。这样，你的手里就是一张袖珍的长弓。然后高高举起，把钢条向砖上一碰，就是一声脆响。现在想来，那时的父亲真是可爱，在那么贫穷的日子里，在五两白面过年的日子里，他居然有心思给我们做这一切，他的开心来自哪里？而现在，什么都不缺了，但是我却没有见过哥给他的儿子做过这一切。而在城里的我，别说做，就是想给儿子买个炮，他自己却不要了。

到了电灯笼摊前，手又痒了。往外掏钱时，却是一股煤油的味道扑面而来。那是三十年前的供销社，父亲带着我，站在那个比我还高的大油桶前，把带嘴的油壶放在木板柜台上，那个穿着蓝卡其制服的漂亮的女售货员用一个竹竿舀子，把油从油桶里提上来，往油壶里倒。父亲拿出布做的钱包，把几角钱错来错去，艰难地做着是否还要第二提的决定。女售货员的舀子就停在空中，一脸理解的微笑，等待父亲的决定。我仰起头来，看着父亲的眼睛，父亲的眼里是一万个铁梅。最终，女售货员悬在空中的那提煤油一路欢歌进了我家的油壶。父亲说，就是再穷，腊月三十晚上每个屋里的灯都是要亮着的。有时实在买不起煤油，就先保证院子里的灯笼。

有那么几年，日子好过一些，父亲就用清油和蜂蜡做蜡烛，为的是敬神。当然，如果充裕还可以用来照明。做蜡的具体细节记不准确了。只记得父亲在一个个竹棍上缠了棉花，然后伸进清油和蜂蜡混融之后的锅里一遍遍地蘸，几次之后，一个黄萝卜似的米黄色的蜡烛就成了。一个个蜡烛插在麦秸编的塔形的蜡座上，看上去像个宝塔。最后一个蜡烛做完后，父亲就把那个宝塔倒提起来，挂在房檐上。刚包产到户的那一年，房檐上玉米辫子一样挂满了蜡烛串儿，每天看着它们，心里就是一个灯海。在后来的作文课上，我好像写过这么一句话：那不是蜡烛，那是一串串在房檐上睡觉的光明。赢得了老师的表扬。接着几年，父亲都是亲手做蜡烛。再后来有了洋蜡，虽然比自己做成本低，但父亲还是坚持自己做。父亲说，这敬神就是一个"诚"字，买来的东西怎么能够敬神呢。

要说这红灯笼，比父亲竹做骨纸糊面的灯笼好看多了，却一点也没有父亲做的那种"活"的感觉，但还是买了一个。人山人海，车不好打，就提了灯笼往回走。走着走着就走到老家的土路上了。在老家，年三十早上讲究跟抢集。一大早，差不多每家都有人到集上去，没买的再买，没卖的全部出手，有些几乎是送了。有那么一个时刻,街上哗地一下就没人了,一下子成了空街,看着让人心里有些害怕。多少年来,那种哗地一下就没人的情景一次次在梦中出现,让人思索这个"年"到底是什么,为何如此神通广大,让人们一个个心甘情愿地自投罗网,无可抵抗。

看时辰,这一刻老家应该是上坟回来了。心里一下子着急起来,小跑回到家里。一看儿子挥汗用功的背影,又被刚才行色匆匆的自己惹笑了,今年本来就没有打算过年的啊。一放寒假,儿子就一再重申今年春节不回老家。一天,我动员儿子说,回去把三天年一过就回来,你也放松放松。儿子用不容商量的口气说,不可能!妻子附和,年,年年过,高考只有一次,就依儿子。再说,等你儿金榜题名日,咱们再衣锦还乡,那种感觉该多好。儿子抱了他妈的脖子说,俺妈说得太对了,我们可以回去住它个十天半个月,好好显摆显摆。我说,那你娘俩在城里过,我一人回去。妻说那不行,单位安排她从初二晚上开始卖戏票。二比一,今年过年不回家的决议形成。当时是那么不可接受,觉得这过年不回老家就像结婚不进洞房一样不可思议。现在,儿子坚毅的背影似乎又在重申,对不起老爸,今年你就先把你的那个年瘾放放吧。

看来这年贴只能在书房里进行了。书房在阁楼,因为是斜窗,不好弄窗帘,搬进来后,为了给自己制造一个相对隐秘的小天地,就顺手把几张报纸贴在玻璃上,不知为何,当时感到的却是"年"的味道。我知道,这种感觉肯定来自老家八卦窗里新贴的窗花,来自被父亲熬罐罐茶熏黄的房墙上新贴的年画。就过段时间把旧的剥下来,换上新的。每换一次,年的味道就被复习一次。小时候,一进腊月,父亲就早早让我们裁窗花:用纸搓针,把上年的花样钉在一沓新买的红黄绿三色纸上,衬了木板,然后照着花样裁窗花。刀子从纸上噌噌噌地划过,一绺绺纸屑就从刀下浪花一样翻出来,那种感觉,真是美好,更别说看着一张张窗花脱手而出的那种喜悦了。父亲还教我们画门神,画云子(一种往房檐上挂的花饰,我不知道父亲为何把它叫"云子"),包括给戏子打脸。

报纸已经贴好,年的味道再次扑面而来,那是一种被阻止了的光,或者说是一种被减速之后的光。恍然大悟,原来年的味道就是停下来的味道。那么,这个停下来又是谁的发明呢?而人又为何如此喜欢这个"停下来"呢?莫非它是一个速度和惯性制造的阴谋?我的胡思乱想被窗外的一声炮响打断,好一阵懊悔,多少年神秘在心里的一种美好,一种鸡蛋清一样漾在心里的美好,满月一样圆在心里的美好,被刚才的胡思乱想划破了。从未有过地觉得思想这东西的坏。"时时勤拂拭,莫使惹尘埃",才觉得这话说得真是好。就用一把想象的大扫帚把这些胡思乱想从心里扫去,连同懊悔。

再次回到腊月三十进行时。下来该干什么呢?在老家,应该是安喜神和天官神位的时候了。喜神位在大门,天官在当院,或者正面的山墙。显然，这两项在我的书房是无法完成的。就把书柜打开，找出《论语》，放在书柜的最上方，然后找了一个茶杯，在里面装了米，算是香炉，却没有地方放，就把一本精装书抽出来一半，用一摞书压了另一头，把香炉勉强放在抽出的那半面上。人民群众的创造力是无穷的，自己把自己惹笑了，一个模仿年俗的城里人。不知孔圣人看着这样一个不地道的供奉人，该作如何感想。父亲说，他们上私塾时，每天早上起来都要在"大成至圣文宣王"的神牌前磕头的，赶考前也是一定要到文庙上香的，考回来也是一定要到文庙谢恩的，大年三十也是要先到文庙敬献的。现在，文圣的牌位有了，那么祖宗三代的呢？想填一个牌位，却找不到红纸，而白纸是不能设牌位的。再想，就是设了，先人们也识不得城里的路，何况他们压根就不想到城里来。父亲算是半个现代人了，但来城里没住几天，就要嚷着回家，别说先人。还是让他们在老家列席吧。

贴好窗纸，设完祭坛，拖完地，还是觉得不像，发现问题出在这地板砖上。老家的黄土地面，扫净，洒上清水，有一种来自地气的氤氲，感觉就出来了。还有，地上没有一个炉子，也就没有那种炭火的香味，没有一壶水在炉子上嗞嗞作响；没有炕，也就没有炕上的爷爷奶奶，当然也就没有一个偎着他们打盹的猫。"猫儿吃献饭"，这是窗花，也是老家"年"的经典意象，而此刻，这一切，于自己都是梦想。最后发现，城里最大的问题是没有地方祭祀，老家年的气氛多半是上房里那个天地供桌渲染出来的。才明白，这个"年"，它是"土"里长出的一朵花儿，它姓"乡"名"土"，它本来就和这个一厢情愿者是两路人。

老家把张贴对联、门神、云子一应叫"贴巴"。贴巴一毕，该干什么呢？该做泼散和供献了。所谓泼散，就是饭前由长男端半碗饭菜到大门上去布施，大户人家一般有一个节日专设的散台，一般人家就由泼散的人挑了碗里的饭菜反手向四方扔扔，让无家可归的游魂野鬼们享用。所谓供献，就是一家人团坐在上好的饭菜前，供养天地，供养众神，供养祖先，也有点请他们给年夜饭剪彩的意思。然后一家人坐在上房里吃头道年夜饭。头道年夜饭通常是长面，这个妻子倒是做了。妻子也是从农村出来的，这个年俗她懂。

吃过长面该干什么呢？在老家，对于男人，这段时间是一年中最为享受的时光。准备工作做完了，香已上起，烛已点燃，酒已热上。孩子们在院里噼噼啪啪地放炮，男人们就坐在炕上过年。

那个"过"，真是只可意会，难以言传。勉强说，有点像"闲"，但你又觉得它非常的紧张，是非闲；是静，但你又觉得它非常的热烈，是非静；是温暖，但你又觉得它非常的清凉，是非温暖。那是什么呢？是和祝福的同在，是躺在一叶时间的舟上赏月，任舟下碧波荡漾，只不过那月不是月，那碧波也不是碧波，而是一种叫"年"的东西。如果一定要我找个词来称呼它，那就叫它逍遥，或者静好也可以。后来回想，这种静好大概和神同在有关，神像一个过滤器一样把平时浮泛在我们心海的那些杂七杂八的东西"过"掉了，让你心里的水还原到当初的纯净，那是一种液体的烛光。当然，这种静好还和供桌上请的是家神有关系。因为和神同在，大家比平时庄严；又因为是家神，就不必像庙里那么肃穆。

如果说年是岁月的精华，那这段静好就是年的精华。多少年来，只要一闭上眼睛，我就能闻到它的香味，那种超越一切香味的香味；看到它的颜色，那种超越一切颜色的颜色；感到它的温暖，那种超越一切温暖的温暖；听到它的脚步，那种超越一切脚步的脚步，糖一样的脚步。

好了，该给您说实话了。上面之所以写下这么多文字，只是想向您说明您从这些文字中看到的都不是那个"过"。回过头来，觉得能够表达那个"过"的，还是那个"过"字。我反对把汉字简化，但对"过"这个字的简化却非常赞佩，一寸一寸地，过，多好。

男人们"过"年的时候，女人们大多在厨房里煮骨头，收拾第二轮年夜饭。给孩子们散糖果、发压岁钱一般都在第二道年夜饭上来时进行，论时辰应该是亥尾，十点半左右。因此，这段十点半之前的时光，男人们就像茶仙品茗一样，陶醉而又贪婪。

回过头来说泼散，城里人显然没有条件做。因为没有地方可供你去泼，去散。你不可能把一碗饭端出楼道，泼散在小区里，那样别人会认为你是神经病。

供献倒是可以做，就三口人坐在一起献了饭，然后开吃。

吃完长面呢？应该是品尝那段静好的时间了。在老家，为了把这段静好延长，由我带头，把贴对联的时间一再提前，后来干脆不跟抢集了，一大早就开始贴了。依次类推，上坟的时间也提前了，有时如果效率高赶得快，那段无所事事的静好就从黄昏开始。按照习俗，一般情况下，只要大门上的秦琼敬德贴好，黄表上身（把黄表折成三角，贴在神像上方，意为神仙已经就位），别人就不到家里来了，即便是特别紧要的事，也要隔着门，这种约定俗成的禁入要一直延续到第二天早上行过"开门大礼"，就是说，这是一段纯粹属于自家人的时光。

但是放下碗筷，却一点也没有那种感觉。儿子已经迫不及待地打开电视，手机也不安分，祝福的短信频频响起。是啊，该给师长、领导和亲朋好友拜年了。就躺在沙发上编词儿。儿子见状，拿了饮料和干果就着春节晚会自斟自饮。编了许多句子，都删掉了。祝福的时刻也是感恩的时刻。年年岁岁，每当写下那个"祝"字，心里就有一种莫名的感动。才知道什么叫词不达意，再美好的贺词也难以表达心中的那份感念，对亲人，对师长，对善缘，对大地，对万物。真是岁月不尽，祝福不尽。

从小，父亲就给我们灌输，一个不懂得惜缘和感恩的人是半个人，常言说，受人滴水之恩，当以涌泉相报，可是你想想，一个人一生要用掉多少水，造化的这个恩情，一个人怎么能够报答得了。当时不懂得父亲话里的意思，及至年长，每次打开水龙头，就觉得父亲的话真是至理名言，假如这地球上没有水，没有粮食，没有阳光，别的一切又从何谈起？我们还谈什么荣耀，谈什么理想和幸福？这样想来，就觉得在我们生命的背后确实有一个大造化在的，她给我们土地，让我们播种、居住；她给我们水，让我们饮用、除垢；她给我们火，让我们取暖、熟食；她给我们风，让我们纳凉、生火；她还给我们文字，让我们交流、赞美，去除孤独和寂寞。要说这才是真正的"供献"，但对此勋功大德，造化却默默无言，无言到普通人连她在哪儿都不知道。

再想祖母生前的一些恪守，比如饭前供养，不杀生、不浪费、施舍、忍辱、随缘、无所求，等等，不禁油然而生敬意。父亲说，这人来到世上，有三重大恩难报，一是生恩，二是养恩，三是教恩。因此，他的师父去世后，师母就由父亲养老送终，因为师父无后。当年我们是那么的不理解，特别是在那吃了上顿没下顿的日子里，他却拿最好的衣食供奉师母，就连母亲也难以理解。现在想来，父亲真是堪称伟大。

受父亲的影响，感恩成了我的一大情结。以至于在这个赤裸裸的利益社会中，自己的一些古旧的做法在别人看来可能有些可笑。但要改变，似乎已不容易。父亲说，感恩是一个人的操守，应该知行合一，落实在默默的行动上，不要修口头禅。那么短信呢？短信当然不是行动，有些口头禅的嫌疑，但不发心里又过意不去。可身为作家，却写不出一句自己满意的贺词来。就在作难时，一句春联出现在脑海，天增岁月人增寿，春满乾坤福满门，横批，出门见喜。觉得不错。在春联中，最喜欢这句了，尤其"天增岁月""春满乾坤"这对，真是大美。就把按键想象成毛笔，把彩屏想象成红纸，书完赵家书钱家，写完孙家写李家。恍然间又回到了老家，身前是一个方桌，左边是研墨压纸的侄子，右边是排队立等的乡亲，身后是一院红。又被自己惹笑了，一家家住在火柴盒一样的单元楼里，哪里有什么院啊。突然觉得这城里人真是可笑，一个家，怎么可以没有院呢？

如上所述，觉得祝福是一种近似于祈祷的庄严行为，就算做不到虔诚，至少也应该真诚，因此不喜欢那些从网上下载的段子，尤其厌恶群发，就逐个发。

发完已是老家上第二道年夜饭的时间。一般家庭，第二道年夜饭的主菜是猪骨头，我们家因为祖母信佛，父亲又是孝子，尊重祖母的信仰，也就变着花样做几道素菜。妻子征求儿子意见，把这个环节干脆省掉了。但压岁钱是要发的，虽然要比老家散的多得多，可儿子却丝毫没有几个侄子从我手里接过压岁钱的那种开心，手伸过来了，眼睛还在电视上。

老家也有电视了，多少对那段静好有些影响，但深厚的年的家底还是把电视打败了，大家还是愿意更多地沉浸在那种什么内容也没有又什么内容都有的静好中。说到电视，思绪就不停地往前滑。平心而论，有电是好事，但在没有电之前的年却更有味。想想看，一个黑漆漆的院子里亮着一盏灯笼，烛光摇曳，那种感觉，灯泡怎么能够相比。再想想看，一个伸手不见五指的村子里，一盏灯笼在鱼一样滑动，那种感觉，手电怎么能够相比。假如遇到雪年，雪打花灯的那种感觉，更是能把人心美化。细究起来，灯是活的，灯泡是死的；灯笼是活的，手电是死的。这到底是怎么回事呢？为什么越先进的东西越是给人的感觉是死的呢？怎么社会越发展活的东西越少，死的东西越多呢？

　　刚才说过，尽管有了电视，有了春晚，但老家的孩子却没有完全被吸引。吃过第二道年夜饭，他们就穿了棉衣，打了手电，拿了香表和各色炮仗，到庙里抢头香了。几个同敬一庙之神的村子叫一社，那个轮流主事的人叫社长。说来奇怪，那一方水土看上去极像一个大大的锅，那个庙就在锅底的沟台上，但是这种体制并没有限制锅外面的信众翻过锅沿来敬神。特别是那个灯笼时代，一出村口，只见锅里的、四面锅沿上的灯火齐往庙里涌·晃晃荡荡的，你的心里就会涌起莫名的感动。如果遇到下雪，沟里路滑，大家就坐在雪上往沟底里溜，似乎那天的雪也是洁净的，谁也不会在乎新衣服被弄脏。

　　然后，一方人站在庙院里，静静地等待那个阴阳交割的时刻到来。通常在春节联欢晚会主持人宣布新年的钟声敲响的时刻，庙里的信俗两众就一齐点燃手里的香表。这里不像大寺庙那么庄严，大人的最后一个头还没有磕完，一些胆大的小子们已经从香炉里拔了残香去庙院里放炮了。这神仙们也不计较，爷爷宠着淘气的孙子似的乐呵呵地看着眼前造次的小家伙们。不多时，香炉里的残香都到了小子们的手里，变成一个个魔杖。只见魔杖指处，火蛇游动，顷刻之间，整个庙院变成一片炮声的海。现在，窗外也是一片炮声的海，但怎么听都让人觉得是假的。想想，是这高楼大厦把这炮声给破碎了，不像在老家，炮声虽然闲散，却是呼应的，"聚会"的。还有一个不像的原因，就是这小区不是院子，再好的炮声也让人觉得是野的。

小子们放炮时，有点文化的成年人则凑在庙墙下欣赏各村人敬奉的春联。什么"古寺无灯明月照，山刹不锁白云封"，什么"志在春秋功在汉，心同日月义同天"，什么"保一社风调雨顺，佑八方四季平安"，等等。长长的一面庙墙被春联贴满，假如你是白天到庙里去，一定会远远地就看见一个穿着大红袍的老头蹲在那里。庙院里插满了题着"有求必应"、"威灵显应"一类的献旗，庙堂里"感谢神恩"一类的丝质挂匾堆积如山。每年社上的还愿大礼上，社长就叫人把那些丝绸献匾缝成一个帐篷，供戏班子搭台用。

从庙上往回走的那段时光也非常爽。脚下是宽厚的大地，头顶是满天繁星，远处是隆隆炮声，心里是满当当的吉祥和如意。上了沟台，坐在沟沿上歇息，你会觉得年是液体的，水一样汩汩地在心里冒泡儿。要是天天过年就好了，一个说。人家神仙天天过年呢，另一个说。目光再次回到庙上，觉得年又是茫茫黑夜中的一团灯火。可是现在，我站在自家的阳台上，目光望断，那团灯火却固执地不肯出现在我的视线中。

从庙里回来，一家人往往要同坐到鸡叫时分，由孙辈中的老大带领去开门，然后留一个人看香（续香火），其他人去睡觉，但也只是困一会儿，因为拂晓时分，长男还要去挑新年泉里的第一担清水，等太阳出山时全家人赶了牲口去迎喜神。再想想看，一村的人，一村的牲口，都汇到一个被阴阳先生认定的喜神方向，初阳融融，人声嚷嚷，牛羊撒欢，每个人都觉得喜神像阳光一样落在自己身上，落到自家牲口的身上，那该是一种怎样的喜庆。一村人到了一块净土的正中间，只见社长香华一举，锣鼓消歇，众人刷地跪在地上。社长主香公祭。祭台上有香蜡，有美酒，有五谷六味，也有一村人的心情。社长祷告完毕，众人在后面齐呼，感谢神恩！然后五体投地。牲口们也通灵似的在一边默立注目（更为蹊跷的是，有一年，在大人们叩头时，有一对小羊羔也跟着跪了下来）。

那一刻，让人觉得天地间有一种无言的对话在进行，一方是大有的赏赐，一方是众生的迎请。一个"迎"字，真是再恰当不过。立着俯，跪着仰，正是这种由慈悲和铭感构成的顺差，让岁月不老，大地常青。现在想来，那才是原始意义上的祝福。礼毕，大家都不会忘记铲一篮喜神方向的土回家去，撒在当院、灶前、炕角、牛圈、羊圈、鸡栏、麦田菜地、桃前李下。

大年初一的早上，通常是吃火锅。那火锅和现在城里人用的火锅不同，是祖上留下来每年只用一次的砂锅。说是砂锅，又和现在饭店里的那种砂锅不同，中间有卤灶，四周有菜海，卤灶中装木炭火，下面有灰灶。木炭把年菜熬得在锅里叫，就菜的是馒头切成的片儿，那种放在嘴里能化掉的白面馒头片，热菜放在上面一酥，你就知道了什么叫化境。菜的主要成员是酸菜、粉条、白萝卜丝，主角是酸菜，一种母亲在秋天就腌制的大缸酸菜。现在一想起它，我就流口水，那种甘苦同在的酸，只有母亲能做出来。进城之后，我曾让妻子按母亲的方子做过好多次，都失败了。妻子无奈地说，有些东西，城里人就是无福消受。

初一下午的那段时间也不错。记忆中永远是懒洋洋的阳光，就像那阳光昨晚也在坐夜，没有睡好的样子，现在虽然普照大地，但还在睁着眼睛睡觉。我和哥走在那种睡觉的阳光里，去找那些长辈和填了"三代"的人家拜年。一般来说是按辈分先后走动，但最后一家往往是我们爱去的地方。因为我们会在那家坐下来，喝着小辈们炖的罐罐茶，吃着小辈媳妇端上来的甜醅子，有一搭没一搭地说着在心里存了一年的闲话，直到晚饭时分。不知内情的人会想这家肯定是村里的大户人家，其实情况恰恰相反，他是我的一个堂哥，论光阴是村里最穷的，但他却活得开心，永远笑面弥勒似的，咧着个大嘴，让人觉得没有缘由的亲，没有缘由的快乐，没有一点隔膜感。自己虽然穷，却不抠门儿，假如有些什么好东西，往往留在这天让大家分享。大家都愿意上他家的那个土炕，无论是大人还是小孩。大半村的人，炕上肯定坐不下，小子们就只能围了炉子坐在地上。通常情况下，炕上的大人在说闲，地上的小子们在打牌。那种感觉，让人想起共产主义。有时我们干脆不回家吃饭，接着打牌，堂嫂就给我们做大锅饭。吃完大锅饭，接着打，堂嫂就把馒头笼子提了来，放在牌桌下，谁饿了只要一伸手就可以解决问题。父亲说，奶奶活着时，上正时月，一村人差不多都围着奶奶过。奶奶去世后，这坛场就转到堂哥家去了。

父亲还说,那时的年要过整整一正月的。而年的准备工作一进腊月就开始了。父亲说,家里有两台石磨子,四头驴换着推,要转整整一个月,因为奶奶磨的是一村人吃的面。腊八一过,村里的戏班子就住到我们家了,开始排戏。腊月二十四彩排之后,大家回家过年;三天年一过,出庄演出;演出回来,戏班子就干脆住在我们家打牌,等下一方人下红帖。不过那时村里人不多,正好一台戏,父亲说,乔家上庄的戏是远近出了名的。关于乔家上庄的戏,有许多的故事可讲,别的不说,单说有一年,伯父为了做一位龙王,三九天在沟泉边往麦草扎的龙骨架上浇水,整整浇了一个月,硬是冻出了一尊活生生的龙王,一出庄,把外方人的眼睛都惊直了,代价是伯父的手指差点被冻掉。多少年来,我一直在想,伯父的这种近似着魔的热情到底从何而来?

相比之下,城里的初一就有些百无聊赖。

傍晚,我打开电脑,开始写这些文字,以一种书写的形式温习大年,我没有想到,它会把我的伤心打翻,把我的泪水带出来。